FRANCES HODGSON BURNETT

O Jardim Secreto

GARNIER
DESDE 1844

Esta edição faz parte da coleção SÉRIE OURO,
conheça os títulos desta coleção.

1984
A ARTE DA GUERRA
A INTERPRETAÇÃO DOS SONHOS
A MORTE DE IVAN ILITCH
A ORIGEM DAS ESPÉCIES
A REVOLUÇÃO DOS BICHOS
ALICE NO PAÍS DAS MARAVILHAS
ALICE ATRAVÉS DO ESPELHO
CONFISSÕES DE SANTO AGOSTINHO
DOM CASMURRO
DOM QUIXOTE
FAUSTO
IMITAÇÃO DE CRISTO
MEDITAÇÕES
O DIÁRIO DE ANNE FRANK
O IDIOTA
O JARDIM SECRETO
O MORRO DOS VENTOS UIVANTES
O PEQUENO PRÍNCIPE
O PEREGRINO
O PRÍNCIPE
ORGULHO E PRECONCEITO
OS IRMÃOS KARAMÁZOV
SOBRE A BREVIDADE DA VIDA
SOBRE A VIDA FELIZ & TRANQUILIDADE DA ALMA

Sumário

Capítulo 1   Não sobrou ninguém 5

Capítulo 2   Mary irritadinha.. 9

Capítulo 3   Pela charneca 15

Capítulo 4   Martha 18

Capítulo 5   Gritos no corredor 29

Capítulo 6   "Tinha alguém chorando. Eu ouvi!" 33

Capítulo 7   A chave para o jardim.. 38

Capítulo 8   Passarinho mostra o caminho................................... 43

Capítulo 9   Uma casa muito estranha.. 49

Capítulo 10   Dickon 56

Capítulo 11   O ninho dos passarinhos 64

Capítulo 12   "Posso ter um pedaço de terra?" 70

Capítulo 13   "Me chamo Colin" 76

Capítulo 14   Um jovem rajá 85

Capítulo 15   Fazendo ninho 93

Capítulo 16   "Não vou!", diz Mary.. 101

Capítulo 17   Acesso de raiva 106

Capítulo 18   "Não perca tempo" 111

Capítulo 19   "Ela chegou!" 116

Capítulo 20   "Vou viver para todo e sempre... E sempre!" 123

Capítulo 21   Ben Weatherstaff 128

Capítulo 22   Quando o sol se pôs 135

Capítulo 23   Magia 139

Capítulo 24   "Deixe que riam" 147

Capítulo 25   A cortina.. 155

Capítulo 26   "É a mãe!" 160

Capítulo 27   No jardim 167

Fundador: **Baptiste-Louis Garnier**

Copyright desta tradução © IBC - Instituto Brasileiro De Cultura, 2024

Título original: The Secret Garden
Reservados todos os direitos desta tradução e produção, pela lei 9.610 de 19.2.1998.

1ª Impressão 2024

Presidente: Paulo Roberto Houch
MTB 0083982/SP

Coordenação Editorial: Priscilla Sipans
Coordenação de Arte: Rubens Martim (capa)
Tradução e preparação de texto: Fábio Kataoka
Diagramação: Rogério Pires
Revisão: Aline Ribeiro

Vendas: Tel.: (11) 3393-7727 (comercial2@editoraonline.com.br)

Foi feito o depósito legal.
Impresso na China

Dados Internacionais de Catalogação na Publicação (CIP)
de acordo com ISBD

E23j   Editora Garnier

     Jardim Secreto - Frances Hodgson Bernett - Edição Luxo / Editora Garnier. - Barueri : Garnier, 2024.
     176 p. ; 15,1cm x 23cm.

     ISBN: 978-65-84956-53-7

     1. Literatura inglesa. 2. Ficção. I. Título.

2024-329   CDD 823.91
                                             CDU 821.111-3

Elaborado por Odilio Hilario Moreira Junior - CRB-8/9949

IBC — Instituto Brasileiro de Cultura LTDA
CNPJ 04.207.648/0001-94
Avenida Juruá, 762 — Alphaville Industrial
CEP. 06455-010 — Barueri/SP
www.editoraonline.com.br

CAPÍTULO 1

Não sobrou ninguém

Quando Mary Lennox foi levada para morar com seu tio na mansão Misselthwaite, diziam que era a criança mais antipática que já viram. E o pior é que era verdade. Era magricela e estava sempre de cara amarrada. O cabelo era ralo e sem vida e seu rosto muito pálido, porque ela havia nascido na Índia e vivia pegando uma doença atrás da outra. O pai dela trabalhava para o governo inglês na Índia e estava sempre muito ocupado, além de viver adoentado também. A mãe era uma mulher muito bonita que só queria saber de festas e de se divertir com gente alegre. Nunca quis ter filhos e, quando Mary nasceu, ela a entregou aos cuidados de uma empregada, uma criada indiana, que era instruída a manter a criança longe dela o máximo possível. Assim, Mary – que era uma bebezinha doente, nervosa e feia – era mantida afastada dos pais. Quando aprendeu a andar, continuou afastada. As únicas lembranças de infância eram os rostos de sua babá e dos outros empregados nativos, que sempre a obedeciam e a deixavam fazer o que bem quisesse, pois sua mãe, a quem os nativos chamavam de Mem Sahib, ficaria irritada, caso fosse incomodada com o choro da pequena. Quando fez seis anos, havia se tornado uma tiraninha muito autoritária e egoísta. A jovem mestre inglesa que veio ensiná-la a ler e a escrever ficou tão aborrecida que desistiu do emprego em três meses. As outras professoras que vieram substituí-la também foram embora logo. Por isso, se a própria Mary não tivesse decidido que realmente queria saber como poderia ler os livros, nunca teria aprendido a ler.

Numa manhã muito quente, quando já tinha quase nove anos, ela acordou sentindo-se muito irritada e ficou ainda mais furiosa, quando viu que a empregada ao lado de sua cama não era a sua babá.

— Quem mandou você? — perguntou à desconhecida.

— Não quero você aqui. Vá chamar a minha ama.

A mulher ficou assustada e disse que a ama não poderia vir. E quando Mary foi tomada por um acesso de raiva, bateu na mulher, deixando-a mais assustada. Mesmo assim, a empregada repetiu que não seria possível que a ama viesse atendê-la.

Havia algo de misterioso no ar naquela manhã. Nada estava sendo feito como de costume e vários dos empregados pareciam ter faltado. Aqueles que Mary encontrava pareciam fugir ou se apressar com rostos pálidos e assustados. Ninguém queria contar nada a ela, e a ama não aparecia. Na verdade, se viu sozinha. Conforme a manhã foi passando, ela decidiu ir para o jardim para brincar debaixo de uma árvore perto da varanda. Fingiu que fazia um canteiro de flores e espetou grandes brotos vermelhos de hibisco em montinhos de terra. Cada vez mais irritada, murmurava sozinha sobre o que pretendia falar e com que nomes xingaria Saidie, quando ela voltasse.

— Porca! Porca! Sua filha de uma porca! — repetia, porque chamar alguém de porco era a pior ofensa que existia para os nativos.

Ela rangia os dentes repetindo essas palavras sem parar, quando ouviu sua mãe na varanda com outra pessoa. Estava acompanhada de um rapaz e ficaram cochichando misteriosamente. Mary conhecia o jovem, que parecia um menino. Ela ouvira dizer que era um oficial, recém-chegado da Inglaterra. A menina olhava para eles, mas com mais interesse para sua mãe. Sempre fazia isso quando tinha a chance de vê-la, porque Mem Sahib — Mary costumava chamá-la assim mais do que de qualquer outro nome — era muito alta, magra e linda, e sempre vestia roupas encantadoras. Seus cabelos eram cacheados e pareciam fios de seda. Tinha um narizinho delicado que parecia desdenhar das coisas e olhos grandes e iluminados. Todas as suas roupas eram finas e esvoaçantes, e Mary dizia que eram de renda. Naquela manhã, mais do que em qualquer outra, suas roupas pareciam ainda mais rendadas, mas os olhos não estavam nada sorridentes. Estavam saltados, arregalados e aterrorizados, e implorava ao jovem oficial:

— Mas é tão grave assim?

— Terrível — respondeu o jovem com a voz trêmula.

— Terrível, Sra. Lennox. Vocês deveriam ter ido para as colinas há duas semanas.

Mem Sahib apertou as mãos e disse:

— Ah, eu sei que devíamos! — exclamou.

— Só fiquei para poder ir àquele jantar idiota. Que tola eu fui!

Naquele momento, um lamento alto vindo do alojamento dos empregados fez com que ela se agarrasse ao braço do jovem, e Mary se levantou, tremendo dos pés à cabeça. A lamentação ficava cada vez mais fora de controle:

— O que é isso? O que é isso? — perguntou Sra. Lennox, sobressaltada.

— Alguém morreu. Não sabia que os empregados já estavam contaminados? — disse o jovem.

— Eu não sabia! — gritou Mem Sahib.

— Venha comigo! Venha! — disse, virando-se e correndo para a casa.

Depois disso, mais coisas assustadoras aconteceram e o clima misterioso daquela manhã foi explicado para Mary. Tratava-se de um surto de cólera do pior tipo, e as pessoas morriam como moscas. A ama caíra de cama à noite e os lamentos vindos das cabanas dos empregados anunciavam a sua morte. Antes do dia seguinte, outros três empregados morreriam e outros fugiriam aterrorizados. O pânico estava por todos os lados e havia cadáveres em todas as casas.

Durante a confusão e o atordoamento do segundo dia, Mary se escondeu em seu quarto e foi esquecida por todos. Ninguém pensou nela e nem a queria, e mais coisas estranhas aconteciam, para as quais ela não tinha explicação. Mary alternava entre chorar e dormir por horas a fio. Só sabia que as pessoas estavam doentes e ouvia sons misteriosos e assustadores. Certa vez, ela foi nas pontas dos pés até a sala de jantar: estava vazia, embora com uma refeição pela metade sobre a mesa. As cadeiras estavam afastadas e os pratos pareciam ter sido empurrados para o centro da mesa, como se as pessoas tivessem fugido dali no meio da refeição. A menina comeu algumas frutas e biscoitos e, com sede, bebeu um copo de vinho quase cheio. Era um vinho doce e, sem que ela soubesse, muito forte. Em pouco tempo, sentiu-se muito zonza e voltou para o quarto, trancando-se outra vez, assustada com os gritos vindos das cabanas e pelo som de passos apressados. O vinho a deixou tão sonolenta que mal podia manter os olhos abertos. Deitou-se em sua cama e ficou alheia a tudo por um bom tempo.

Muitas coisas aconteceram durante as horas em que dormiu tão profundamente. Nem os lamentos e nem o som de coisas sendo carregadas para fora das casas a perturbaram.

Ao acordar, continuou deitada olhando para a parede. A casa estava completamente silenciosa, como nunca tinha ficado assim antes. Agora, nem vozes e nem passos eram ouvidos. Mary pensou que todos poderiam estar curados da cólera, mas preocupou-se em saber quem tomaria conta dela, já que sua ama estava morta. Viria uma nova ama, que talvez contasse algumas histórias novas, pois estava farta das velhas. Ela não chorou pela morte de sua babá. Não era uma criança carinhosa e toda aquela choradeira por conta da cólera a deixou com medo. Estava aborrecida, porque ninguém parecia se lembrar que ela estava viva. Todos haviam ficado tão aterrorizados que se esqueceram da garotinha que era desprezada. Parece que, quando as pessoas pegavam cólera, só pensavam em si mesmas. Se agora todos já estavam curados, sem dúvida alguém se lembraria e viria ver como ela estava.

Acontece que ninguém foi e assim ela permaneceu deitada esperando, enquanto a casa ficava mais e mais silenciosa. Até que ela ouviu algo rastejar sobre a colcha e, ao olhar para baixo, viu uma pequena cobra com olhos de pedras preciosas deslizando pelo chão. Não se importou, porque aquela coisinha parecia inofensiva, incapaz de feri-la. Bem ligeira passou por debaixo da porta do quarto sob o olhar da menina.

Mary achou esse silêncio todo muito esquisito.

— Parece que não tem mais ninguém na casa, além de mim e da cobrinha.

De repente, ouviu passos do lado de fora e, depois, na varanda. Pareciam passos de homens, que entraram na casa e falavam baixo. Ninguém foi recebê-los ou falar com eles, que abriram as portas para olhar todos os quartos.

— Quanta tristeza!

Mary ouviu alguém dizer.

— Uma mulher tão, tão bela! E acho que a criança também. Ouvi dizer que tinham uma filha, embora ninguém saiba dela.

Logo em seguida, abriram a porta e encontraram Mary em pé no meio do quarto. Era uma menina feia e maltratada, aparentava estar morta de fome e completamente abandonada. O primeiro homem a entrar era um grande oficial que ela já vira antes conversando com seu pai. Ele parecia cansado e confuso. Assim que a viu, ficou tão assustado que quase pulou para trás.

— Barney! — gritou. — Venha ver! Aqui tem uma criança sozinha! Em um lugar como este! Misericórdia, quem será?

A menininha respondeu:

— Sou a Mary Lennox.

Para ela foi uma grosseria o homem chamar a casa de seu pai de "um lugar como este!".

— Dormi muito enquanto todos estavam com cólera e acabei de acordar. Por que ninguém veio me ver?

— Trata-se da criança que ninguém tinha visto! — exclamou o homem para seus amigos.

— Esqueceram dela aqui!

— Por que eu fui esquecida? — perguntou Mary, batendo o pé.

— Por que ninguém veio me buscar?

O jovem chamado Barney olhou para ela com muita tristeza. Mary percebeu que ele quase chorou.

— Pobre menina, não sobrou ninguém.

Foi dessa forma brusca que Mary descobriu que tinha perdido pai e mãe. Eles morreram e foram levados durante a noite. Os poucos criados nativos que sobreviveram também abandonaram a casa o mais rápido que puderam. Nenhum deles sequer se lembrou de que existia uma Missie Sahib. Por isso, o silêncio era absoluto. Na casa, só estavam a criança e a cobrinha com olhos brilhantes.

CAPÍTULO 2

Mary irritadinha

Mary costumava olhar sua mãe de longe e a achava muito bonita. Porém, como sabia muito pouco sobre ela, mal podia expressar amor ou até sentir a sua falta. Na realidade, nem sentia saudade. Era uma criança egoísta, somente pensava em si mesma. Se fosse mais velha, certamente estaria muito nervosa por estar perdida no mundo, mas ainda era muito jovem. Sempre se virou sozinha e, por isso, acreditava que seria assim eternamente. Agora, esperava que fosse encaminhada a pessoas atenciosas, que a tratassem bem e que a deixassem fazer o que quisesse, como sua ama e os outros empregados nativos.

A menina foi levada para a casa de um pastor inglês que era pobre e tinha cinco filhos. Ela sabia que não ficaria por muito tempo naquele lugar desarrumado, e que odiava. As crianças – quase da mesma idade – usavam roupas puídas e viviam brigando e tomando brinquedos uns dos outros. Mary era tão mal-educada que, depois do primeiro ou segundo dia, ninguém mais queria brincar com ela. Logo no segundo dia, lhe deram um apelido que a deixou furiosa.

A ideia foi de Basil, um menininho danado de olhos azuis e nariz arrebitado. Mary não o suportava. Ela brincava sozinha debaixo de uma árvore, exatamente como fazia quando ocorreu o surto de cólera. Enquanto ela fazia bolinhos de barro e desenhava no chão os caminhos de um jardim, Basil se aproximou e começou a dar palpites:

— Por que você não faz uma pilha de pedras e coloca as flores entre elas? — sugeriu e se abaixou para explicar.

— Assim, no meio...

Mary gritou para que ele fosse embora.

— Suma! Não gosto de meninos.

Além de ter ficado furioso, Basil passou a provocá-la. Assim como fazia com suas irmãs. Começou a dançar em volta dela, fazendo caretas, enquanto cantava e ria:

Mary está sempre tão irritadinha,
Seu jardim só tem erva daninha.
Só florzinhas murchas no jardim!
Lá só tem mato e muito capim!

As outras crianças ouviram e passaram a cantar também e riram junto. Quanto mais Mary se irritava, mais eles cantavam: "Mary, a irritadinha!". Durante o período em que Mary conviveu com eles, era chamada de "Dona Mary, sempre tão irritada", quando falavam dela entre si e, às vezes, até quando falavam com ela.

— Vão mandar você para casa neste fim de semana — disse Basil.

— A gente ficou bem feliz.

— Também fiquei feliz — retrucou Mary.

Ela quis saber onde fica a tal casa.

— Ela nem sabe onde fica a própria casa! — caçoou Basil com sua ironia de sete anos de idade.

— Fica na Inglaterra, claro. Nossa avó mora lá e a Mabel, a nossa irmã, foi morar com ela no ano passado. Agora, você não vai ficar com a sua avó, pois nem avó você tem. Você vai morar com o seu tio. O nome dele é Sr. Archibald Craven.

Mary disse que nunca ouviu falar desse tio.

— Eu sei que não — respondeu Basil.

E disse mais:

— Você nunca sabe de nada mesmo. Meninas não sabem de nada. Ouvi meu pai e minha mãe falando sobre ele. Archibald mora em uma casa bonita, grande e longe, e ninguém chega perto dele. Ele é tão bravo que não deixa ninguém ir lá e, mesmo se deixasse, ninguém iria. Ele é corcunda e horroroso.

— Não acredito em você — disse Mary, dando as costas ao menino e tapando as orelhas para não ouvir mais nada.

Ainda assim, Mary ficou com aquilo na cabeça. À noite, quando a Sra. Crawford contou que brevemente pegaria um navio para a Inglaterra, para ficar na mansão Misselthwaite com seu tio, o Sr. Archibald Craven, a menina fez tão pouco caso que deixou todos confusos. Tentaram ser amáveis, mas ela virava o rosto, quando a Sra. Crawford tentava beijá-la, e se esquivava quando o Sr. Crawford fazia um carinho.

Mais tarde, desapontada, a Sra. Crawford comentou:

— Que criança tão sem graça!

— A mãe era uma mulher tão linda, tinha uma primorosa educação. Ao passo que Mary tem os modos mais repugnantes que já vi em uma criança. Os meninos a chamam de "Mary, irritadinha" e, embora seja errado da parte deles, até entendo a brincadeira.

— Quem sabe se a mãe com sua beleza e educação tivesse ido com mais frequência ao quarto de Mary, a criança teria aprendido a ser uma pessoa melhor. É triste demais lembrar que muitas pessoas sequer sabiam que a mulher tinha uma filha.

— Acho que a mãe mal olhava para ela — lamentou a Sra. Crawford.

— Quando sua ama morreu, não sobrou ninguém para cuidar da pobrezinha. Imagine os criados fugindo e abandonando a menina na casa vazia! O coronel McGrew contou que ficou completamente sem ação, quando abriu a porta e a encontrou ali parada, no meio do quarto.

A viagem à Inglaterra foi longa e Mary ficou sob os cuidados da esposa de um oficial, que estava levando os filhos para um internato. A mulher dava muito mais atenção aos seus filhos, e ficou contente em entregar Mary à criada que a encontrou em Londres a mando do Sr. Archibald Craven. A criada, a Sra. Medlock, era a governanta na mansão Misselthwaite. Era uma mulher robusta, com bochechas bem vermelhas e olhos negros e vivos. Usava um vestido roxo, um xale de seda preto com franjas e uma boina, também preta, enfeitada com flores-de-veludo roxas que balançavam, quando ela mexia a cabeça. Como era de se esperar, Mary não gostou nem um pouco da governanta. Isso não fazia muita diferença, pois ela quase nunca gostava de ninguém mesmo. Na realidade, a Sra. Medlock deixou bem claro que também não teve boa impressão da menina.

— Meu Deus do céu, é mesmo uma coisinha ordinária! — comentou a governanta.

E disse mais:

— A filha quase não herdou nada da encantadora beleza da mãe, não é mesmo, minha senhora?

— Com o tempo ela pode melhorar — disse a esposa do oficial em um tom otimista.

— Se não fosse tão pálida e amuada, sua aparência já melhoraria bem. As crianças mudam rápido.

— Ela vai precisar mesmo mudar bastante — retrucou a Sra. Medlock.

— Na verdade, em Misselthwaite existe pouca coisa que ajude a melhorar uma criança!

As duas mulheres achavam que Mary, que estava longe e olhava pela janela do hotel onde se hospedaram, não podia ouvi-las. Realmente, a menina observava os ônibus, os táxis e as pessoas, mas ouviu tudo muito bem e ficou curiosa em saber como era seu tio e o lugar em que moraria. Que tipo de lugar seria? Será que iria gostar? Como era um corcunda? Ela nunca tinha visto um. Pode ser que nem existissem corcundas na Índia.

Mary sentia-se mais sozinha depois que foi morar na casa de outras pessoas e que ficou sem ama. Passou a ter novos pensamentos e a questionar tudo, especialmente porque nunca se sentira parte de nenhuma família, nem mesmo quando seus pais eram vivos. As outras crianças pareciam ser queridas pelos pais, mas ela nunca se sentira a filhinha de ninguém. Tinha criados, comida e roupas, mas todos davam pouco importância a ela. Ela não imaginava que era rejeitada por ser tão rabugenta, porque, claro, não percebia que era assim. Às vezes, ela achava isso de outras pessoas, mas nunca de si mesma.

Para Mary, a Sra. Medlock era a pessoa mais rabugenta que já conhecera, com seu rosto sem graça, extremamente vermelho e seu chapeuzinho esquisito. No dia seguinte, quando começaram a viagem até Yorkshire, uma cidade no norte da Inglaterra, a Sra. Medlock caminhou pela estação até o vagão do trem com a cabeça empinada, evitando ficar próxima da menina, pois não queria que pensassem que era a mãe dela. Ficaria muito contrariada só de imaginar que alguém pensasse isso.

A Sra. Medlock não estava preocupada nem um pouco com Mary ou com o que ela pensava. Era o tipo de pessoa que "não admite criancices". E faria questão de dizer isso, caso alguém perguntasse. Não queria ter viajado para Londres bem na época do casamento da filha de sua irmã, mas ganhava bem como governanta na mansão Misselthwaite. Assim sendo, a melhor forma de manter o emprego era obedecer às ordens do Sr. Archibald Craven sem questionar. Ela nunca ousou fazer sequer uma pergunta a ele.

— O capitão Lennox e sua esposa morreram de cólera — anunciou o Sr. Craven, friamente.

E ordenou:

— O capitão Lennox era irmão da minha esposa e eu tenho a guarda de sua filha. A criança deve ser trazida para cá. Você deve ir pessoalmente até Londres buscá-la.

A Sra. Medlock atendeu prontamente, fez sua pequena mala e viajou até Londres.

Mary sentou-se emburrada no canto do vagão. Como não havia nada para ler, nem para olhar, ficou dobrando suas luvinhas finas no colo. Usava um vestido preto e também um chapéu preto de crepe, o que a deixava ainda mais pálida.

"Nunca vi uma garota tão chatinha em toda a minha vida" – pensou a Sra. Medlock.

Ela nunca tinha visto uma criança que ficasse sentada sem falar e sem fazer nada. A situação estava entediante, por isso resolveu puxar conversa com sua voz áspera e aguda:

— Vou contar a você alguma coisa sobre o lugar para onde estamos indo — disse.

— O que você sabe sobre o seu tio?

— Nada — respondeu Mary.

— Nunca ouviu seu pai ou sua mãe falarem dele?

— Não — disse Mary, franzindo a testa.

Os seus pais nunca haviam falado nada sobre o tio com ela. Aliás, eles jamais contavam alguma coisa a ela.

— Hummm! — resmungou a Sra. Medlock, encarando aquele rostinho esquisito e indiferente.

A mulher ficou quieta somente por alguns instantes e logo recomeçou o discurso:

— Quero avisar que você está indo para um lugar estranho.

A menina continuou calada e a Sra. Medlock pareceu ainda mais frustrada com a aparente indiferença. Respirou profundamente e prosseguiu:

— Trata-se de um lugar suntuoso, mas triste. O Sr. Craven se orgulha da sua mansão, embora seja muito sombria. A casa é enorme e antiga, tem uns seiscentos anos e fica na beira de uma charneca. Tem cerca de cem cômodos, quase todos fechados e trancados. Existem retratos e lindos móveis antigos, e outras coisas espalhadas pela casa que também estão por lá há séculos. Em volta, há também um imenso gramado e jardins, além de algumas árvores com galhos que vão até o chão.

A Sra. Medlock fez uma pausa para respirar.

— É só isso! — disse.

Mary prestava atenção mesmo sem querer. Tudo aquilo parecia muito diferente da Índia, e qualquer coisa nova a deixava curiosa, embora tentasse esconder o seu interesse. Parecia estar sempre infeliz. Assim, continuou sentada e quieta.

— O que você acha? — perguntou a Sra. Medlock.

— Não acho nada!

— Não conheço lugares assim — respondeu Mary.

A Sra. Medlock reagiu com uma risada e exclamou:

— *Eita*!

E criticou a menina, dizendo que ela parecia uma velha.

— Você gosta de ser assim?

— Não faz diferença se eu gosto ou não — disse Mary.

— Realmente, você tem razão — concordou a Sra. Medlock.

— Não faz diferença. Na verdade, não sei o motivo de você ir para a mansão Misselthwaite, deve ser a única solução. O Sr. Craven não se preocupará com você, disso eu tenho certeza. Ele nunca se preocupa com ninguém, só com uma pessoa.

De repente, parou de falar como se tivesse se lembrado de alguma coisa.

— Ele tem as costas curvadas — contou.

— Ele era um jovem amargurado, que não aproveitava a sua fortuna, nem sua mansão até se casar. Foi isso que o deixou assim.

Mary fixou os olhos na mulher, apesar de passar a imagem de que não se importava com isso. Nunca imaginou que o corcunda tivesse se casado e, portanto, ficou um tanto impressionada. A Sra. Medlock percebeu e, por ser uma mulher tagarela, continuou a falar empolgada. Assim, ao menos, passava o tempo.

— A moça era bela e gentil, e ele cruzaria o mundo inteiro só para colher uma folha da planta que ela desejasse. Ninguém achou que ela se casaria com ele, mas casou. E as pessoas diziam que ela havia se casado com ele apenas por dinheiro, mas não foi por isso. Eu não acredito que foi por isso — disse ela firmemente.

— Quando ela morreu...

Mary se assustou e deu um pulo sem perceber.

— Ah, ela morreu! — exclamou, espontaneamente.

Logo Mary lembrou-se de um conto de fadas que leu uma vez, chamado *Henrique, o topetudo*. Era sobre um corcunda e uma linda princesa, e isso imediatamente a fez ficar com dó do Sr. Archibald Craven.

— Sim, ela morreu — continuou a Sra. Medlock.

— A partir daí, ele ficou ainda mais esquisito do que antes. Ele não liga mais para ninguém. Não quer ver ninguém. Viaja na maior parte do tempo e, quando está em Misselthwaite, fica trancado na ala oeste e não deixa ninguém além de Pitcher entrar. Pitcher é um velho amigo que cuidou dele, quando criança, e o conhece muito bem.

Tudo aquilo se parecia com uma história de algum livro. E Mary se sentiu apreensiva. Uma casa ao lado de uma charneca — não importava o que fosse uma charneca —, cem quartos, a maioria fechado e portas trancadas... Era tudo muito temeroso. Um homem com as costas curvadas que também vivia trancado! Ela olhou pela janela com os lábios apertados, enquanto a chuva começava a cair em cinzentas linhas diagonais, respingando e escorrendo pelos vidros da janela. Se a bela esposa ainda estivesse viva, talvez as coisas ficassem mais alegres, pois teria uma pessoa parecida com sua mãe, correndo para lá e para cá, indo às festas como ela fazia, usando tecidos rendados. Infelizmente, ela não estava mais lá.

— Não se iluda que vai se encontrar com ele, porque há poucas chances de isso acontecer — disse a Sra. Medlock.

— E não espere que as pessoas conversem com você. Vai ter de brincar e se virar sozinha. Você saberá em quais quartos poderá entrar e de quais deverá se manter longe. Como já disse, há muitos jardins. Quando você estiver em casa, não fique perambulando e nem xeretando. O Sr. Craven não gosta nada disso.

— Eu não sei se vou ter vontade de perambular e xeretar — disse a pequena e amargurada Mary.

Ao mesmo tempo em que deixava de sentir pena do Sr. Archibald Craven, não sentia tanta tristeza como antes, e começou a acreditar que ele era tão horroroso ao ponto de merecer tudo o que tinha lhe acontecido.

Mary virou o rosto e ficou pensativa, olhando para os filetes de água que escorriam pelos vidros do vagão. Assim permaneceu por muito tempo, admirando a tempestade que parecia nunca mais acabar. Não desviou os olhos da janela até que o cinza foi ficando cada vez mais escuro à sua frente e ela caiu no sono.

CAPÍTULO 3

Pela charneca

Mary dormiu profundamente e bastante. Enquanto ela dormia, a Sra. Medlock aproveitou e foi a uma das estações comprar uma refeição com frango, carne desfiada, pão, manteiga e chá quente. Finalmente, a menina acordou. Parecia que a chuva estava caindo ainda mais forte, pois todos na estação vestiam capas de chuva brilhantes e molhadas. O encarregado acendeu as luzes do vagão e a Sra. Medlock se deliciou com o chá, o frango e a carne. Fez um belo lanche e, em seguida, foi sua vez de dormir. Mary ficou sentada observando sua boina escorregar para o lado até que acabou dormindo novamente, embalada pelos respingos da chuva. Já estava bem escuro, quando acordou de novo. O trem parou na estação e a Sra. Medlock a sacudiu.

— Menina, que sono pesado! — disse.

— Hora de se levantar! Chegamos na estação de Thwaite e ainda temos um bom caminho pela frente.

Mary obedeceu e tentou manter os olhos abertos, enquanto a Sra. Medlock juntava as bagagens. A menina não se ofereceu para ajudar, porque, na Índia, os criados sempre pegavam e carregavam as coisas. Assim, achava normal esperar enquanto faziam isso.

A estação era pequena e parecia que somente elas desceriam do trem. O chefe da estação falou com a Sra. Medlock de um modo grosseiro, mas bem-humorado, pronunciando as palavras de maneira muito estranha, o que depois Mary descobriria que é o sotaque de Yorkshire.

— *Tô* vendo que a comadre voltou e que trouxe a menininha com você — disse o homem.

— Sim, *sinhô*. É ela mesma — respondeu a Sra. Medlock com o mesmo sotaque e apontando para Mary com a cabeça.

— Como que *tá* a comadre?

— *Tá boa.* O carro tá esperando vocês lá fora.

Uma carruagem esperava na estrada em frente à pequena plataforma externa. Mary percebeu que tanto a carruagem como o carregador que a ajudou a subir eram bem elegantes. A longa capa de chuva e a cobertura à prova de água de seu chapéu estavam brilhantes e molhadas, assim como tudo ali, incluindo o corpulento chefe da estação.

Assim que o carregador colocou as malas ao lado do condutor e fechou a porta, a carruagem partiu. A menina foi se sentar em um canto confortável e estofado. Agora, não sentia mais sono. Ficou grudada na janela, curiosa para ver alguma coisa na estrada que levava para o tal lugar melancólico que a Sra. Medlock havia descrito. Mary não era uma criança medrosa e nem estava exatamente assustada, mas pressentia que era impossível saber o que aconteceria na enorme casa que ficava à beira de uma charneca.

De repente, ela quis saber o que é uma charneca.

A Sra. Medlock respondeu:

— Fique olhando mais dez minutos pela janela e vai descobrir.

— São oito quilômetros pela charneca Missel até a mansão. Está difícil de enxergar, porque já é noite, mas dá para ver alguma coisa.

Mary parou de fazer perguntas e esperou no seu canto escuro, sem tirar os olhos da janela. Os faróis da carruagem iluminavam um pouco adiante, e ela via de relance as coisas que passavam. Depois de saírem da estação, passaram por um vilarejo onde ela viu chalés caiados e uma taberna iluminada. Passaram também por uma igreja e pela casa do pastor. A menina viu ainda uma vitrine de uma lojinha de brinquedos, doces e outras bugigangas. Logo depois, pegaram a estrada principal, margeada por fileiras de arbustos e árvores. Depois disso, não viu mais nada de diferente por um bom tempo.

Quando a carruagem passou a andar mais devagar, como se subissem uma colina, as cercas vivas e as árvores pareciam ter sumido. Mary não via mais nada, pois de ambos os lados era só escuridão. Inclinou-se para encostar o rosto na janela bem na hora que o carro deu um solavanco.

— Veja! Agora sim, estamos na charneca — disse a Sra. Medlock.

À medida que o carro passava, os faróis banhavam de dourado a estrada de cascalho que parecia ter sido aberta por entre os arbustos e outras plantas baixas. Mais além, havia uma grande vastidão escura que se espalhava por todos os lados. Um vento começou a soprar fazendo um som diferente, solitário, grave e apressado.

Mary até pensou que fosse o barulho do mar. E a Sra. Medlock explicou o que era:

— Não é o mar, não são pastos e nem montanhas. São apenas quilômetros e mais quilômetros de terra agreste, onde nada cresce além de urzes, tojo e giesta, e não tem nenhum bicho, além de pôneis selvagens e cabras.

— Ah, achei que podia ser o mar, caso tivesse água aqui — disse Mary.

— O som é igualzinho ao do mar.

— É o vento soprando nos arbustos — reforçou a Sra. Medlock.

— Para mim, é um lugar bem rude e sem graça, embora eu goste de algumas das plantas, como as urzes, que dão flores violetas e rosas.

A viagem continuou ainda pela escuridão. Embora a chuva tenha parado, o vento soprava e assobiava sons estranhos. A estrada seguia, subindo e descendo, e várias vezes a carruagem passava por alguma pequena ponte sobre águas cristalinas e barulhentas. Mary sentia que aquela viagem não tinha fim e que a grande e bucólica charneca era um imenso mar negro que ela atravessava por uma faixa de terra seca.

— Não gosto daqui — falou para si mesma e apertou ainda mais os lábios.

Depois que os cavalos enfrentaram um trecho íngreme da estrada, finalmente surgiu uma luz. A menina foi a primeira a ver a luz. Assim que a Sra. Medlock também a viu, deu um longo suspiro de alívio.

— Como é bom ver aquela luzinha trêmula — comentou.

— É a luz da janela da guarita. Daqui a pouco, vamos tomar uma boa xícara de chá quente. Ah, se vamos.

Realmente demorou um pouco, como ela disse, porque depois que a carruagem passou pelos portões da entrada, seguiram ainda por mais de três quilômetros pelo calçamento. As enormes árvores impressionavam, porque pareciam formar um túnel longo e escuro.

Ao fim do túnel, se encontraram em um lugar aberto e pararam diante de uma casa de dois andares, muito comprida, que parecia contornar todo o pátrio de pedra. A princípio, Mary achou que as luzes de todas as janelas estavam apagadas, mas, ao descer do carro, viu um brilho fraco em um dos quartos na ponta do andar de cima.

A porta de entrada da mansão era enorme, feita de carvalho, pesada e de formas curiosas, decorada com grandes rebites e com fortes braças de ferro. Ela dava passagem para um saguão imenso. Tudo era frio e mal iluminado. Mary teve até medo de olhar para os rostos nos quadros das paredes e as armaduras de metal. Parada sobre o chão de pedra, ela parecia muito pequenina, um ser sombrio e indefinido. Mary sentiu-se muito frágil, perdida e insignificante.

Um homem elegante e magro se aproximou do criado que abriu a porta para elas.

— Leve a menina para o quarto — disse, com uma voz rouca.

— Sr. Craven não quer vê-la. Amanhã cedo ele vai para Londres.

— Está certo, Sr. Pitcher — respondeu a Sra. Medlock.

— Faço tudo o que me falarem para fazer!

— O mais importante — advertiu o Sr. Pitcher — é que a senhora se certifique de que ele não seja perturbado e de que não veja o que não quer ver.

Lá foi Mary Lennox levada para seu quarto. Passou por uma ampla escadaria e por um longo corredor. Mais adiante, por outro lance de escada e mais um corredor, depois outro, até atravessar uma porta e chegar a um quarto com lareira e a mesa posta para o jantar.

A Sra. Medlock disse sem cerimônia:

— Ouça e veja você! Este e o quarto ao lado agora são a sua casa e você deve ficar dentro dela. Não se esqueça disso!

Foi dessa forma que Mary, a irritadinha, chegou à mansão Misselthwaite. Talvez tenha sido o seu dia mais irritante.

CAPÍTULO 4
Martha

Mary despertou, porque uma jovem criada havia entrado de manhã no quarto para acender o fogo. A moça estava ajoelhada no tapete em frente à lareira, raspando as cinzas. E fazia muito barulho. Ainda deitada, Mary a observou por algum tempo antes de começar a examinar o resto do quarto. Nunca vira um quarto assim, muito estranho e triste. As paredes eram forradas de tapeçarias bordadas com cenas de florestas. Havia pessoas vestidas com roupas espalhafatosas debaixo das árvores e, ao longe, apareciam difusas as torres de um castelo. Havia caçadores, cavalos, cães e damas. Mary sentiu como se estivesse no meio da floresta com eles. Uma enorme janela dava para uma grande extensão de terra em aclive, quase sem nenhuma árvore. O terreno era monótono e meio arroxeado.

— O que é aquilo? — quis saber, apontando para a janela.

Martha, a jovem empregada, levantou-se, olhou e apontou também:

— Aquilo? — perguntou.

— Sim.

— Aquilo é a charneca — e deu um sorriso bem-humorado.

— Você gosta?

— Não! Odeio! — respondeu Mary.

— É porque você ainda *numsi acostumô* — disse Martha, voltando ao trabalho.

— *Bão*... a senhorita vai achar que a charneca é muito grande e sem nada. Mas depois vai gostar.

— Você gosta? — perguntou Mary.

— Ô se gosto! — respondeu Martha, esfregando a grade alegremente.

— *Num é ruim não*. É cheio de brotinho nascendo e tem um perfume que é uma doçura. É muito lindo na primavera e, no verão, as plantas dão flor. Fica tudo com cheiro de mel e o ar fica bem fresco... e o céu parece mais alto ainda e as abelhas e as cotovias fazem um barulhão zunindo e cantando. *Num* me mudo daqui por nada deste mundo, *sô!*

Mary prestou atenção em tudo que viu e ouviu com uma expressão séria e ficou um tanto confusa. Os criados nativos com quem ela estava acostumada na Índia eram diferentes. Eram mais prestativos e servis e não ousavam conversar com seus patrões como se estivessem no mesmo nível. Eles faziam reverências e chamavam os patrões de "protetores dos pobres" e coisas assim. Não se pede a um criado da Índia para que faça alguma coisa, ordena-se. Não era costume dizer "por favor" e "obrigado", e Mary costumava agredir sua ama quando estava brava. Imaginou o que essa jovem faria se alguém batesse nela. A moça era uma criatura apresentável, gorducha e rosada. Apesar de bem-humorada, também tinha um jeito vigoroso que fez com que Mary se perguntasse se ela não revidaria a uma agressão, mesmo que fosse de uma simples garotinha.

Sem largar os travesseiros, Mary ousou dizer que a criada era estranha. Martha sentou-se sobre os calcanhares com sua escova de cinzas na mão e sorriu, demonstrando o mesmo bom humor e falou:

— Eita! Se tivesse uma dona que mandasse aqui em Misselthwaite, sei que eu não seria nem uma criada subalterna. Eu queria ser copeira, mas me proíbem de subir as escadas! Eu sou muito simples e meu sotaque de Yorkshire é muito carregado. Porém esta casa é engraçada, porque tudo é grande demais. Parece que nem tem patrão e nem patroa, só o Sr. Pitcher e a Sra. Medlock. O Sr. Craven não liga para nada quando vem *pra* cá, mas quase nunca está. A Sra. Medlock me deu o emprego por caridade. Ela disse que *num* teria feito isso, se Misselthwaite fosse igual às outras casas grandes.

— Você será minha criada? — perguntou Mary, ainda em seu tom imperativo indiano.

Martha voltou a esfregar a grade.

— Eu obedeço a Sra. Medlock — disse resoluta. E ela trabalha *pro* Sr. Craven... E sou eu quem faz a arrumação aqui em cima e vou cuidar um pouco *docê*. Mas você *num* precisa ser muito cuidada.

— Quem é que vai me vestir? — indagou Mary.

Martha voltou a sentar-se nos calcanhares e a encarou. Ficou tão irritada que soltou todo o seu sotaque de Yorkshire:

— *Eita lasqueira! Num* sabe se vestir sozinha? — perguntou.

— O que você disse? Não falo a sua língua — lembrou Mary.

— Eita! Me esqueci — desculpou-se.

— Bem que a Sra. Medlock me disse para tomar cuidado, que senão você *num* ia *mim entend*ê. Perguntei se você não sabe *colocá* a sua própria roupa.

— Não — disse Mary, muito indignada. Quem me vestia era a minha ama.

E Martha continuou a orientar a menina:

— Então está na hora de aprender. Nunca é tarde. Vai ser *bão* você aprender a se cuidar um pouco sozinha. A mãe sempre fala que não entende como os filhos de gente importante não fica tudo tonto depois de crescido, porque são paparicados, lavados, vestidos e levados para passear como se fossem uns bonecos de pau!

— Na Índia é diferente — afirmou Mary com desdém, ainda incomodada.

Mesmo assim, Martha não se alterou.

— Estou vendo que é diferente mesmo — retrucou com simpatia. *Deve di sê é porque* tem muitos nativos lá. Quando fiquei sabendo que vinha da Índia, até achei que você também fosse indiana.

Mary sentou-se furiosa na cama.

— Quê? — ela reagiu.

— O quê? Você achou que eu era uma nativa? Ora... sua filha de uma porca!

Martha arregalou os olhos, assustada.

— Quem é que está xingando?

— *Num* precisa ficar tão ofendida. Isso *num* é jeito de uma jovem dama falar. Nada tenho contra indianos. Quando a gente lê sobre eles nos livros, parecem sempre muito tementes a Deus. Sempre falam que os outros povos também são nossos irmãos. Eu nunca vi um estrangeiro e fiquei bem alegre, quando achei que ia ver uma indiana de perto. Quando eu vim acender o seu fogo hoje cedo, fui de mansinho até a sua cama e puxei o cobertor devagarinho para olhar a sua cara. E você estava lá — disse, desapontada — nem um pouco diferente da gente, só muito gritadeira mesmo.

Mary se sentiu humilhada e sequer disfarçou sua raiva.

— Você pensou que eu era uma nativa! Como ousa? Você não sabe nada sobre eles e nada sobre a Índia! Eles são servos que devem nos fazer reverência. Não sabe nada de nada!

Ela ficou tão ofendida e se sentiu tão desamparada diante do mero olhar da jovem, que se viu amargamente solitária e longe de tudo que entendia. Descontrolada e indefesa, jogou-se de bruços nos travesseiros e começou a soluçar sem parar. Chorava e soluçava tanto que a afável Martha de Yorkshire morreu de pena da menina. Não se conteve e foi até a cama para confortá-la.

— *Num* precisa *chorá* tanto *anssim*! — pediu.

— *Num* precisa mesmo. Eu *num* sabia que ficaria tão chateada. Eu não sei nada de nada mesmo, do jeito que você disse. Me *descurpa*, senhorita. Para de *chorá*.

O sotaque estranho de Yorkshire e o jeito direto, mas meigo, da criada tornou a relação amistosa e reconfortante. Pouco a pouco, Mary parou de chorar e se calou. Martha respirou aliviada.

— Agora é hora de se levantar — avisou a criada.

— Recebi ordens da Sra. Medlock para levar o seu café da manhã, o lanche e o jantar para o quarto do lado. Foi transformado em um trocador para a senhorita. Eu ajudo a menina a se vestir, se sair da cama. Se tiver botão nas costas, não tem como abotoar sozinha.

Depois de tanta resistência, Mary finalmente decidiu se levantar. Acontece que as roupas que Martha tirou do guarda-roupa não eram as que ela usava, quando chegou na noite anterior, acompanhada da Sra. Medlock.

— Essas roupas não são minhas. As minhas são pretas! — reclamou.

Ao ver o casaco e o vestido de lã branca grossa, Mary disse com fria aprovação:

— Elas são melhores que as minhas.

— São essas que vai vestir — afirmou Martha.

— O Sr. Craven mandou a Sra. Medlock comprar em Londres.

Ele disse: "Eu não quero uma criança vestida de preto vagando por aqui como uma alma perdida. Não quero este lugar mais triste do que já é. Ela vai usar roupas coloridas!"

— Minha mãe disse que entendeu o que ele quis dizer. A mãe sempre sabe das coisas. Ela mesma *num* gosta muito de preto, sabe?

— Eu odeio coisas pretas — disse Mary.

Esse primeiro contato e o aprendizado de se vestir aproximaram as duas. Martha já havia ajudado a abotoar as roupas de suas irmãs e irmãos menores, mas nunca vira uma criança que ficasse parada e esperasse que outra pessoa fizesse coisas por ela como se não tivesse mãos ou pés.

— Por que não calça os próprios sapatos? — ela quis saber, quando Mary discretamente estendeu o pé.

— Porque minha ama é quem fazia isso. Era o costume! — respondeu Mary.

— Toda hora, ela dizia isso: "Era o costume". Os criados indianos sempre falavam assim. Se alguém lhes dissesse para fazer algo que seus ancestrais não faziam há mil anos, então eles olhavam com brandura e diziam: "Não é o costume" e sabia-se que era o fim do assunto.

Mary não fazia outra coisa além de ficar em pé e esperar que fosse vestida como uma boneca. No entanto, antes de estar pronta para o café da manhã, já suspeitava que sua vida na mansão Misselthwaite a ensinaria uma série de coisas novas, como, por exemplo, calçar seus próprios sapatos, vestir meias e pegar objetos que deixasse cair. Se Martha fosse uma jovem criada bem treinada, teria sido mais servil e respeitosa e acharia que era sua função escovar o cabelo e calçar as botas, recolher as coisas e guardá-las. Todavia, ela não passava de uma pessoa simples e inexperiente de Yorkshire, criada em uma casinha na charneca com um monte de irmãos e irmãs que nunca sonharam em fazer nada além cuidar uns dos outros.

Caso Mary Lennox fosse uma criança habituada a brincadeiras, provavelmente se divertiria mais com o jeito descontraído de Martha, mas apenas a ouviu com frieza e se admirou com sua falta de preocupação com a etiqueta. A princípio, ela não pareceu nem um pouco interessada, mas devagar, à medida que a jovem criada tagarelava com bom humor e amigavelmente, Mary começou a entender melhor o que dizia.

— Deveria conhecer todos eles — disse.

— Somos em doze e meu pai ganha muito pouco. Minha mãe consegue fazer o mingau render para todo mundo. As crianças brincam na charneca o dia todo, e a mãe diz que o ar da charneca engorda. A mãe acredita que eles comem grama igual os pôneis selvagens. Nosso Dickon tem doze anos e tem um potro de pônei só dele.

— Onde e como ele conseguiu um? — perguntou Mary.

— *Bão...* ele *achô* na charneca, junto da mãe dele, ainda pequeno, e começou a fazer amizade com ele e a dar uns pedaços de pão e cortar capim *pra* ele. E ele começou a gostar do Dickon, então anda sempre junto e até deixa ele montar. Dickon é um rapaz gentil e os bichos gostam dele.

Mary nunca teve um animal de estimação, mas pensava em ter um. Daí começou a sentir um leve interesse por Dickon. Como nunca havia se interessado por ninguém além de si mesma, aquele foi o nascimento de um sentimento saudável. Quando ela entrou no quarto que havia sido adaptado para ela, viu que era bastante parecido com o outro em que dormira. Não era um quarto de criança, mas de adulto, com sombrios retratos antigos nas paredes e pesadas cadeiras de carvalho. Uma mesa no centro estava posta com um café da manhã reforçado. Como nunca teve muito apetite, olhou com desprezo para o primeiro prato que Martha colocou diante dela.

— Não quero comer — resmungou.

— Tem certeza de que não quer o mingau? — Martha perguntou incrédula.

— Não.

— É tão *bão!* Coloca um pouco de melado ou um pouco de açúcar.

— Eu não quero — repetiu Mary.

— *Num* aguento desperdício de comida da boa. Se as nossas crianças estivessem nesta mesa, limpariam tudo em cinco minutos.

— Por quê? — perguntou Mary friamente.

— Por quê? — repetiu Martha. — Porque a barriga deles quase nunca fica cheia. Eles vivem famintos como os falcões e as raposas.

— Não sei o que é ter fome — afirmou Mary, com a indiferença da ignorância. Martha ficou indignada.

— Faria bem para a senhorita experimentar. Acredite! — disse.

— Não tenho paciência com gente que fica sentada olhando *prum* naco de pão com carne. Verdade! Queria que o Dickon, o Phil, a Jane e o resto deles pudessem comer o que está aqui debaixo desses panos.

— E por que você não dá para eles? — sugeriu Mary.

— *Num* é meu — respondeu Martha com firmeza.

— E hoje *num* é minha folga. Eu tiro folga uma vez por mês, igual a todo mundo. Só na folga eu vou *pra* minha casa e limpo tudo pra mãe ter o dia de folga dela.

Mary bebeu um gole de chá e comeu um pouco da torrada com geleia.

— Agora que terminou, corre lá fora para brincar — disse Martha.

— Vai ser bom para abrir o seu apetite.

Mary foi até a janela. Havia jardins, calçadas e árvores grandes, mas tudo parecia sombrio e invernal.

— Lá fora? Por que eu sairia de casa em um dia como este?

— Então não vai sair, vai ficar em casa. É isso o que quer fazer?

Mary olhou ao seu redor. Não havia nada para fazer. Quando a Sra. Medlock preparou seu quarto, a diversão da menina não estava em sua mente. Talvez fosse mesmo melhor ir conhecer os jardins.

— Quem irá comigo? — perguntou.

Martha ficou olhando e respondeu:

— Irá sozinha.

— Procura aprender a brincar como as outras crianças que *num* têm irmão nem irmã. O Dickon vai *pra* charneca sozinho e brinca lá por horas. Foi assim que ele fez amizade com o pônei. Tem as ovelhas da charneca que conhecem ele, e *os pássaro* vêm comer na mão dele. Por menos que a gente tenha de comida, ele sempre guarda um pouco do pão para atrair seus bichinhos.

Na verdade, foi a menção a Dickon que fez Mary decidir sair, embora ela não tenha percebido. Haveria pássaros lá fora, menos pôneis ou ovelhas. Eles seriam diferentes dos pássaros da Índia e ela poderia se distrair só de olhar para eles.

Martha pegou um chapéu e um par de botinas reforçadas e desceu as escadas com a menina.

— Veja o caminho *pros* jardins — disse, indicando um portão em uma mureta de arbustos.

— No verão tem muita flor, mas, agora, não há nada desabrochando.

A criada parou um segundo antes de acrescentar:

— Um dos jardins está trancado. Ninguém entra nele há dez anos.

— Qual a razão? — perguntou Mary, instintivamente. Era mais uma porta trancada adicionada às outras cem daquela casa estranha.

— O Sr. Craven mandou fechar, quando sua esposa morreu repentinamente. Ele proibiu qualquer pessoa de entrar lá. Era o jardim dela. Ele trancou a porta e enterrou a chave num buraco. O sino da Sra. Medlock está tocando. Preciso correr.

Assim que a criada se foi, Mary desceu a calçada que levava ao portão entre os arbustos. Só pensava no jardim que ninguém visitava há dez anos, como ele seria e se ainda haveria flores nele. Depois de passar pelo portão dos arbustos, ela se viu em grandes jardins com gramados largos e calçadas sinuosas de bordas recortadas. Havia árvores e canteiros de flores e sempre-vivas podadas em formas estranhas, e uma grande fonte com um velho chafariz em seu centro. No entanto, os canteiros de flores estavam vazios, a terra estava seca e a fonte estava desligada. Aquele não era o jardim que permanecia fechado. Como alguém pode fechar um jardim e impedir as pessoas de visitar?

Ficou com isso na cabeça até que viu, ao final do caminho por onde ia, um longo muro escondido sob um manto de hera que crescera descontroladamente. Mary não era familiarizada o suficiente com a Inglaterra para saber que ali ficavam as hortas onde cresciam os legumes e as verduras. Seguiu em direção ao muro e descobriu por entre a hera uma porta verde entreaberta. Claro que aquele não era o jardim fechado, ou seja, ela poderia entrar ali.

Seguiu adiante da porta e descobriu que era um jardim cercado por muros, apenas um dos vários jardins murados que se comunicavam entre si. Ela encontrou outra porta verde aberta e viu arbustos e calçadas por entre canteiros de vegetais de inverno. As árvores frutíferas cresciam próximas da parede e alguns dos canteiros eram cobertos com armações de vidro. O lugar estava muito vazio e feio, pensou Mary, ao olhar em volta. No verão, tudo poderia voltar a ficar verde e bonito.

Um senhor com uma pá nos ombros entrou pela porta que dava para o segundo jardim. Ficou surpreso ao ver Mary. Seu rosto envelhecido e carrancudo demonstrava insatisfação em vê-la, assim como ela, que ficou descontente com o estado daquele jardim.

— O que é este lugar? — perguntou.

— Uma das hortas — respondeu.

— E aquilo? — perguntou Mary, apontando para a outra porta verde.

— Outra horta. Existe mais uma do outro lado do muro e tem um pomar mais lá adiante — revelou.

Mary quis saber se poderia entrar neles.

— Pode, mas não tem nada *pra* ver.

Mary ficou calada e continuou pela calçada até a segunda porta verde. Lá encontrou mais muros, verduras de inverno e estufas. No segundo muro, havia outra porta verde, que estava fechada. Talvez levasse ao jardim que ninguém via há dez anos. Como era uma criança destemida e sempre fazia o que queria, Mary foi até a porta verde e girou a maçaneta. Ela não queria que a porta se abrisse, porque assim teria certeza de ter encontrado o jardim secreto. Acontece que a porta se abriu facilmente e ela a atravessou, chegando em um pomar. O lugar também era cercado por muros revestidos pela vegetação e havia árvores frutíferas peladas sobre a grama castigada pelo inverno. Não havia mais nenhuma porta verde à vista, em lugar algum. Mary procurou, mas, ao entrar na parte mais alta do jardim, notou que o muro não parecia terminar no pomar. Ao contrário, se estendia para além dele como se abrangesse algo mais, do outro lado. Ela podia ver a copa das árvores acima do muro e, quando parou, viu um pássaro com peito vermelho-vivo pousado no galho mais alto de uma delas. Ele a surpreendeu ao soltar o seu canto de inverno. Dava a impressão que a tinha avistado e procurava chamar sua atenção.

Ela parou para ouvi-lo. De certa forma, seu canto alegre e amigável a deixou satisfeita. Qualquer pessoa pode se sentir solitária, até mesmo uma menina desagradável como ela. A grande casa fechada, a imensa charneca vazia e os vários jardins desfolhados davam a impressão de que não havia sobrado ninguém no mundo além dela. Se fosse uma criança afetuosa, acostumada a ser amada, seu coração estaria em pedaços. E mesmo sendo "Mary irritadinha", ela estava desolada. O passarinho de peito ruivo olhou para o seu rostinho azedo que quase sorria e ela o escutou até que ele voou. Mary gostou dele por ser diferente de um pássaro indiano e pensou se voltaria a vê-lo de novo e se ele vivia no jardim misterioso.

Provavelmente, pelo fato de não ter absolutamente nada para fazer, é que a Srta. Mary pensava tanto no tal jardim deserto. Estava curiosa e queria descobrir como ele era. Por que o Sr. Archibald Craven enterrou a chave? Se gostava tanto da esposa, por que odiava o jardim dela? Ela se perguntou se um dia o conheceria, mas sabia que, quando o visse, não gostaria dele e ele não gostaria dela. E imaginou que ela deveria apenas ficar parada e olhar para ele sem dizer nada. No entanto, estaria terrivelmente tentada a perguntar por que fazer uma coisa tão estranha assim.

"As pessoas nunca gostam de mim e eu nunca gosto de pessoas", pensou.

E continuou pensativa: "Eu nunca consigo falar como as crianças Crawford falavam. Elas estavam sempre conversando, rindo e fazendo bagunça".

Depois pensou no passarinho e em como ele parecia cantar para ela. E, ao se lembrar do topo da árvore em que ele se empoleirou, estancou de repente.

Ela acredita que aquela árvore estava no jardim secreto.

"Tenho certeza de que estava" — disse para si mesma.

Havia um muro em volta, mas nenhuma porta. Ela voltou para a primeira horta em que havia entrado e encontrou o velhinho cavoucando ali. Ela se aproximou e ficou ao lado dele, observando por alguns momentos com seu jeitinho frio. Ele não a notou e, por fim, ela disse:

— Visitei os outros jardins.

— Não tinha nada que a impedisse — o velho respondeu asperamente.

— Fui até o pomar.

— Com certeza não tinha nenhum cachorro na porta *pra* morder — afirmou.

— Não havia porta para o outro jardim — observou Mary.

— Qual jardim? — ele indagou com sua voz ríspida, parando de cavar por um momento.

— O que fica do outro lado do muro — respondeu Mary.

— Pude ver árvores e a copa delas. Um passarinho com o peito vermelho estava pousado em uma delas e cantou.

Para a sua surpresa, o velho rosto maltratado pelo tempo mudou de expressão. Ele abriu um sorriso lento, que o iluminou. Agora, o jardineiro estava bem diferente. Estava contente. Aquela mudança a fez pensar como era curioso o fato de uma pessoa ficar mais bonita quando sorria. Ela nunca havia pensado nisso.

Ele se virou para os lados do pomar e começou a assobiar um silvo baixo e suave. Ela estava indignada como um homem tão rude era capaz de fazer um som tão agradável. Quase no momento seguinte, algo maravilhoso aconteceu. Ela ouviu um voo leve e rápido no ar. Era o pássaro de peito vermelho que vinha na direção deles e pousou em um grande torrão de terra bem perto dos pés do jardineiro.

— Veja ele aqui — sorriu o velhinho – e, então, começou a falar com o pássaro como se falasse com uma criança.

— Onde você estava, seu safado atrevido? *Num* te vi antes, hoje. Você começou a bajular mais cedo desta vez? *Tá* mais afoito, é?

O pássaro colocou sua pequena cabeça de lado e olhou para o velho com seus olhos brilhantes e delicados, tais como gotas negras de orvalho. Estava bem tranquilo, sem medo algum. Então, saltou e bicou ligeiro a terra à procura de sementes e insetos. Essa experiência despertou um sentimento estranho no coração de Mary, pois ele era tão bonito e alegre que lembrava uma pessoa. Seu corpo era pequenino e redondo, com um bico mimoso e pernas delgadas e perfeitas.

— Ele sempre vem quando você o chama? — Mary perguntou delicadamente.

— Sim. Eu conheço ele desde pequenininho. Ele saiu do ninho no outro jardim e, quando voou sobre o muro da primeira vez, ainda estava fraco demais *pra* voar de volta. Em poucos dias, ficamos amigos. Quando ele conseguiu voar por cima do muro de novo, o resto da ninhada já tinha ido embora e ele ficou sozinho, e daí voltou *pra* mim.

— Que tipo de pássaro ele é? — Mary perguntou.

— Você *num* sabe? Chamam de pisco, ou pintarroxo, e é o passarinho mais amigo e curioso que existe. É tão amigo como o cachorro, se você souber como lidar com eles. Olha ele ciscando e olhando *pra* nós, sem parar. Ele sabe que estamos falando sobre ele.

Aquele senhor parecia o ser mais estranho do mundo. Ele mirava o passarinho rechonchudo de peito vermelho como se estivesse orgulhoso e apaixonado por ele.

— Ele é muito vaidoso — riu.

— Adora ouvir as pessoas falando dele. É um xereta, meu Deus, não tem ninguém mais curioso e intrometido. Sempre vem ver o que estou plantando. Ele sabe de coisa que nem o seu Craven desconfia. Ele é o verdadeiro jardineiro-chefe daqui.

O passarinho saltitava e bicava a terra. E de vez em quando, parava e olhava rapidamente para eles. Mary pensou que seus olhos negros de gotas de orvalho a fitavam com grande curiosidade. Realmente, parecia que ele estava descobrindo tudo sobre ela. A sensação estranha em seu coração aumentou.

— Para onde foi o resto da ninhada? — perguntou.

— Impossível saber. Os pais *tiram eles* do ninho e *fazem eles* voar. Daí eles se espalham sem a gente nem perceber. Este aqui já era meu conhecido e ele sabia que tinha ficado para trás.

Mary deu um passo adiante e olhou muito atenta para o passarinho.

— Estou sozinha — disse.

Foi a primeira vez que ela entendeu um dos motivos que a deixavam amarga e irritada. Descobriu essa verdade, quando o olhou para ela e ela retribuiu o olhar.

O jardineiro empurrou o boné para trás na cabeça calva e a observou por um minuto.

— Você é aquela menininha da Índia? — perguntou.

Mary confirmou com um aceno.

— É natural que se sinta sozinha. Vai se sentir ainda mais sozinha aqui — disse.

E voltou a cavar, cravando a pá profundamente no fértil solo negro do jardim, enquanto o pisco saltava, bastante ocupado.

— Qual é o seu nome? — Mary perguntou.

Ele se levantou para responder:

— Ben Weatherstaff.

E acrescentou com uma risada carrancuda:

— Eu fico sozinho comigo mesmo, menos quando o pisco vem me visitar. Ele é o meu único amigo.

— Eu não tenho amigos — disse Mary. Nunca tive. Minha ama não gostava de mim e eu nunca brinquei com ninguém.

É um costume de Yorkshire dizer o que se pensa com franqueza, e o velho Ben Weatherstaff havia nascido e crescido na charneca de Yorkshire:

— A gente é meio parecido — observou. Somos farinha do mesmo saco. Não somos bonitos e somos azedos por dentro. A gente tem esse jeito de poucos amigos, nós dois, isso eu garanto.

Essa foi uma conversa sem rodeios. Mary Lennox nunca tinha ouvido sequer uma verdade sobre si mesma em seus poucos anos de vida. Os servos nativos sempre a saudavam e se submetiam em todas as situações. Jamais havia pensado muito sobre a sua aparência, mas se perguntou se era tão feia quanto Ben Weatherstaff e se parecia tão azeda quanto ele antes do pisco pousar. Na verdade, começou a se perguntar se era mesmo "azeda" e se sentiu desconfortável.

De repente, um ruflar irrompeu próximo a ela e a fez se virar. Estava a poucos metros de uma macieira. O pisco voara para um de seus galhos, iniciando uma canção.

Ben Weatherstaff riu com satisfação.

— Não entendi o porquê ele fez isso — disse Mary.

— Foi o jeito de ele tentar fazer amizade com você — respondeu Ben.

— Garanto que foi isso! Pode me dar uma pedrada se ele não gostou mesmo de você.

— De mim? — disse Mary.

Ela se virou lentamente em direção à pequena árvore e olhou para cima.

— É verdade que você gostaria de ser meu amigo? — Mary se dirigiu ao pisco como se falasse com uma pessoa.

— Gostaria mesmo?

E ela não falou em tom duro ou com sua imperiosa voz indiana. Em vez da sua comum rispidez, foi delicada e usou um tom suave, ansioso e persuasivo. Ben Weatherstaff ficou tão surpreso quanto ela, quando ouviu o passarinho cantar.

— Muito bem! — exclamou o jardineiro.

— Você foi tão doce e espontânea que pareceu até uma criança de verdade, e não uma velha chata. Você falou quase do jeito que o Dickon fala com seus bichinhos selvagens na charneca.

— Então, você conhece Dickon? — Mary quis logo saber.

— Aqui todo mundo sabe quem ele é. O Dickon fica andando por todo lado. Até as amoras e as urzes roxas o conhecem. Aposto que as raposas mostram *pra* ele onde estão seus filhotes e as cotovias não escondem seus ninhos dele.

Mary pretendia fazer mais algumas perguntas. Estava, igualmente, curiosa a respeito de Dickon e do jardim secreto. Contudo, naquela hora, o pisco, que havia acabado a sua cantoria, agitou levemente suas asas e voou para longe. Ele havia feito sua visita e, agora, tinha outras coisas para fazer.

— Ele voou por cima do muro! — disse Mary, acompanhando o seu voo.

— O pisco foi para o pomar. Voou por cima do outro muro, para o jardim sem porta!

— É lá que ele mora — disse o velho Ben.

— Exatamente nesse lugar que ele saiu do ovo. Deve estar fazendo corte, arrumando as coisas para alguma passarinha que vive na velha roseira de lá.

— Roseira — repetiu Mary.

— Existem roseiras lá?

Ben Weatherstaff pegou sua pá e voltou a cavar.

— Sim, dez anos atrás — murmurou.

— Eu adoraria ver as roseiras — disse Mary.

— Você sabe onde fica a porta? Deve haver uma porta em algum lugar.

Ben enfiou a pá fundo e ficou tão distante como da primeira vez.

— Havia, dez anos atrás, mas agora não — respondeu.

— Como não tem porta? — gritou Mary.

— Impossível.

— Desista! Não existe porta que dê para ver, nenhuma que seja da conta de ninguém. Chega de perguntas e não meta o nariz onde não é chamada. Agora preciso trabalhar. Vai brincar *pra* lá.

O jardineiro Ben parou de cavoucar, colocou o cabo da pá sobre o ombro e foi embora aborrecido. Nem se despediu da Mary.

CAPÍTULO 5

Gritos no corredor

Depois que foi morar na mansão Misselthwaite, todos os dias eram exatamente iguais para Mary Lennox. No início, nada mudava, ou seja, todas as manhãs ela acordava em seu quarto forrado de tapeçarias com a criada Martha ajoelhada na lareira alimentando o fogo. Ela tomava seu café no quarto ao lado, que nada tinha de diferente para uma criança. Após cada desjejum, ficava olhando pela janela a imensa charneca que parecia se estender por todos os lados e subir até o céu. A cena era sempre a mesma! Depois de olhar por algum tempo, Mary percebia que, se não saísse, teria de ficar ali sem fazer nada, por isso saía. Ela custou a descobrir que aquilo era o melhor a se fazer. No começo, também não sabia que, quando andava mais rapidamente ou corria pelas calçadas e pela alameda, seu sangue lento se agitava e se fortalecia ao enfrentar o vento que soprava da charneca. Ela corria apenas para se aquecer e odiava o vento que rugia, batia em seu rosto e a segurava como um gigante invisível. As grandes e fortes lufadas de ar fresco sopravam sobre as urzes violetas e rosas e enchiam seus pulmões com energia para o seu corpo magro. Suas bochechas ficavam rosadas e seus olhos opacos iluminados. Tudo isso acontecia sem ela se dar conta.

Mary passou alguns dias praticamente inteiros ao ar livre. Certa manhã, soube o que é acordar com fome. Quando se sentou para tomar seu café da manhã, não empurrou o mingau com desprezo, mas encheu a colher e comeu até esvaziar a tigela.

— Você comeu bem hoje, né? — observou Martha.

— Hoje está bem gostoso — disse Mary, um tanto admirada consigo mesma.

— É o ar da charneca que dá espaço no seu estômago *pros* alimentos — explicou Martha.

— *Pra* sua sorte, você agora tem comida e apetite. Tem uma dúzia lá em casa com estômago vazio e nada *pra* encher. Continua brincando lá fora todos os dias e você vai botar um pouco de carne nesses seus ossos pontudos.

— Eu não brinco — disse Mary.

— Não tem nada para brincar lá.

— Para de se queixar! — disse Martha.

— Nossas crianças brincam com pau e pedra. Eles correm, gritam e olham as coisas.

Mary não gritou, mas olhou para as coisas. Não havia mais nada a fazer. Deu voltas e mais voltas nos jardins e vagou pelos caminhos do bosque. De vez em quando, procurava por Ben Weatherstaff. Ela o encontrava sempre trabalhando. Ele nem tinha tempo para conversar com ela ou estava de mau humor. Certo dia, quando ela caminhava em sua direção, ele pegou sua pá e foi embora, como se quisesse fugir dela.

Ela costumava frequentar mais que qualquer outro lugar, a longa calçada ao lado dos jardins cercados de muros. Havia canteiros secos de ambos os lados e a hera crescia densa contra os muros. Em uma parte da parede, as folhas verde-escuro ficavam mais densas do que no resto. Parecia que aquela parte estava abandonada há muito tempo. Tudo o mais havia sido podado e aparado, mas aquela parte mais afastada da calçada estava sem cuidados.

Mary notou essa diferença alguns dias depois de falar com Ben Weatherstaff, e ficou intrigada. Ela acabara de fazer uma pausa e olhava para um longo galho de hera que balançava ao vento, quando viu um brilho escarlate e ouviu um gorjear efusivo. No topo do muro, empoleirou-se o pisco-de-peito-ruivo de Ben Weatherstaff, inclinando-se para frente e torcendo o pescoço para ver a menina.

— Você voltou! — ela exclamou.

— É você! É você? — perguntou ao passarinho com a certeza de que ele a entenderia e responderia.

Dito e feito: o pisco respondeu. Gorjeou, cantarolou e pulou ao longo do muro como se contasse a ela uma série de coisas. Como da primeira vez, Mary agia como também o entendesse, mesmo sem palavras. Para Mary, era como se ele dissesse:

— Bom dia! O vento não está incrível? O sol não está maravilhoso? Tudo está tão bom, por isso vamos cantar e pular e piar. Vamos! Venha!

Mary ficou contente e, enquanto o passarinho pulava e dava pequenos voos ao longo do muro, ela correu atrás dele.

Pobrezinha da menina, magra, pálida e feia. Por um momento, ela se transformou e até ficou bonita.

— Eu gosto de você! Eu gosto de você! — gritava e dava pulos de alegria na calçada.

Mary gorjeou e tentou assobiar o melhor que podia. O pisco, por sua vez, gorjeou e assobiou de volta para ela. Por fim, abriu as asas e voou rapidamente para o topo de uma árvore, onde se empoleirou e cantou alto. Mary se lembrou da primeira vez em que o conheceu. Ele se balançava no topo de uma árvore e ela estava no pomar. Agora, ela estava do outro lado do pomar, parada na calçada junto à parede — bem mais adiante — e ali dentro estava a mesma árvore.

— Ele fica no jardim onde ninguém pode entrar — pensou.

— É o jardim sem porta. Ele mora lá! Como eu gostaria de ver como é! - refletia.

Ela correu até a porta verde pela qual havia entrado na primeira manhã. Depois correu pela calçada, passou por outra porta e foi para o pomar. Quando parou e olhou para cima, lá estava a árvore do outro lado do muro. E, claro, lá estava o pisco terminando sua canção e começando a ajeitar suas penas com o bico.

— Com certeza é o jardim! — afirmou.

Deu a volta e olhou atentamente para aquele lado do muro do pomar, mas só viu o que já sabia antes, ou melhor, que não havia porta. Em seguida, atravessou a horta novamente e saiu para a calçada paralela ao longo do muro coberto de hera. Caminhou até o final dele e o observou, mas não havia porta. Então, caminhou até a outra extremidade, sempre atenta, mas nada de porta.

— Que estranho! — disse.

— Ben Weatherstaff afirmou que não havia porta e não há mesmo. Mas dez anos atrás devia haver, porque o Sr. Craven enterrou uma chave.

Essa situação aguçava, cada vez mais, a sua curiosidade, tanto que começou a ficar bastante empolgada e a não lamentar mais por viver na mansão Misselthwaite. Na Índia, ela sempre se queixava do calor e era muito preguiçosa. Não tinha com que se preocupar. Na realidade, o vento fresco da charneca estava fazendo bem ao seu jovem cérebro.

Mary passou quase o dia todo fora de casa e, quando se sentou para jantar à noite, estava faminta, cansada e satisfeita. Nem a tagarelice de Martha a incomodou, pois sentiu que gostava de ouvi-la e, por fim, pensou em fazer uma pergunta. Assim que terminou de jantar, sentou-se no tapete diante do fogo e perguntou:

— Por que o Sr. Craven odiava o jardim?

Martha atendeu ao pedido dela e ficou fazendo companhia. A criada era muito jovem e estava cansada da sua casa lotada de irmãos e irmãs e detestava ficar no grande salão dos criados no andar de baixo, onde o carregador e os serviçais cochichavam entre si e zombavam de seu sotaque de Yorkshire. Martha gostava de falar, e a criança estranha que vivera na Índia e fora servida por nativos era uma novidade interessante para ela.

Martha aproveitou também para se acomodar diante da lareira, mesmo sem ser convidada.

— Você continua pensando naquele jardim? — indagou.

— Desconfiei, pois também fiquei assim quando ouvi essa história da primeira vez.

— Por que ele o odiava? — Mary voltou a perguntar.

Martha sentou-se sobre os pés, bastante confortável.

— Ouve só o vento uivando em volta da casa — sugeriu.

— Você mal conseguiria ficar em pé na charneca, se tivesse lá agora de noite.

Mary não sabia o significado de "uivando", mas, ao ouvir o vento, logo deduziu. Devia ser aquela espécie de rugido surdo e ameaçador que cercava a casa, como se um gigante invisível esbofeteasse as paredes e janelas tentando entrar. Porém, estava claro que ele não conseguiria entrar, e de alguma forma, ela se sentia segura e aquecida dentro de um quarto com uma lareira de carvão em brasa.

— Mas por que ele odiava tanto o jardim? — insistiu, depois de ouvir o vento. Ela queria saber se Martha sabia. Então, finalmente, Martha desistiu de sonegar informações.

— Tome cuidado! — alertou.

— A Sra. Medlock fala *pra* ninguém comentar sobre isso. Tem muita coisa aqui que *num* se pode comentar. São as ordens do Sr. Craven, que diz que os problemas dele não são da conta dos empregados. Ele ficou assim por conta do jardim. Era o jardim da Sra. Craven, que ela fez quando se casaram e ela adorava aquele lugar. Eles mesmos costumavam cuidar das flores. Nenhum jardineiro podia entrar lá. Os dois entravam e fechavam a porta. Ficavam lá horas e horas, liam e conversavam. Ela era bem menina ainda e tinha uma velha árvore com um galho torcido e um balanço onde ela gostava de sentar. Contudo, certo dia, ela estava balançando e o galho quebrou. E ela caiu no chão e se machucou tanto que morreu no dia seguinte. Os médicos temiam que o Sr. Craven ficasse louco da cabeça e que também morresse. É por isso que ele odeia aquilo. Ninguém nunca mais entrou lá, e ele não deixa ninguém falar sobre isso.

Mary desistiu de fazer perguntas. Olhou para o fogo e ouviu o vento "uivando" bem mais alto do que o normal. Naquela hora, uma coisa muito boa acontecia com ela. Na verdade, quatro coisas boas aconteceram com ela desde que viera para a mansão Misselthwaite. Mary e um pisco eram amigos e se "conversavam". Ela correu contra o vento até seu sangue esquentar, sentiu uma fome incrível como nunca na vida e descobriu o que era sentir pena de alguém.

Mary, ao ouvir o vento, também ouvia outra coisa sem saber o que era. A princípio, mal conseguia diferenciar do próprio vento. Era um som curioso, parecia que uma criança estava chorando em algum lugar. De vez em quando, acontecia de o vento soar como o choro de uma criança, mas agora Mary tinha certeza de que vinha de dentro da casa, não de fora. Estava longe, mas dentro. Ela se virou intrigada e olhou para Martha.

E perguntou:

— Você ouve alguém chorando?

Martha ficou confusa e negou que tinha ouvido.

— É o vento. Às vezes, parece que tem alguém uivando perdido na charneca. Tem som de todo jeito.

— Fica quieta e ouça — insistiu Mary.

— Vem daqui de dentro, de um daqueles longos corredores.

Exatamente naquele momento, uma porta deve ter sido aberta em algum lugar, pois uma forte corrente de ar invadiu o longo corredor e a porta do quarto em que estavam se abriu com a força do vento, fazendo um estrondo. Quando ambas se levantaram, a luz se apagou e o choro ressoou por todo o imenso corredor, mais nítido que antes.

— Agora você ouviu? — Mary tornou a perguntar.

— Eu disse que tem alguém gritando, e não é um adulto.

Martha saiu correndo para fechar a porta com a chave, mas, antes disso, as duas ouviram o estrondo de outra porta se fechando em algum cômodo distante. De repente, tudo ficou quieto. Até o vento parou seu uivo por alguns instantes.

— Foi o vento! — repetiu Martha.

— E, se não foi, era a pobre Betty Butterworth, a copeira. Ela passou o dia inteiro com dor de dente.

Mary desconfiou da teimosia de Martha, por isso a olhou fixamente. Para ela, a moça não falava a verdade. Escondia alguma coisa.

CAPÍTULO 6

"Tinha alguém chorando. Eu ouvi!"

Voltou a chover forte na manhã seguinte. Mary espiou o dia pela janela e viu que a charneca havia quase desaparecido por trás da névoa cinzenta e das nuvens. Era impossível pensar em sair.

— O que vocês fazem na sua casa, quando chove tanto assim? — perguntou para Martha.

— Tentamos não ficar um debaixo dos pés do outro, principalmente. Cada um faz uma coisa — respondeu.

— Somos em muitos lá. A mãe é uma mulher bem-humorada, mas fica bastante irritada. Os mais velhos vão *pro* estábulo brincar. Dickon não liga em se molhar. Ele sai como se o sol tivesse brilhando. Ele fala que algumas coisas só podem ser vistas em dia de chuva. Uma vez ele encontrou um filhote de raposa quase afogado na toca e trouxe ele *pra* casa, por dentro da camisa para ficar aquecido. A mãe do bichinho tinha morrido ali perto e ele tinha nadado para fora, mas o resto da ninhada morreu. Agora, ele mora lá em casa. Ele também encontrou um filhote de corvo quase afogado, trouxe ele *pra* casa e domesticou ele. Seu nome é Fuligem, porque é muito preto e pula e voa para todo lado.

Mary, finalmente, não se irritava com o tom íntimo de Martha. Ao contrário, passou a gostar cada vez mais. As histórias que sua ama contava, quando morava na Índia, eram bem diferentes daquelas de Martha. Agora, ouvia atentamente tudo sobre a casa na charneca onde moravam quatorze pessoas em quatro quartos pequenos e que nunca tinham o suficiente para comer. As crianças pareciam se embolar e se divertir como uma ninhada de filhotes de *collie* bem-humorados e bagunceiros. Mary se interessava mais pela mãe e por Dickon. As histórias a respeito do que a mãe da Martha dizia ou fazia fascinavam a pequena Mary.

— Se eu tivesse um corvo ou um filhote de raposa, poderia brincar com ele — disse Mary.

— O problema é que eu não tenho nada.

Martha ficou indignada e puxou conversa.

— Você sabe tricotar? — perguntou a criada.

— Não — respondeu Mary.

— Sabe costurar?

— Não.

— Sabe ler?

— Sei.

— Então, por que você não lê alguma coisa ou treina soletrar? Já *tá* mais que na hora de você terminar de ler o seu livro.

— Aqui eu não tenho livro nenhum. Os meus ficaram na Índia — lamentou.

— Que pena! — disse Martha.

— Quem sabe a Sra. Medlock deixa você entrar na biblioteca. Tem um monte de livros lá.

Mary evitou perguntar onde ficava a biblioteca, pois, de repente, foi inspirada por uma nova ideia. Decidiu encontrá-la sozinha. A Sra. Medlock não a preocupava, porque ela nunca saía de sua confortável sala de estar no andar de baixo. Raramente, se via alguém naquele lugar esquisito. Na verdade, só havia os criados na mansão. E quando o patrão estava fora, eles levavam uma vida luxuosa no andar de baixo, onde havia uma enorme cozinha decorada com latão e peltre polidos. Havia também um grande salão para a criadagem, onde comiam quatro ou cinco refeições generosas todos os dias e faziam muitas brincadeiras animadas durante as ausências da Sra. Medlock.

As refeições da Mary eram servidas diariamente por Martha. Ninguém mais se importava com ela. A Sra. Medlock costumava dar uma olhada dia sim, dia não, nada mais. Pessoa alguma perguntava o que ela havia feito ou o que gostaria de fazer. Mary supôs que talvez essa fosse a maneira inglesa de tratar crianças. Na Índia, era sempre atendida por sua ama, que ficava à sua disposição o tempo todo. Mary costumava se cansar de sua companhia. Agora, os costumes eram outros. Ela estava, inclusive, aprendendo a se vestir sozinha, porque Martha a olhava como se fosse tonta e folgada, quando pedia para lhe passar algo ou que a vestisse.

— Você é lenta e não bate bem da cabeça, né? — disse certa vez a criada, quando Mary ficou imóvel, esperando que colocasse as luvas nela.

— Nossa! Susan Ann é bem mais esperta que você e tem só quatro anos. Às vezes, seus miolos parecem meio moles.

Mary ficou emburrada por uma hora depois daquilo, mas passou a pensar em várias coisas totalmente novas.

Ela ficou parada na janela por cerca de dez minutos naquela manhã depois que Martha terminou de limpar a lareira e desceu as escadas. Mary refletia sobre a ideia que teve, quando soube que existia uma biblioteca na mansão. Não se importava muito com a biblioteca em si, pois ainda havia lido poucos livros, mas voltou a pensar nos cem quartos e suas portas fechadas. Imaginou se todos estariam realmente trancados e o que encontraria se pudesse entrar em algum deles. Havia realmente cem? Por que não ir contar quantas portas havia? Seria algo para se fazer numa manhã como aquela, quando era impossível sair por causa do mau tempo. Nunca a ensinaram a pedir permissão para fazer coisas, por isso não sabia absolutamente nada sobre autoridade. Sendo assim, nem pediu permissão à Sra. Medlock para andar pela casa.

Mary saiu do quarto e seguiu pelo corredor, decidida a fazer as suas andanças. O corredor – que era longo e se ramificava em outros corredores – e a conduzia por curtos lances de escada que davam acesso para outros novamente. Havia portas e mais portas e quadros nas paredes, que retratavam paisagens escuras e curiosas, além de retratos de homens e mulheres em trajes esquisitos e exagerados feitos de cetim e veludo. Ela se viu em uma longa galeria, cujas paredes eram forradas por esses retratos. Nunca imaginou que poderia haver tantos em uma única casa. Caminhou devagar pelo lugar e olhou para os rostos que pareciam olhar de volta para ela. Sentiu-se como se perguntassem o que uma garotinha da Índia fazia em sua casa. Algumas eram imagens de crianças: meninas com pesados vestidos que as cobriam inteiras; e meninos com mangas bufantes, golas de renda e cabelos longos ou com grandes babados em volta do pescoço. Ela sempre parava para olhar as crianças e se perguntava quais seriam seus nomes, onde estariam agora e por que usavam roupas daquele tipo. Mary se deteve diante do retrato de uma garotinha empertigada e simplória, bastante parecida com ela, com um vestido de brocado verde e um papagaio empoleirado em seu dedo. Seus olhos demonstravam que também deveria ser curiosa.

— Onde você mora agora? — perguntou Mary em voz alta.

— Queria que você estivesse aqui comigo.

Com certeza nenhuma outra criança teve uma experiência como ela teve nessa manhã. Dava a impressão que somente ela estava nessa enorme casa, vagando sem rumo escada acima e abaixo, por passagens estreitas e largas. Se tantos quartos foram construídos, pessoas deviam ter vivido neles, mas tudo parecia tão vazio e sem vida que Mary custava a acreditar nisso.

Quando chegou ao segundo andar é que teve coragem de girar a maçaneta de uma porta, embora a Sra. Medlock havia avisado que todas as portas estavam fechadas. Mesmo assim tentou abrir uma delas. Para a sua surpresa, a maçaneta girou facilmente e, assim que deu um empurro, a porta se abriu lenta e pesadamente. Era uma porta enorme que dava para um grande quarto. Havia cortinas bordadas nas paredes e móveis entalhados, como os que ela vira na Índia, por todo o cômodo. Uma ampla janela com painéis cor de chumbo dava para a charneca. E, em cima da lareira, havia outro retrato da garotinha séria e com um olhar curioso e penetrante.

— Provavelmente, ela tenha dormido aqui uma vez — pensou Mary.

— Ela me encara tanto que me faz sentir esquisita.

Seguiu adiante e abriu mais e mais portas. Viu tantos quartos que se cansou e se convenceu que deviam mesmo ser cem, e nem precisaria conferir. Em todos eles, havia quadros ou tapeçarias antigas com cenas estranhas, além de móveis e ornamentos curiosos.

Em um dos aposentos – que indicava ser a sala de estar de uma senhora –, as cortinas eram de veludo bordado. Havia também um gabinete com cerca de cem pequenos elefantes de marfim. Eram de tamanhos diferentes, e alguns tinham seus *mahouts* ou palanquins nas costas. Uns eram bem grandes e outros eram tão pequenos como filhotes. Mary vira muito marfim esculpido na Índia e sabia muito sobre elefantes. Ela abriu a porta do armário, subiu em um banquinho e aproveitou para brincar com eles por um bom tempo. Quando se cansou, pôs os elefantes em ordem e fechou a porta.

Durante sua aventura pelos longos corredores e quartos vazios, Mary não encontrou nada vivo; até chegar a esta sala. Logo depois de fechar a porta do armário, ouviu um suave farfalhar. Aquilo a fez pular e olhar para o sofá perto da lareira de onde parecia vir o ruído. No canto do sofá, havia uma almofada, e, no veludo que a cobria, havia um buraco, de onde surgiu uma cabecinha com um par de olhos assustados.

Mary decidiu rastejar pela sala até lá. Os olhos brilhantes eram de uma ratinha cinza, que havia aberto um buraco na almofada e feito um ninho confortável ali. Seis camundongos bebês dormiam aninhados perto dela. Mesmo que não houvesse mais ninguém vivo nos cem quartos, havia sete ratos bem instalados. Porém tinham medo, senão Mary os levaria com ela.

Como já havia vasculhado bastante pela mansão, se sentia cansada para ir mais longe. Sem contar que se perdeu duas ou três vezes ao tomar o corredor errado para ir embora. Ela foi obrigada a andar para cima e para baixo até encontrar o certo. Finalmente, chegou ao seu próprio andar, embora ainda longe de seu quarto e sem saber exatamente onde estava.

— Não acredito, peguei o caminho errado de novo — disse, parando no final de um estreito corredor com uma tapeçaria na parede.

— Que caminho seguir? Está tudo muito quieto!

De repente, o silêncio foi quebrado. Era outro grito, mas um pouco diferente ao que ouvira na noite anterior. Soou como um breve lamento infantil, irritado e abafado pelas paredes.

Mary ouviu de novo e ficou com o coração na mão ao perceber que havia alguém chorando.

Ela apoiou a mão sobre a tapeçaria perto dela e, então, saltou para trás, assustada. A tapeçaria era a cobertura de uma porta que se abriu e revelou uma outra parte do corredor atrás dela. A Sra. Medlock subia com seu molho de chaves na mão e tinha uma expressão muito zangada.

— O que você está fazendo aqui? — perguntou, puxando Mary pelo braço para longe.

— Você esqueceu o que eu lhe disse?

— Virei no corredor errado — explicou Mary.

— Eu não sabia para onde ir e ouvi alguém chorando.

— Naquela hora, odiou a Sra. Medlock, mas a odiaria ainda mais a seguir.

— Você não ouviu nada — esbravejou a governanta.

— Volte para o seu quarto ou vai ficar com as orelhas quentes.

A governanta agarrou a menina pelo braço, empurrando e puxando ao mesmo tempo. Elas subiram por uma passagem e desceram por outra até que a Sra. Medlock a forçou pela porta de seu quarto. E exigiu:

— Agora, você fica onde eu disser para ficar ou será trancada. É melhor o patrão arranjar uma tutora para você, como ele disse que faria. Você é do tipo que precisa de alguém para cuidar. Eu já tenho o suficiente para fazer.

Saiu do cômodo e bateu a porta atrás de si. Mary foi sentar-se no tapete da lareira, pálida de raiva. Não chorou, mas cerrou os dentes.

— Tinha alguém chorando. Eu ouvi! — disse para si mesma.

Era a segunda vez que Mary ouvira aquilo. Ela prometeu para si mesma que, em algum dia, descobriria do que se tratava. Por enquanto, a menina estava satisfeita com todas as coisas que descobrira naquela manhã. Ela sentiu como se tivesse chegado de uma longa viagem. De qualquer forma, agora, tinha algo para se divertir o dia inteiro. As andanças permitiram que Mary brincasse com elefantes de marfim e descobrisse uma ratinha cinza com seus filhotes no ninho de veludo na almofada.

CAPÍTULO 7
A chave para o jardim

Após dois dias seguidos, a tempestade deu uma trégua. Mary acordou e sentou-se imediatamente na cama. Empolgada, chamou a Martha.

— Olhe para a charneca! Olhe para a charneca!

A névoa cinzenta e as nuvens foram varridas pelo vento durante a noite. O próprio vento cessara e um céu de azul profundo se erguia sobre a charneca. Nunca, nunca Mary sonhou com um céu tão azul. Na Índia, o céu era quente e fulgurante. Na Inglaterra, era de um azul definido e frio que brilhava como as águas de um lindo lago sem fim, e, aqui e ali, no alto da abóbada azul, flutuavam pequenas nuvens de lã branca como a neve. O vasto mundo da charneca ficara suavemente azulado em vez do sombrio preto-púrpura ou terrivelmente cinza-escuro.

— Sim, o tempo melhorou! — disse Martha sorridente.

— A tempestade acalmou um pouco. É assim nesta época do ano. Ela some durante a noite, como se fosse de mentira, e parece que nunca mais voltará. Isso é porque a primavera *tá* chegando. Ainda *tá* muito longe, mas *tá* chegando.

— Pensei que aqui o céu sempre ficasse nublado ou que sempre chovesse — disse Mary.

— Não! — reagiu Martha, sentando-se nos calcanhares entre as escovas de chumbo pretas.

— *Num é ansim, nadica!*

— O que isso significa? — perguntou Mary seriamente. Na Índia, os nativos falavam dialetos diferentes que apenas algumas pessoas entendiam. Então, ela não se surpreendeu, quando Martha usava palavras desconhecidas.

Martha riu como na primeira manhã.

— Eita! — disse.

— Eu falei em Yorkshire de boca cheia de novo como a Sra. Medlock disse que *num* devo. "Num é ansim, nadica" significa que "não é nada disso" — repetiu com mais cuidado.

— Acontece que a gente leva muito tempo para falar direitinho. Yorkshire é o lugar mais ensolarado da terra quando faz sol. Eu falei que logo você ia gostar da charneca. Espera até ver o tojo-dourado desabrochando e a piaçava! E as flores de urze, os sinos-roxose as centenas de borboletas e abelhas zumbindo e as cotovias voando e cantando. Você vai querer sair por aí com o nascer do sol e viver nisso o dia inteiro igual o Dickon.

— Como eu posso chegar lá? — quis saber Mary melancolicamente, olhando o azul infinito pela janela. Era tudo tão novo, amplo e maravilhoso, colorido com uma cor celestial.

— *Num* sei — respondeu Martha.

— Parece até que você nunca usou suas pernas desde que nasceu... Não vai conseguir andar oito quilômetros. São oito quilômetros até a nossa casa.

— Ah, eu gostaria muito de conhecer a sua casa.

Antes de pegar a escova de polir e começar a esfregar a grade novamente, a criada a olhou por um momento. Ela notou que aquele rosto pequeno e fechado não era mais tão azedo como pensou naquela manhã em que o vira pela primeira vez. Na verdade, lembrava um pouco com o da pequena Susan Ann, quando ela teimava em querer alguma coisa.

— Vou perguntar *pra* mãe se pode — disse.

— Ela é daquelas que sempre vê um jeito de fazer as coisas. Hoje *tô* feliz da vida, porque é meu dia de folga e eu vou para casa. A Sra. Medlock gosta muito da mãe. Quem sabe pede pra ela?

— Também gosto da sua mãe — disse Mary.

— Acredito que sim — concordou Martha, limpando.

— Eu nunca a vi — disse Mary.

— Não, nunca viu.

Martha voltou a sentar-se sobre os calcanhares e esfregou a ponta do nariz com as costas da mão, como que repentinamente tenha ficado confusa. Logo, passou.

— Minha mãe é tão simples, trabalhadora, bondosa e limpa que ninguém poderia não gostar dela, conhecendo ou não. Quando cruzo a charneca e vou *pra* casa ficar com ela, dou até pulos de alegria.

— Eu gosto de Dickon — acrescentou Mary.

— Mas não o conheço.

— Eu já contei *pra* você que os próprios pássaros gostam dele e, também, os coelhos, as ovelhas selvagens, os pôneis e as próprias raposas. *Tô* aqui imaginando o que o Dickon vai achar de você.

— Ele não vai gostar de mim — respondeu Mary com seu jeito duro e frio.

— Ninguém gosta.

Martha ficou pensativa novamente.

— Nem você gosta de você? — perguntou, realmente interessada.

Mary hesitou por um momento e pensou a respeito.

— Nem eu, realmente — respondeu.

— Mas nunca havia pensado nisso antes.

Martha deu uma risadinha de lado, como se recordasse de algo familiar.

— Uma vez a mãe disse assim... — começou a história.

— Ela estava na banheira e eu estava de mau humor, falando mal do povo, e ela se virou *pra* mim e disse: "Que pequena megera, você é! Fica falando que não gosta deste e que não gosta daquele. Como você pode gostar de você mesma?" Aquilo me fez rir e entendi tudo na hora.

Como sempre que tinha folga, Martha foi embora animada depois de servir o desjejum para Mary. Andaria ainda muitos quilômetros pela charneca até a casa e ajudaria a mãe a lavar, assar os pratos da semana e se divertiria muito.

Ao contrário da criada, a pequena Mary ficou triste e sentiu-se mais sozinha do que nunca sem a presença da Martha. Saiu para o jardim o mais rápido que pôde, e a primeira coisa que fez foi correr dez vezes em volta do jardim da fonte. Contou as voltas cuidadosamente e, ao terminar, sentiu-se melhor. O sol transformava tudo. O céu alto, profundo e azul se arqueava sobre Misselthwaite, bem como sobre a charneca, e ela erguia o rosto e olhava para ele, tentando imaginar como seria se deitar em uma das pequenas nuvens brancas como a neve e flutuar. Foi até a primeira horta e encontrou Ben Weatherstaff trabalhando com outros dois jardineiros. A mudança no tempo também fez bem a ele. Desta vez, Ben não a ignorou e falou com ela por iniciativa própria.

— A primavera *tá* chegando. Já dá *pra* sentir o cheiro.

Mary inspirou e percebeu que também sentia.

— Sinto um cheiro agradável, fresco e úmido — disse.

— É o cheiro da terra fértil e boa — comentou o velho jardineiro, cavando.

E acrescentou:

— Traz bom humor preparar a terra para cultivar as coisas. Eu fico feliz, quando chega a hora de plantar. É uma chateação no inverno, *num* tem nada *pra* fazer. Nos jardins de flor lá fora, as coisas já vão se agitando debaixo da terra, no escuro. O sol *tá* aquecendo tudo. Logo, logo você vai ver os brotos de ponta verde saindo da terra preta.

— De que plantas? — perguntou Mary.

— Açafrão, floco-de-neve e narciso. Você nunca viu?

— Não. Tudo fica quente, úmido e verde depois das chuvas na Índia — disse Mary.

— E acho que as coisas crescem da noite para o dia.

— Aqui não crescem em uma noite — afirmou Bem Weatherstaff.

— Tem que esperar por eles. Os brotos vão despontar um pouco. Depois, aparece uma ponta que desenrola uma folha num dia, logo após outra noutro dia. Você vai ver.

— Vou mesmo! — respondeu Mary.

Naquela hora, a menina ouviu novamente o suave farfalhar de asas e soube de pronto que o pisco havia chegado. Ele era muito atrevido e animado, e saltava próximo aos pés dela. Inclinou a cabeça para o lado e a olhou com tanta astúcia que Mary se surpreendeu e perguntou ao Ben Weatherstaff se o passarinho se lembrava dela.

— Claro que sim! — confirmou Weatherstaff.

— Se ele conhece cada cepa de repolho do jardim, imagina as pessoas. Ele nunca viu uma menininha por aqui antes e, agora, quer descobrir tudo sobre você. Nem tenta esconder nada dele.

— Você sabe se as coisas estão se agitando lá embaixo, no escuro, naquele jardim onde ele mora? — Mary perguntou.

— Que jardim? — grunhiu Weatherstaff, voltando a ficar ranzinza.

— Aquele onde estão as velhas roseiras.

— Ela não se conteve, porque queria muito saber.

— Todas as flores estão mortas ou algumas delas voltarão no verão? E as roseiras?

— Pergunta *pra* ele — disse Ben Weatherstaff, curvando os ombros na direção do tordo.

— Só ele que sabe. Ninguém mais viu lá dentro já faz dez anos.

Dez anos era muito tempo, pensou Mary. Ela mesma nascera há dez anos.

A pequena Mary foi se afastando devagarinho, pensativa. Havia começado a gostar do jardim da mesma forma que começara a gostar do tordo, de Dickon e da mãe de Martha. E começava a gostar de Martha também. Era uma boa quantidade de pessoas para se gostar, especialmente, quando não se está acostumado. Para ela, o pisco era como uma dessas pessoas. Mary caminhou ladeando o longo muro coberto de hera, acima do qual podia ver as copas das árvores. Na segunda vez que ela subiu e desceu, aconteceu algo impressionante, e foi tudo por culpa do pisco de Ben Weatherstaff.

Ela ouviu um chilrear e um pio, e, quando olhou para o canteiro de flores vazio à sua esquerda, o pisco pulava e bicava a terra como se estivesse fingindo que não a seguira. Ela tinha certeza que ele a havia seguido, o que a encheu de uma alegria imensa quase incontrolável.

— Você se lembra de mim! — exclamou.

— Você se lembra! Você é mais bonito do que qualquer coisa no mundo!

Ela gorjeou, falou, elogiou e o pássaro saltou, sacudiu sua cauda e gorjeou também. Era como se pudesse falar. Seu colete vermelho era como cetim e ele estufava o peito minúsculo e delicado, tão grandioso e bonito, que era como se realmente quisesse mostrar a ela como era importante e parecido com uma pessoa. Mary se transformou. Esqueceu de qualquer aborrecimento na vida, quando ele permitiu que se aproximasse cada vez mais, e, que se abaixasse, falasse e tentasse imitar seu canto.

Que sensação boa! Incrível como o passarinho a deixou chegar tão perto assim. Por nada no mundo ela lhe faria mal ou lhe assustaria. Afinal, eram bons amigos. Ele sabia disso, pois era uma pessoa real, mais gentil do que qualquer outra pessoa. Mary mal conseguia respirar de tão feliz que estava.

Havia vida no canteiro de flores! Ele não estava totalmente vazio. Não havia flores, porque as plantas perenes haviam sido cortadas para o descanso de inverno, mas arbustos altos e baixos cresciam na parte de trás do canteiro. E quando o pisco saltou sob eles, ela o viu pular sobre uma pequena pilha de terra recém-revolvida. O pássaro parou para cutucar uma minhoca. A terra fora revirada por um cachorro que escavou uma toca de toupeira e deixou um buraco bem fundo.

Na ânsia de entender a razão daquele buraco estar ali, Mary se aproximou mais e examinou melhor. Foi, então, que viu algo parcialmente desenterrado. Era como um anel enferrujado de ferro ou de latão, e, quando o pisco voou para uma árvore próxima, ela estendeu a mão e apanhou o objeto. Nova surpresa: em vez de um anel, era uma antiga chave que deveria estar enterrada há muito tempo.

Mary levantou-se e olhou admirada para o pisco, com a chave pendurada em seu dedo.

— Teria sido enterrada há dez anos — imaginou.

— Pode ser a chave do jardim!

CAPÍTULO 8

Passarinho mostra o caminho

Mary mal conseguia acreditar que tinha uma chave na mão. Ela passou um longo tempo examinando a chave. Com certeza, não consultaria as pessoas mais velhas ou pediria permissão para testar a chave. Não estava habituada a isso. Tudo o que pensou foi que aquela era a chave do jardim fechado. Se descobrisse onde ficava a porta, poderia abri-la e ver o que havia atrás dos muros, e até saber o que acontecera às velhas roseiras. Justamente por estar fechado há tanto tempo, era o que a atraía. Imaginava que devia ser diferente de outros lugares e que, provavelmente, algo estranho teria acontecido ali nos últimos dez anos. Além disso, se gostasse, poderia entrar nele todos os dias e fechar a porta atrás de si, e poderia inventar uma nova brincadeira e brincar sozinha, porque ninguém jamais saberia onde ela estava, e pensariam que a porta ainda estava trancada e a chave enterrada. Imaginar tudo isso a deixou muito feliz.

Mudar de país e viver, praticamente, sozinha, numa casa com uma centena de quartos misteriosamente fechados, mas sem nada para se divertir, acomodou sua mente. Agora, finalmente, sua imaginação despertou. Sem dúvida de que o ar fresco, forte e puro da charneca colaborou para isso. Assim também foram despertados o apetite e a vontade de lutar contra o vento que agitava seu sangue. Tudo isso passou a fervilhar na sua cabecinha. Na Índia, ela estava sempre com muito calor. Era preguiçosa e fraca para se preocupar com qualquer outra coisa, mas, naquele lugar, começava a querer descobrir e fazer coisas novas. Ela já se sentia menos "irritada", embora não soubesse o porquê.

Mary guardou a chave no bolso e, sem pressa, caminhou para cima e para baixo da calçada. Como somente ela estava por lá, então podia andar devagar e olhar para o muro, ou melhor, para a hera que crescia sobre ele. Para ela, a planta era muito intrigante. Por mais que olhasse atentamente, não conseguia ver nada além de folhas verdes, escuras, sedosas e densas. Era desapontador. Começou a ficar irritada de novo, enquanto caminhava e admirava as copas das árvores lá dentro, porque estava inconformada por estar tão perto e não poder entrar. Ela tirou a chave do bolso, assim que chegou em casa. E decidiu que sempre a carregaria quando saísse, para estar pronta, caso encontrasse a porta escondida.

A Sra. Medlock havia permitido que Martha dormisse a noite toda na sua casa, mas a criada acordou de madrugada como de costume. Estava de volta ao trabalho pela manhã com as bochechas mais vermelhas do que nunca e muito animada.

— Levantei às quatro horas — disse.

— A charneca estava linda com os pássaros levantando e os coelhos correndo na alvorada. Não precisei andar o caminho todo, pois peguei carona com um homem de carroça. E me diverti muito!

Martha tinha muitas histórias pitorescas de seu dia de folga. Sua mãe ficara feliz em vê-la e fizeram logo os assados e a faxina. Ela até fez bolos com um pouco de açúcar mascavo para cada uma das crianças.

— Eu estava com tudo quentinho, quando os meninos voltaram de brincar na charneca. E a casa toda tinha cheiro de assadeira quente no fogo, e eles gritaram de alegria. Nosso Dickon disse que nossa casa era boa até para um rei.

À noitinha, todas as crianças se sentaram ao redor do fogo, e Martha e sua mãe remendaram roupas e meias velhas. Martha contou a eles um pouco da história da menina que viera da Índia e que fora servida por toda a vida pelos nativos, sem nem saber até como vestir as próprias meias.

— Eles gostaram de ouvir sobre você — disse Martha.

— Queriam saber tudo sobre os indianos e as coisas do navio que trouxe você. Eles não me deixavam parar de falar.

Mary parou para pensar e prometeu:

— Vou contar muito mais antes do seu próximo dia de folga, assim você aprenderá mais coisas e poderá passar para eles. Aposto que eles gostariam de ouvir histórias de passeios em elefantes e camelos e a respeito de caçadas de tigres.

— Quanta coisa! — disse Martha, encantada.

— Tenho certeza que essas conversas vão mexer com o miolo do Dickon! Promete mesmo, senhorita? Seria como ir ver um circo com as feras, como dizem quem veio *pra* York uma vez.

— A Índia é bem diferente de Yorkshire — disse Mary, enquanto refletia sobre o assunto.

— Nunca havia pensado nisso. É verdade que Dickon e sua mãe gostam de ouvir você falar de mim?

— Claro, os olhos do nosso Dickon quase pularam fora! Eles ficaram redondos — respondeu Martha.

— Agora, a mãe ficou chateada de saber que você é tão sozinha e inconformada, porque o Sr. Craven não arranjou uma professora *pra* você ou uma babá.

E eu expliquei: "Não, não tem, mas a Sra. Medlock disse que ele vai procurar. Talvez ainda demore uns dois ou três anos".

— Eu não quero uma professora! — reagiu Mary.

— Mas a mãe falou que você já devia aprender com os livros a essa altura e que devia ter uma pessoa só *pra* cuidar de você. Ela disse: "Olha, Martha, só pensa em como você se sentiria, num lugar grande como aquele, vagando por aí sozinha e sem mãe. Você faça o possível para animar essa menina". E eu prometi.

Mary a olhou de forma agradecida.

— Você me anima! E gosto de ouvir você falar — disse.

Em seguida, Martha saiu do quarto e voltou com algo nas mãos sob o avental.

— Olha só isso...

— Martha sorriu alegremente.

— Eu trouxe um presente *pra* você.

— Um presente! — exclamou Srta. Mary. Como uma casa lotada com quatorze pessoas famintas pode dar um presente para alguém?

— Um mascate estava passando na charneca — contou Martha.

— Ele parou o carrinho bem na nossa porta. Tinha panela, frigideira, tudo que é miudeza, mas a mãe não tinha dinheiro *pra* comprar nada. Quando ele estava indo embora, minha irmãzinha Lizabeth Ellen gritou:

— Mãe, ele tem corda de pular com cabos vermelho e azul. E a mãe gritou também:

— Espere, meu senhor! Quanto custa?

— Só duas moedas!

— Daí a mãe começou a mexer nos bolsos e disse: "A Martha me trouxe o salário como uma boa moça, e eu tenho o destino *pra* cada centavo, mas só vou pegar duas moedinhas *pra* comprar uma corda de pular *pra* aquela criança". E ela comprou e aqui está ela.

Tirou a corda de baixo do avental e a exibiu com muito orgulho. Era uma corda forte e fina com cabos listrados de vermelho e azul nas pontas, e Mary Lennox nunca tinha visto uma corda de pular antes. Ela olhou perplexa, sem saber o que era aquilo.

— Para que serve? — quis saber, curiosa.

— *Pra* quê? — indagou Martha.

— Tá falando que *num* tem corda de pular na Índia, mas tem elefante. Tigre e camelo? É *pra* isso que ela serve, olha só.

E Martha saiu correndo para o meio da sala com a ponta da corda em cada mão e começou a pular, pular e pular. Mary se virou para olhar de sua cadeira, e os rostos estranhos nos velhos retratos também davam a impressão de olhar para ela, perguntando-se como diabos aquela pobre moradora da charneca se atrevia a fazer aquilo debaixo de seus narizes. Martha estava tão contente que nem notou. O interesse e a curiosidade expressos no rosto da Srta. Mary a encantaram. E, assim, ela continuou pulando sem errar e contando até chegar aos cem.

— Consigo pular muito mais que isso — disse quando parou.

— Já saltei quinhentos, quando tinha doze anos, mas não era tão gorda como sou agora e praticava muito.

Mary levantou-se da cadeira um pouco mais animada.

— Parece bom.

— Sua mãe é uma mulher gentil. Será que eu consigo pular como você.

— Experimenta! — incentivou Martha, entregando-lhe a corda.

— Você pode não pular cem no começo, mas, se treinar, vai conseguir. Foi o que a mãe disse.

Ela disse: "Nada vai fazer mais bem *pra* ela do que pular corda. É o melhor brinquedo que uma criança pode ter. Deixa ela pular no ar fresco e isso vai esticar suas pernas e os braços. A menina vai ficar mais forte!".

Evidente que Mary tinha pouca força nos braços e nas pernas, quando começou a pular. Mesmo nunca tendo brincado de corda antes, se saiu bem e gostou tanto que não conseguia parar.

— Menina, coloca uma roupa e vai lá *pra* fora — sugeriu Martha.

— A mãe disse *pra* eu mandar você *pra* fora da casa o máximo que puder, mesmo se chover um pouco, para você se esquentar.

Mary vestiu o casaco e o chapéu e colocou a corda de pular debaixo do braço. Assim que abriu a porta para sair, voltou e falou:

— Obrigada, Martha, o dinheiro era seu, do seu salário.

Essa foi a forma que encontrou para agradecer a ela. Na realidade, ela não estava acostumada a agradecer às pessoas ou perceber quando faziam coisas por ela.

— Obrigada! — repetiu e estendeu a mão, porque não sabia mais o que fazer.

Martha apenas sacudiu a mão. Ela também não estava acostumada a esse tipo de coisa, mas riu da situação.

— Que coisa mais esquisita e antiga — brincou.

— Se fosse a nossa Lizabeth Ellen, me dava um beijo.

— Quer que eu beije você? — perguntou Mary, bem séria.

Martha voltou a rir.

— Não, eu não! Corre lá *pra* fora brincar com a sua corda.

Mary se sentiu um pouco estranha ao sair do quarto. As pessoas de Yorkshire pareciam estranhas, e Martha sempre fora um enigma para ela. No começo, ela não gostava muito dela, mas agora era diferente. A corda de pular chegou na hora certa, um presente maravilhoso. Ela contou e pulou, pulou e contou, até que suas bochechas ficaram bem vermelhas. E o melhor: mais empolgada do que nunca. O sol brilhava e uma brisa soprava, nada de vento muito forte, pequenas rajadas deliciosas que traziam consigo um cheiro fresco de terra recém-mexida. Ela deu a volta no jardim da fonte, subiu por uma calçada e desceu por outra, sempre pulando com a corda. Finalmente, saltou até a horta e viu Ben Weatherstaff cavando e conversando com seu pisco, que saltitava por ali. Ela pulou em sua direção e ele ergueu a cabeça com um jeito curioso. Ficou em dúvida se ele a notaria. Ela queria que ele a visse pular.

— Rapaz! — exclamou o velho.

— Juro! Você deve ser mesmo uma criança e talvez tenha sangue de criança nas suas veias em vez de manteiga rançosa. Suas bochechas estão vermelhas ou meu nome não é Ben Weatherstaff. Eu não acreditava que isso fosse acontecer.

— Nunca pulei corda antes — disse Mary.

— Estou apenas começando. Só consigo até o vinte.

— Então *num* para — aconselhou Ben.

— Isso faz muito bem *pra* uma criança que viveu com os *pagão*. Olha como ele observa você.

— E balançou a cabeça em direção ao pisco.

— Ele foi atrás de você ontem. E vai hoje também. Ele vai descobrir o que é esse negócio de pular corda. Ele nunca viu uma. Essa sua curiosidade vai matar você um dia, se não tomar cuidado.

Mary deu uma volta por todos os jardins e ao redor do pomar, descansando de vez em quando. Por fim, foi para sua calçada especial e decidiu tentar pular por toda a sua extensão. Foram muitos saltos e ela começou devagar, mas – antes de chegar na metade do caminho – estava com tanto calor e sem fôlego que foi obrigada a parar. Não se importou muito, pois já havia contado até trinta. Quando parou com uma risadinha de prazer, lá estava o pisco empoleirado em um longo galho de hera. Ele a seguiu e a cumprimentou com um chilreio. Quando Mary saltou em sua direção, sentiu algo pesado, batendo em seu bolso a cada salto, e, quando viu o pisco, riu novamente.

— Ontem você me mostrou onde estava a chave — disse.

— Hoje você deveria me mostrar a porta, mas acho que você não sabe!

O pisco voou de seu galho até o topo do muro. Abriu o bico e cantou um trinado alto e adorável, apenas para se exibir.

Mary Lennox tinha ouvido muito sobre magia nas histórias de sua ama. Agora ela mesma experimentou um momento mágico e jamais esquecerá.

Repentinamente, uma das refrescantes rajadas de vento varreu a calçada, mais intensa do que as outras. Foi forte o suficiente para sacudir os galhos das árvores, e ainda mais para balançar os longos ramos de hera que pendiam do muro. Mary se aproximou do pisco e, de novo, outra rajada de vento afastou para o lado alguns dos ramos soltos, que ela prontamente agarrou em um salto. A menina percebeu que havia algo volumoso escondido entre as folhas. Era a maçaneta de uma porta.

Mary enfiou as mãos sob as folhas e começou a tirá-las e empurrá-las para o lado. Por mais abundante que fosse a hera, quase tudo era uma cortina solta e oscilante, embora alguns ramos tivessem se fixado sobre as ferragens e a madeira. O coração de Mary disparou e suas mãos tremiam de alegria e entusiasmo. O pisco continuou a cantar, piando e inclinando a cabeça para o lado, como se estivesse tão curioso e animado quanto ela. O que era aquilo sob suas mãos, uma peça de ferro no qual seus dedos encontraram uma fenda?

Era a fechadura da porta fechada há dez anos. Mary meteu a mão no bolso, tirou a chave e descobriu que se encaixava perfeitamente na fenda. Precisou fazer um pouco de força, mas conseguiu inserir a chave. Outra surpresa: a chave girou.

Respirou fundo e, calmamente, olhou para trás, para se certificar que estava mesmo sozinha. Como já sabia que ninguém nunca vinha, deu um longo suspiro. Afastou a cortina oscilante de hera e empurrou a porta, que se abriu devagar, bem devagar.

A pequena Mary entrou, fechou a porta atrás de si e apoiou suas costas nela. Olhou em volta, deslumbrada e ofegante de tanta felicidade.

Ela estava dentro do jardim secreto.

CAPÍTULO 9

Uma casa muito estranha

Que lugar encantador e misterioso! Impossível imaginar tanta beleza e magia num lugar só. Os muros altos estavam recobertos por galhos desfolhados de roseiras, grossos e emaranhados. Mary Lennox conhecia bem as roseiras, porque havia visto muitas delas na Índia. O terreno inteiro estava coberto por uma grama de um marrom invernal e dela cresciam moitas de arbustos secos que certamente seriam roseiras se estivessem vivas. Havia numerosas roseiras comuns com galhos tão longos que lembravam pequenas árvores. Havia outras árvores no jardim, mas o que mais chamava a atenção e encantava era que as roseiras haviam se espalhado por todo o terreno. Suas longas gavinhas criavam cortinas finas e ondulantes. Aqui e ali, elas se enroscavam umas às outras, deixando longas hastes penduradas, que se ligavam em lindas pontes de si mesmas ao alcance das mãos. Não havia folhas nem rosas nelas agora a ponto de Mary não saber se estavam vivas ou mortas. Os galhos e raminhos finos, cinzas ou marrons, formavam uma espécie de manto que se espalhava por tudo, paredes e árvores e, até mesmo, sobre a grama acastanhada, onde haviam despencado de suas escoras e se espalhado pelo chão. Esse confuso emaranhado de árvores e mais árvores tornava o lugar adorável, embora muito misterioso. Era um jardim diferente de todos que Mary já tinha visto. Uma coisa que ela não entendia é o motivo de estar abandonado há tanto tempo.

— Como aqui é quieto! Muito quieto! — sussurrou.

Por um momento, ela mesma se aquietou e ouviu o silêncio. O pisco, que voou para o topo da árvore, estava imóvel como todo o resto, só observando a pequena Mary.

— Não admira que seja quieto — sussurrou outra vez.

— Sou a primeira pessoa que fala aqui dentro em dez anos.

Ela se afastou da porta, pisando levemente como se temesse acordar alguém. Estava feliz por poder pisar na grama e abafar seus passos. Caminhou sob um dos encantadores arcos cinzentos entre as árvores e olhou para os ramos e gavinhas que o formavam. E começou a pensar:

— Será que estão todos mortos? É um jardim morto?

Gostaria que não fosse. Nessa hora, ela se lembrou do Ben Weatherstaff. Ele, sim, saberia se a madeira ainda vivia só de olhar para ela. Mary encontrou ramos e mais ramos cinzentos ou marrons e nenhum apresentava qualquer sinal de vida, sequer uma pequenina folha.

Mary estava radiante, porque, de agora em diante, poderia entrar pela porta sob a hera, quando bem entendesse e ficar o tempo que quisesse dentro desse jardim maravilhoso. Para ela, esse era um mundo só seu.

O sol brilhava dentro dos quatro muros e o alto arco do céu azul sobre aquele pedaço específico de Misselthwaite era ainda mais claro e suave do que sobre a charneca. O pisco desceu do topo de sua árvore e pulava e voava atrás dela, de um arbusto para outro. Ele gorjeava com um ar ocupado, como se estivesse mostrando coisas para ela. Tudo era estranho e silencioso, e ela parecia estar a centenas de quilômetros de qualquer pessoa, mas nem por isso se sentia solitária. O que a incomodava era o desejo de saber se todas as rosas estavam mortas ou se alguma delas havia sobrevivido para lançar folhas e botões, quando o tempo esquentasse. Ela temia que fosse um jardim morto. Se fosse um jardim vivo, imaginou que beleza seria encontrar um jardim com milhares de rosas nascendo por todos os lados.

Mary havia entrado no jardim secreto com a corda de pular pendurada no pescoço. Depois de caminhar um pouco, pensou em pular pelo jardim todo, parando apenas para ver algum detalhe. Havia trilhas na grama aqui e ali. Em dois cantos havia nichos de sempre-vivas com bancos de pedra ou vasos de flores cobertos de musgo.

Ao chegar perto de um caramanchão, parou de pular. Antigamente, havia ali um canteiro de flores, e ela viu algo saindo da terra negra, ou melhor, alguns pontinhos verdes-claros e pontiagudos. Ela se lembrou do que Ben Weatherstaff havia explicado e se ajoelhou para olhar mais de pertinho.

— Sim, são as pequenas coisas que crescem e podem ser íris ou narcisos — pensou.

Ao ficar bem debruçada sobre eles, se deliciou com o cheiro fresco da terra úmida. Logo, pensou que devia haver alguns outros brotando em mais lugares.

— Vou dar uma olhada no jardim todo.

Deixou de lado a corda de pular e caminhou. Manteve os olhos bem atentos no chão. Examinou os antigos canteiros no meio do mato. Depois de dar a volta, tentando não perder nada, encontrou muitas outras pontas de um verde suave, voltando a ficar empolgada.

— Não é um jardim totalmente morto — falou baixinho.

— Mesmo que as roseiras tenham morrido, há outras plantas vivas.

Embora nada soubesse sobre jardinagem, Mary percebeu que a grama estava espessa em alguns dos lugares onde os pontos verdes abriam caminho. Então, pensou que faltava espaço para crescer. Então, foi à procura de um pedaço de madeira bastante pontudo. Assim que encontrou, ajoelhou-se e cavou, arrancando ervas daninhas até abrir pequenas clareiras ao redor dos brotinhos.

— Agora podem respirar. Vou fazer muitos mais. Farei tudo o que puder. Se não der tempo hoje, posso voltar amanhã. — planejou.

Ela foi de um canto a outro, cavou e capinou, divertindo-se tanto que foi de canteiro em canteiro e até o gramado sob as árvores, sem perceber. O exercício a deixou com tanto calor que precisou tirar o casaco e até o chapéu. Sem se dar conta, sorria para a grama e para os brotos verdes-claros o tempo todo.

O pisco continuava com seu trabalho e ficou feliz da vida ao ver a jardinagem feita por Mary em sua propriedade. Costumava sempre observar Ben Weatherstaff, pois, onde a jardinagem é feita, todos os tipos de coisas deliciosas são revolvidas com o solo. Agora, ali estava aquela nova criatura que não tinha nem a metade do tamanho de Ben, mas que tinha a disposição de entrar em seu jardim e cuidar dos canteiros.

Mary trabalhou no jardim até a hora de ir almoçar. Na realidade, ela perdeu a noção do tempo. Ao vestir o casaco e o chapéu e, claro, pegar a corda, percebeu que deve ter trabalhado por duas ou três horas. Ficara realmente feliz durante todo o tempo. Agora, dezenas e dezenas de pequenos pontos verdes podiam ser vistos em lugares arejados, livres para se desenvolverem longe da grama e do mato, que antes os sufocavam.

— Voltarei esta tarde — disse, olhando para seu novo reino e falando com as árvores e as roseiras como se a ouvissem.

Em seguida, Mary correu suavemente pela grama, empurrou a velha porta lentamente e deslizou por baixo da hera. Com as bochechas muito coradas e olhos brilhantes, devorou seu almoço. Martha ficou admirada.

— Dois pedaços de carne e dois potes de arroz-doce! — exclamou.

— A mãe vai ficar feliz, quando eu contar o que a corda de pular fez com você.

No curso de sua escavação com a vara pontiaguda, Mary desenterrara uma espécie de raiz branca, parecida com uma cebola. Colocou-a de volta no lugar e afagou cuidadosamente a terra sobre ela. Agora, perguntava se Martha saberia dizer o que era.

— Martha, o que são umas raízes brancas que se parecem com cebolas?

— São os bulbos — respondeu Martha.

— Muitas plantas florescem na primavera a partir de bulbos que ficam adormecidos. Tem fura-neves, lírios, íris e narcisos. Dickon tem um monte desses bulbos plantados no nosso quintal.

— Dickon entende muito de plantas? — quis saber Mary, com uma nova ideia.

— Nosso Dickon pode fazer uma flor nascer num tijolo. A mãe fala que ele faz elas brotarem do chão com a voz.

— Os bulbos vivem por muito tempo? Eles viveriam anos e anos se ninguém cuidasse deles? — perguntou Mary ansiosa.

— Eles se cuidam sozinhos — explicou Martha.

— É por isso que os pobres podem se dar ao luxo de ter eles também. Se você não os incomoda, a maioria trabalha debaixo da terra a vida toda e se espalha. Assim, vai brotando. Tem um lugar no bosque aqui perto com um monte de fura-neve. É a paisagem mais bonita de Yorkshire, quando a primavera chega. Ninguém sabe quando foram plantados lá.

— Ah, queria que a primavera já tivesse chegado — disse Mary.

— Sonho ver todas as coisas que crescem na Inglaterra.

Assim que terminou de comer foi se sentar no tapete da lareira, seu lugar favorito.

— Sabe, eu gostaria de ter uma pá de mão — disse.

— *Pra* que você quer uma pá? — perguntou Martha, rindo.

— Vai começar a cavar? Posso contar isso *pra* mãe também?

Mary olhou para o fogo e ponderou um pouco. Ela precisava ter cautela se pretendia manter seu reino em segredo. Embora não estivesse fazendo nada de errado, se o Sr. Craven descobrisse sobre a porta, ficaria terrivelmente bravo e, provavelmente, faria uma nova chave e a trancaria para sempre. Sem dúvida, ela tinha que tomar cuidado com o que falar.

— Este lugar é tão grande e solitário — disse, disfarçando.

— Tudo aqui é solitário: a casa é solitária, o bosque é solitário e os jardins são solitários. Muitos lugares estão fechados. Nunca fiz muitas coisas na Índia, mas havia mais pessoas para eu conhecer e observar. Vi nativos e soldados marchando e bandas tocando. E minha ama me contava histórias. Não há ninguém com quem conversar aqui, exceto você e Ben Weatherstaff. E você tem que fazer seu trabalho e Ben fala pouco comigo. Pensei que, se eu tivesse uma pá de cabo curto, poderia cavar em algum lugar. Assim, poderia fazer um pequeno jardim se ele me desse algumas sementes.

O rosto de Martha se iluminou.

— Olha só! — exclamou.

— Se essa não foi uma das coisas que a mãe disse. Ela disse: "Tem tanto espaço naquele lugar, por que eles *num* dão um pouco de terra *pra* ela, mesmo que ela só plante umas salsinhas e uns rabanetes? Ela ia cavar e carpir e ficaria feliz". Foram essas as palavras que ela disse.

— Foram mesmo? — desconfiou Mary.

— Quantas coisas ela sabe, não é?

— É como ela diz: "Uma mulher com doze filhos aprende mais do que as letras do alfabeto. Filho é bom igual matemática *pra* fazer a gente descobrir as coisas".

Mary quis saber quanto custa uma pá pequena.

— No vilarejo de Thwaite, tem uma lojinha onde eu vi uns conjuntinhos de jardim com pá, ancinho e garfo, tudo amarrado junto, por dois xelins. E eles eram fortes o bastante *pra* trabalhar de verdade.

— Tenho mais do que isso na minha bolsa — disse Mary.

— A Sra. Morrison me deu cinco xelins e a Sra. Medlock me deu algum dinheiro do Sr. Craven.

— Puxa, ele lembrou tanto assim de você? *Tô* admirada!

— A Sra. Medlock disse que eu teria um xelim por semana para gastar. Ela me dá um todo sábado. Eu não sabia no que gastar.

— Que maravilha! Isso que é riqueza — disse Martha.

— Com esse dinheiro dá *pra* comprar qualquer coisa no mundo que você quiser.

— Acabei de ter uma ideia. — disse Martha, com as mãos nos quadris.

— O quê? — perguntou Mary ansiosamente.

— Na lojinha de Thwaite, eles vendem uns pacotes de sementes de flor por um centavo cada, e o Dickon sabe quais são as mais bonitas e como cuidar delas. Ele sempre vai *pra* Thwaite só para passear.

E Martha perguntou:

— Você sabe escrever carta com letra de forma?

— Sim, eu sei! — afirmou Mary.

Martha balançou a cabeça.

— Dickon só lê se for letra de forma. Se conseguir, a gente escreve uma carta *pra* ele e pede pra ir comprar as ferramentas e as semente tudo junto.

— Oh! Você é uma boa menina! — Mary se emocionou! Não sabia que você era tão boa. Sei que posso escrever a carta se tentar. Vamos pedir à Sra. Medlock uma caneta, tinta e algumas folhas de papel.

— Eu tenho isso tudo. Comprei *pra* escrever uma carta *pra* mãe. Vou lá buscar — disse Martha.

Ela saiu correndo do quarto e Mary parou perto do fogo, torcendo suas mãozinhas finas com puro prazer.

Com uma pá na mão, ela sussurrou: "Poderei afofar a terra e carpir as ervas daninhas. Se eu tiver sementes e elas florescerem, o jardim não estará morto. Ele ganhará vida!".

Mary resolveu ficar aquela tarde na mansão, porque, desta vez, queria escrever a carta. Martha conseguiu a caneta, a tinta e o papel, mas teve de tirar a mesa e levar os pratos e travessas para baixo. Quando a criada entrou na cozinha, a Sra. Medlock estava lá e deu a ela outra tarefa. Então, Mary teve de esperar por muito tempo até Martha voltar. Escrever para Dickon foi um grande desafio para Mary, pois tinha aprendido somente alguma coisa com suas preceptoras, na Índia. Como elas não gostavam muito dela, pouco se dedicavam a ensiná-la a escrever. Mary, embora não soubesse soletrar muito bem, descobriu que podia escrever se tentasse com calma.

Eis a carta que Martha ditou a ela:

Meu caro Dickon,

Envio esta carta na esperança de encontrá-lo bem, assim como estou neste momento. A Srta. Mary tem dinheiro. Você poderia ir a Thwaite comprar algumas sementes de flores e um conjunto de ferramentas de jardim para ela fazer um canteiro de flores? Escolha as mais bonitas e fáceis de cultivar, porque ela nunca fez isso antes e morou na Índia, que é bem diferente. Mando meu amor à mãe e a cada um de vocês. Srta. Mary vai me contar mais histórias de elefantes, tigres e caçadores para que eu fale a vocês no meu dia de folga.
Sua querida irmã,

Martha Phoebe Sowerby.

— Agora vamos colocar o dinheiro no envelope e eu peço *pro* açougueiro levá-la no carrinho. Ele é um grande amigo do Dickon — sugeriu Martha.

— E como vou pegar as coisas que o Dickon comprar?

— Sem problema, ele trazerá *pra* você. Aliás, vai gostar de andar até aqui.

— Está bem! Assim, eu o conhecerei! Nunca pensei que veria Dickon.

— Você quer *ver ele*? — perguntou Martha de repente, pois Mary parecia muito empolgada.

— Sim, quero. Nunca conheci um menino amado por raposas e corvos. Quero muito conhecê-lo.

Martha tremeu discretamente, como se algo viesse à sua cabeça.

— Ah, lembrei! Lembrei que estava esquecendo daquilo. Não consegui contar uma novidade *pra* você logo de manhã. Eu perguntei *pra* mãe, e ela disse que vai pedir *pra* Sra. Medlock ela mesma.

— Você quer dizer que... — Mary começou a falar.

— O que eu disse na terça-feira. Perguntei *pra* ela se você podia ir um dia na nossa casa e comer um pouco do bolo quente de aveia da mãe, com manteiga e um copo de leite.

Todas as coisas interessantes estavam acontecendo naquele mesmo dia. Pensar em atravessar a charneca à luz do dia e com o céu azul?! Pensar em entrar na casa que abrigava doze crianças?!

— E acredita que a Sra. Medlock me deixaria ir? — perguntou, bem ansiosa.

— Acho que sim. Ela sabe como a mãe é uma mulher arrumada e como nossa casa é limpinha.

— Se eu fosse, conheceria sua mãe e o Dickon — disse Mary, pensando a respeito desse encontro e adorando a ideia.

— Imagino que ela seja diferente das mães da Índia.

A jardinagem e a agitação da tarde permitiram que ela se tranquilizasse e ficasse contemplativa. Martha ficou com ela até a hora do chá. As duas se sentaram confortavelmente em silêncio e depois conversaram só um pouco. Antes de Martha descer para pegar a bandeja de chá, Mary quis saber se a copeira tinha voltado a ter dor de dente hoje.

Martha se surpreendeu um pouco com esse seu interesse.

— Que pergunta é essa? — disse.

— Aconteceu que, enquanto fiquei esperando você voltar, abri a porta e fui pelo corredor ver se você estava a caminho. Então, ouvi aquele choro abafado de novo, como na outra noite. Como não está ventando hoje, não poderia ter sido o vento.

— *Eita!* — inquietou-se Martha.

— Você *num* pode ficar andando nos corredores ouvindo coisa. O Sr. Craven pode ficar tão zangado que nem sei o que faria.

— Juro, não estava bisbilhotando — explicou Mary.

— Estava apenas esperando por você. E, sem querer, ouvi o choro. Foram três vezes.

— Menina! Ouviu só a sineta da Sra. Medlock? — disse Martha, e saiu apressadamente do quarto.

— É a casa mais estranha em que alguém já morou — disse Mary sonolenta, ao deitar a cabeça no assento almofadado da poltrona. Ar fresco, cavar e pular corda deram à pequena Mary um cansaço tão agradável que logo ela adormeceu.

CAPÍTULO 10

Dickon

O sol brilhou por dias seguidos no jardim secreto. Sim, "O jardim secreto" era como Mary chamava o lugar. Ela gostou do nome e se sentia tão bem e livre por estar protegida por seus belos muros antigos, sem ninguém saber onde estava. O jardim era como se pertencesse a um mundo de contos de fadas. Os poucos livros que Mary havia lido e gostado eram de contos de fadas. Ela tirou esse nome inspirada nas histórias em que havia jardins secretos. Ela não se conformava que, às vezes, as pessoas dormiam nesses lugares por mais de cem anos. O que, para ela, era estúpido desperdiçar tempo. Mary não pretendia dormir e, na verdade, estava cada vez mais desperta a cada dia em Misselthwaite. Ela tomou gosto pelo ar livre. Deixou de odiar o vento, agora gostava dele. Aprendeu a correr mais rápido e por mais tempo, e já conseguia pular corda até cem como a Martha.

Ela achava que os bulbos do jardim secreto queriam acordar também. Espaços tão belos e limpos foram abertos ao redor deles que, agora, podiam respirar o quanto quisessem. Mesmo sem que Mary soubesse, eles começaram a se movimentar com mais afinco debaixo da terra escura. O calor do sol agora podia aquecê-los e, quando a chuva caísse, os molharia imediatamente. Aí passaram a se sentir mais vivos.

Mary era uma menina estranha e determinada que agora tinha algo interessante a que se dedicar. Estava realmente disposta. Revolvia a terra, cavava e arrancava ervas daninhas incansavelmente. Quanto mais trabalhava, mais satisfeita ficava. Era como um jogo fascinante, não parava. Ela encontrou bem mais pontos verdes-claros brotando do que imaginava. Estavam despontando em todos os lugares e, a cada dia, ela tinha a certeza de encontrar outros novos, alguns bem pequeninos que mal surgiam na flor da terra. A quantidade era tão grande que ela se lembrou do que Martha havia dito a respeito dos "milhares de fura-neves" e dos bulbos que se espalhavam e geravam outros. Se não tivessem sido abandonados há dez anos, hoje poderiam ser milhares. Ela estava curiosa para saber quanto tempo levaria para revelarem de que flores são. De vez em quando, parava de cavar para olhar o jardim e imaginar como seria, quando estivesse coberto de infindáveis flores. Naquela semana de sol, Mary se tornou mais íntima de Ben Weatherstaff. Ela o surpreendeu várias vezes, aparecendo ao seu lado como se tivesse brotado do chão. Ela sempre procurava chegar de mansinho, porque temia que, caso a visse chegando, ele recolhesse suas ferramentas e fosse embora. Na verdade, ele já não a rejeitava como de início. Interiormente, devia se sentir lisonjeado com o visível desejo da menina por sua companhia. Além disso, ela estava muito mais simpática do que antes. Ben Weatherstaff não sabia que, quando ela o viu pela primeira vez, o tratou como a um nativo, imaginando que um velho zangado e forte de Yorkshire também estivesse acostumado a fazer reverência para seus patrões e, simplesmente, obedecer às suas ordens sem questionar.

— Você parece um pisco — disse a ela certa manhã, ao erguer a cabeça e vê-la parada ao seu lado.

— Nunca sei de que lado você vai aparecer.

— Ele agora é meu amigo — afirmou Mary.

— É bem do feitio dele — retrucou Ben Weatherstaff.

— Ele agrada as mulheres só *pra* se mostrar. Ele faz de tudo *pra* se exibir e desfilar as penas da cauda. Ele é tão exibido como um pavão.

Ben Weatherstaff raramente falava muito e era normal nem responder às perguntas de Mary, exceto com grunhidos, mas, naquela manhã, estava mais falante do que de costume. Levantou-se e apoiou sua bota de cravos no topo da pá, enquanto a examinava.

— Há quanto tempo você está aqui? — indagou.

— Mais ou menos um mês. Já começo a ter orgulho pra Misselthwaite — disse.

— Engordou um pouco e deixou de falar daquele jeito irritante. Você parecia um corvinho depenado, quando apareceu pela primeira vez aqui nos jardins. Acho que nunca botei os olhos numa menina mais feia e esquisita.

Mary nem se importou com o comentário, porque não era vaidosa e nem pensava em sua aparência e respondeu:

— Sei que estou mais gorda. Minhas meias ficaram apertadas. Antes, costumavam ficar folgadas. Lá vem o pisco, Ben Weatherstaff.

Dito e feito, o pisco-do-peito-ruivo havia pousado. Estava bonito como nunca. Seu colete vermelho estava brilhante como cetim e ele sacudia suas asas e cauda, inclinava a cabeça e saltitava com todos os tipos de gracejos. Parecia determinado a fazer Ben Weatherstaff admirá-lo, mas Ben foi sarcástico:

— Olha só *procê*! Você pode se mostrar um pouco *pra* mim, quando não tiver ninguém melhor. Você está alisando seu colete e polindo suas penas já faz duas semanas. Eu sei o porquê. Você *tá* cortejando uma senhorita bem bonitona em outro lugar, contando umas mentiras *pra* ela, que você é o melhor pisco da charneca e que vai brigar com os outros piscos.

— Oh! Olhe para ele! — pediu Mary.

O pisco estava fascinante e bastante ousado. Aproximava-se mais e olhava para Ben Weatherstaff de maneira cada vez mais envolvente. Voou até o arbusto de groselha mais próximo, inclinou a cabeça e cantou uma musiquinha para ele.

— Você acha que é melhor que eu só porque você canta assim? — disse Ben, franzindo o rosto de tal forma que Mary teve a certeza de que ele tentava fingir estar bravo.

— Você pensa que ninguém pode com você, é?

O pisco abriu as asas e Mary mal pôde acreditar: ele voou direto para o cabo da pá de Ben Weatherstaff e pousou sobre ela. Então, o rosto dele se enrugou lentamente em uma nova expressão. Ficou estático, como se estivesse com medo de respirar e fazer qualquer movimento que assustasse o pisco e ele fugisse. Então, falou quase num sussurro suave que parecia até outra pessoa:

— Eu desisto! Você sabe como conquistar as pessoas, sabe mesmo! Parece até coisa do outro mundo.

E ficou ali, sem se mexer — quase sem respirar —, até que o pisco deu outra batida de asas e voou para longe. Então, Ben ficou olhando para o cabo da pá como se houvesse alguma magia nela, e voltou a cavar sem dizer nada por um bom tempo.

Contudo, como ele ficava sorrindo de vez em quando, Mary não teve receio de perguntar:

— Você tem também uma casa com jardim?

— Não. Sou solteiro e moro no porão com o Martin.

— Se você tivesse um canteiro, o que plantaria nele? — continuou a perguntar.

— Repolho, batata e cebola.

— E se fosse um jardim de flores? O que plantaria? — quis saber Mary.

— Plantas perfumadas, principalmente rosas.

O rosto de Mary se iluminou.

— Você gosta de rosas?

Ben Weatherstaff arrancou uma erva daninha e a jogou de lado antes de responder.

— Sim, gosto muito. Aprendi a gostar com uma moça, quando eu era jardineiro dela. Ela tinha muitas roseiras em um lugar especial, e ela amava as roseiras como se fossem crianças ou piscos. Ela até beijava as roseiras.

— Puxou outra erva daninha e fez uma careta para ela. Porém, isso já faz uns dez anos.

— E onde ela está agora? — perguntou Mary, muito interessada.

— No céu! Assim disse o padre... — respondeu, fincando a pá bem fundo no solo.

— E o que aconteceu com as roseiras dela? — tornou a perguntar, mais interessada do que nunca.

— Infelizmente, abandonaram elas lá. Ficaram sozinhas.

Mary estava cada vez mais animada:

— Será que todas elas já morreram? As roseiras morrem de verdade, quando são deixadas sozinhas? — ela especulou.

— Eu gostava tanto delas, e também gostava da menina, e ela gostava tanto delas — admitiu Ben Weatherstaff com relutância —, que uma ou duas vezes por ano eu ia trabalhar nelas um pouco, podava e cuidava das suas raízes. Estavam todas abandonadas, mas, com o solo fértil, algumas delas resistiram.

— Quando elas não têm folhas e estão cinzentas, marrons e secas, como saber se estão vivas ou mortas? — perguntou Mary.

— Só tem um jeito, esperar a primavera chegar. Espere o sol brilhar na chuva e a chuva cair, quando está sol. Assim, você vai descobrir.

— Não entendi. Como? — perguntou Mary, querendo mais detalhes.

— Olha bem os ramos e os galhos. Se tiver uns caroços marrons inchando aqui e ali, você fica de olho depois da chuva quente *pra* ver o que acontece.

— De repente, ele parou e olhou com curiosidade para o rosto ansioso dela.

— Por que agora você, do nada, se preocupa tanto com as roseiras e essas coisas? — indagou.

Mary sentiu seu rosto esquentar. Ficou apreensiva ao responder.

— Eu... Eu queria brincar disso... de fingir que tenho um jardim só meu. Eu... não tenho nada para fazer. Eu não tenho nada... e nem ninguém. — gaguejou.

— Ah, isso é verdade. Você *num* tem mesmo — concordou Ben Weatherstaff.

O jardineiro falou aquilo de maneira tão estranha que Mary se perguntou se ele realmente sentia um pouco de pena dela. Ela nunca sentira pena de si mesma. Somente se sentia cansada e ficava zangada, pois não gostava tanto assim das pessoas e das coisas. Contudo, agora, o mundo estava mudando e se tornando mais agradável. Se ninguém descobrisse sobre o jardim secreto, ela poderia se divertir para sempre.

Mary ficou ali por mais dez ou quinze minutos e arriscou fazer mais perguntas. Ben Weatherstaff respondeu tudo com seu jeito esquisito e resmungão, mas não parecia zangado. Desta vez, teve paciência e não sumiu dali. Ele contou algo sobre roseiras, quando ela já estava de partida, o que a lembrou das mencionadas antes.

— Você vai ver aquelas outras roseiras agora? — perguntou.

— Não fui neste ano. Meu reumatismo deixou as articulações muito duras.

Disse isso com sua voz resmungona e, de repente, pareceu ficar zangado, embora ela não entendesse o motivo.

— Olha aqui! — ele disse energicamente — Chega de tanta pergunta. Você é a menina mais bisbilhoteira que já conheci. Vai brincar *pra* lá. *Acabô* a minha cota de falação por hoje.

Ben ficou tão irritado que ela entendeu que não adiantava ficar ali nem mais um minuto. Ela pulou corda pela calçada externa, pensando sobre ele e dizendo a si mesma que, por mais estranho que fosse, ali estava outra pessoa de quem ela gostava, apesar do mau humor. Ela gostava do velho Ben Weatherstaff. Sim, gostava dele. Sempre tentava motivá-lo a conversar. Além do mais, ela começava a acreditar que ele sabia tudo sobre flores.

Havia uma calçada cercada de loureiros que contornava o jardim secreto e terminava em um portão que se abria em um bosque, no parque. Ela pensou em dar a volta por aquele caminho e ver se encontrava algum coelho pulando pela mata. Ela gostava muito de pular e, quando chegou ao pequeno portão e o abriu, ouviu um assobio baixo e peculiar e decidiu descobrir o que era.

Receosa, Mary prendeu a respiração, quando parou para olhar. Havia um menino sentado com as costas apoiadas em uma árvore, brincando com uma flauta rústica. Era um garoto esquisito de cerca de doze anos. Aparentava estar muito asseado e tinha nariz empinado e bochechas avermelhadas como papoulas. Mary nunca vira um menino com olhos tão redondos e azuis. O mais surpreendente é que, no tronco da árvore em que ele se encostava, um esquilo castanho se agarrava e olhava para ele, e, por trás de um arbusto próximo, havia um faisão que delicadamente esticava seu pescoço para espiar. E bem mais perto dele havia dois coelhos sentados, farejando com seus focinhos trêmulos. Sem dúvida alguma, todos os animais se aproximavam do menino. Estavam atraídos pelo estranho som que sua flauta produzia. Quando ele viu Mary, levantou discretamente sua mão e falou tão baixinho como o seu assobio:

— *Num* se mexe, senão eles fogem — pediu.

Mary permaneceu imóvel. Ele parou de soprar a flauta e começou a se levantar. Seus movimentos eram tão lentos que mal parecia se mover. Por fim, o menino ficou de pé, o esquilo voltou a subir nos galhos de sua árvore, o faisão encolheu a cabeça e os coelhos caíram de quatro e saltaram para longe. Naturalmente, todos os bichos foram embora.

— Meu nome é Dickon. Eu sei que você é a Srta. Mary — ele se apresentou.

Misteriosamente, Mary já soube que ele era Dickon assim que o viu. Quem mais poderia encantar coelhos e faisões como os nativos da Índia encantam serpentes? Ele tinha uma boca larga, vermelha e curvada e seu sorriso era largo e expansivo.

Dickon explicou seu comportamento:

— Levantei devagar *pra num* assustar. Quando tem animais selvagens por perto, temos que mexer o corpo o menos possível e falar bem baixinho.

Ele conversava com ela como se a conhecesse muito bem, e não como se fosse a primeira vez que tivessem se visto. Mary nada sabia sobre meninos e falava com ele um pouco contida, pois se sentia um tanto tímida.

— Você recebeu a carta de Martha? — perguntou.

Ele acenou sua cabeça, coberta de cachos cor de ferrugem.

— É por isso que estou aqui.

Ele se abaixou para pegar uma sacola.

— Trouxe *pra* você as ferramentas de jardim. Tem uma pá de mão, um ancinho, um garfo e uma enxadinha. Eles são bons. Tem uma espátula também. E a mulher da loja deu de brinde um pacote de papoula branca e um de esporinha azul, quando comprei as outras sementes.

— Ah, deixe-me ver as sementes? — pediu Mary.

Ela queria saber falar como ele, que tinha um discurso rápido e fácil. Dava a impressão de que ele gostava dela e que não tinha o mínimo receio de que ela não gostasse dele. Era um simples menino da charneca, com roupas remendadas, rosto engraçado e uma cabeça ruiva despenteada. Quando ela se aproximou, sentiu um aroma fresco e límpido de urze, grama e folhas. Parecia que ele era feito dessas coisas. Aquilo a encantou e, quando olhou para seu rosto esquisito de bochechas vermelhas e olhos azuis redondos, esqueceu-se de sua timidez.

— Venha, vamos sentar neste tronco para olhar as sementes — sugeriu.

Sentaram-se e ele tirou um desajeitado embrulho de papel pardo do bolso do casaco. Desamarrou o barbante e ali dentro havia outros pacotes menores e mais organizados, com figuras de flores diferentes em cada um deles.

— Tem um monte de minhonetes e papoulas — avisou.

— Minhonete é a coisa com o cheiro mais doce que você já viu. Ela cresce em qualquer lugar que você espalhar, assim como a papoula. Essas flores vão brotar e desabrochar só de assobiar para elas, e são as mais bonitas de todas.

Dickon parou e virou a cabeça rapidamente. Seu rosto com bochechas de papoula se iluminou.

— De onde esse pisco está chamando a gente?

O chilrear vinha de um espesso arbusto de azevinho, cujas bagas vermelhas brilhavam, e Mary achou que sabia de quem era o canto.

— Ele está realmente nos chamando? — ela quis saber.

— Claro que sim! — disse Dickon, como se fosse a coisa mais natural do mundo.

— Ele está chamando algum amigo dele. É o mesmo que dizer: "*Tô* aqui. Olha para mim. Quero conversar um pouco". Olha ele lá, no mato. Ele é de quem?

— Ele é do Ben Weatherstaff, mas acho que ele me conhece um pouco — respondeu Mary.

— Então, ele conhece você — disse Dickon, baixando a voz novamente.

— E ele gosta de você. Ele acha que é seu amigo. E vai me contar tudo sobre você *num* minutinho.

Dickon aproximou-se bastante do arbusto, com o movimento lento que Mary já notara antes, e, então, emitiu um gorjeio quase igual ao do próprio pisco. O pássaro o ouviu atentamente por alguns instantes, e então respondeu como se soubesse falar.

— É, ele é seu amigo, sim — riu Dickon.

— Você acha que ele é? — perguntou Mary ansiosamente. Ela queria muito saber.

— Você acha que ele realmente gosta de mim?

— Ele não chegaria perto de você se não gostasse — respondeu Dickon.

— Os pássaros são ariscos e os piscos podem ser mais arredios que gente. Olha, ele *tá* querendo agradar você agora. Ele *tá* dizendo: "Não tá me vendo, menina?".

E realmente parecia ser verdade. Ele se moveu para o lado, gorjeou e se inclinou ao pular em seu arbusto.

— Você entende tudo o que os pássaros dizem? — perguntou Mary.

O sorriso de Dickon cresceu para os lados de sua boca grande, vermelha e curvada, e ele esfregou os cabelos bagunçados.

— Acho que sim, e eles também acham que sim — disse.

— Moro na charneca com eles faz tempo. Eu vi eles quebrarem a casca, piarem e saltarem e aprenderem a voar e começarem a cantar tão de perto que comecei a achar que eu era um deles. Às vezes, eu penso que sou um pássaro, uma raposa, um coelho, um esquilo ou até um besouro. Eu sei lá!

Ele riu e voltou para o tronco, falando novamente a respeito das sementes de flores. Dickon explicou para ela como seriam quando crescessem, como deveria plantá-las, observá-las, adubá-las e regá-las.

— Tive uma ideia! Vou plantar agora mesmo. Onde fica o jardim?

As mãos finas de Mary se engancharam e pousaram em seu colo. Ela não sabia o que dizer, ficou em silêncio. Ela não havia pensado nisso e se sentiu acuada. Sentiu seu rosto corar e depois empalideceu.

— Você tem algum jardinzinho, *num* tem? — Dickon perguntou.

Ela passou de corada para pálida. Dickon percebeu na hora e, como ela ainda não dizia nada, ficou confuso.

— Eles *num* dariam *pra* você um pedacinho de terra pra plantar? — perguntou.

— Você ainda *num* tem?

Ela apertou as mãos com ainda mais força e voltou a olhar para ele.

— Eu não sei nada sobre meninos. Se eu contar um segredo, você guarda? É um grande segredo. Não sei o que aconteceria se alguém o descobrisse. Acho que morreria! — disse a última frase muito séria.

Dickon ficou mais perdido e até esfregou a mão na cabeleira áspera outra vez, mas respondeu bem-humorado:

— Eu guardo segredo o tempo todo! — garantiu.

— Se eu não guardasse os segredos dos outros, segredo sobre os filhotes de raposa, os ninhos dos pássaros e das tocas dos bichos, nada ficaria seguro na charneca. Então, sim, eu sei guardar segredo!

Mary não pretendia estender a mão e agarrar a manga da camisa dele, mas fez isso.

— Eu roubei um jardim! — confessou de uma vez.

— Não é meu. Não é de ninguém. Ninguém o quer, ninguém se importa com ele, ninguém nunca entra lá. Pode ser que já esteja tudo morto nele. Eu não sei.

Ela começou a sentir calor e ficou irritada como nunca antes em sua vida.

— Eu não me importo, não me importo! Ninguém tem o direito de tirar ele de mim, porque eu cuido dele e eles não. Estão deixando tudo aquilo morrer, trancado e sozinho! — desabafou inconformada e desatou a chorar a pobre e pequena Srta. Mary.

Os curiosos olhos azuis de Dickon se arregalaram ainda mais.

— *E-ei-eita!* — ele disse, deixando escapar seu espanto devagar, e o jeito como reagiu demonstrou tanto admiração quanto simpatia.

— Não tenho nada para fazer. Nada me pertence. Eu mesmo o descobri e entrei sozinha. Sou exatamente como o pisco, e eles não tiraram o jardim do pisco. — ela explicou.

— Onde fica? — perguntou Dickon em voz baixa.

Mary levantou-se imediatamente do tronco. Ela sabia que estava irritada e obstinada outra vez, mas não se importou nem um pouco com isso. Estava arrogante como a patroa indiana novamente. Ao mesmo tempo, sentia calor e tristeza.

— Venha comigo e eu mostro a você — disse.

Ela o conduziu ao redor do caminho dos loureiros e até a calçada onde a hera crescia tão densa. Dickon a seguiu com uma expressão esquisita, como se estivesse sofrendo. Sentia como se estivesse sendo levado para ver o ninho de algum pássaro estranho e que deveria se mover calmamente. Quando ela foi até o muro e ergueu a cortina de hera, ele se surpreendeu. Havia uma porta e Mary a empurrou devagar para que entrassem. Então, Mary parou e acenou corajosamente com a mão.

— É aqui! — disse.

— É um jardim secreto e eu sou a única no mundo todo que deseja que ele viva.

Dickon caminhou em círculos pelo jardim, e depois deu voltas e mais voltas. Ficou encantado!

— *Eita*, é um lugar estranho de bonito! Parece até que a gente *tá* num sonho.

CAPÍTULO 11

O ninho dos passarinhos

Mary esperou Dickon contemplar tudo em volta. Depois de um tempinho, ele começou a andar, ainda mais levemente do que Mary havia caminhado da primeira vez em que se viu dentro dos quatro muros. Seus olhos pareciam absorver tudo: as árvores cinzentas com suas trepadeiras ressecadas e penduradas em seus galhos, emaranhadas nos muros e entre a grama, as alcovas verdes com assentos de pedra e as altas urnas de flores.

— Jamais imaginei que veria este lugar — sussurrou.

— Você sabia sobre ele? — perguntou Mary.

Ela havia falado em voz alta e ele fez um sinal de silêncio.

— É melhor falar baixo — sugeriu — ou alguém pode ouvir e perguntar o que a gente veio fazer aqui.

— Tem razão, eu me esqueci! — exclamou Mary, assustando-se e colocando a mão rapidamente sobre a boca.

— Você sabia sobre o jardim? — repetiu a pergunta, quando se recuperou.

Dickon concordou com a cabeça:

— A Martha me disse que tinha um jardim que ninguém nunca entrava.

— A gente costumava perguntar como ele era.

Ele parou e olhou para o adorável emaranhado cinza à sua volta, e seus olhos redondos irradiavam uma felicidade genuína.

— Nossa, vai ter muito ninho aqui na primavera — observou.

— Vai ser o lugar mais seguro para se aninhar em toda Inglaterra, sem ninguém por perto e tanto emaranhado de árvores e roseiras *pra* construir. Eu acho que todos os pássaros da charneca vão construir aqui.

Srta. Mary colocou a mão em seu braço novamente sem perceber.

— Será que as roseiras vão brotar? Sabe? Tenho receio que estejam mortas — sussurrou.

— Não! Não estão. Nem todas! Olha aqui! — garantiu.

Dickon foi até a árvore mais próxima. Era velha, muito velha. Tinha musgo cinza por toda a casca, que ostentava uma cortina de ramos densos. Tirou um canivete largo do bolso e abriu uma de suas lâminas.

— É preciso cortar, porque tem muita madeira morta — explicou.

— Existe muita madeira velha, mas vieram algumas novas no ano passado. Esta é uma parte nova — e tocou em um broto de um verde acastanhado em vez de cinza, duro e seco. Mary o tocou em seguida de maneira ansiosa e solene.

— E aquele? — perguntou — Aquele está vivo?

Dickon arqueou sua boca larga e sorridente.

— *Tá* tão aceso como nós dois — disse. E Mary lembrou-se de que Martha havia explicado que "aceso" significava "vivo" ou "intenso".

— Fico feliz que esteja aceso! — exclamou em seu sussurro.

— Quero que todos se acendam. Vamos dar a volta no jardim e contar quantos estão acesos.

Ambos estavam ofegantes de ansiedade. Foram de árvore em árvore e de arbusto em arbusto. Dickon carregava o canivete na mão e mostrava coisas com as quais ela se maravilhava.

— Elas voltaram a ser silvestres, mas as melhores acabaram ficando mais fortes por isso. Os mais delicados morreram, mas os outros cresceram e cresceram, e se espalharam até que viraram esta maravilha.

— Olha aqui! — ele puxou para baixo um grosso galho cinza de aparência seca.

— A gente pensa que isto aqui é madeira morta, mas a raiz pode estar viva. Vou cortar bem baixo para ver — completou.

Ajoelhou-se e, com a sua lâmina, cortou o galho que parecia sem vida, não muito acima da terra e disse empolgado:

— Olha lá! *Num* disse? Ainda tem verde nesta madeira. Olha só isto.

Mary se ajoelhou para ver e ouvir toda a explicação.

— Veja, quando parece um pouco esverdeado e suculento assim, está aceso.

— Agora, quando o interior está seco e quebra fácil, como este galho que cortei, está morto. Tem uma grande raiz aqui de onde toda esta madeira viva brotou, e se a madeira velha for cortada e abrirmos em volta com cuidado, vai brotar novamente.

Dickon parou e ergueu o rosto para olhar os ramos que subiam e pendiam acima dele.

— Você vai ver um mar de rosas aqui neste verão.

Continuaram de arbusto em arbusto e de árvore em árvore. Ele era forte e hábil com seu canivete e sabia muito bem como cortar a madeira seca e morta.

E conhecia quando um galho ou graveto pouco promissor ainda preservava vida verde dentro de si. Depois de cerca meia hora observando tudo, Mary arriscou a cortar um galho aparentemente sem vida. Logo, ela gritou de alegria ao avistar o tímido tom de verde úmido. A pá, a enxada e o ancinho foram muito úteis. Dickon mostrou a ela como usar o ancinho. Enquanto cavava as raízes com a pá, mexia a terra e deixava o frescor tomar conta.

Trabalhavam com afinco em torno de uma das maiores roseiras, até que ele avistou algo que o fez exclamar de surpresa.

— Ora! — gritou, apontando para a grama a alguns metros de distância. — Quem fez isso aí?

Era uma das pequenas clareiras de Mary em volta dos pontos verdes-claros.

— Fui eu — disse Mary.

— Mas eu pensei que você *num* sabia nada de jardinagem — exclamou.

— Não sei mesmo, mas eles eram tão pequenos, e a grama era tão densa e viçosa, que parecia que não tinham espaço para respirar. Então, abri um espaço em volta. Eu não sei o que são.

Dickon se ajoelhou ao lado deles, com seu largo sorriso e concluiu:

— Você fez certo. Um jardineiro não teria a ensinado melhor. Eles vão crescer agora, como o caule de feijão do João. Estes são íris e fura-neve, e estes aqui são narcisos. Neste outro canteiro, há mais narcisos brancos. Vão ficar lindos!

Ele corria de uma clareira para outra.

— Você trabalhou muito *pra* uma menina — elogiou.

— Estou engordando e ficando mais forte. Costumava ficar cansada. Quando cavouco, não me canso mais. Adoro sentir o cheiro da terra, quando ela aparece — contou.

— Isso é muito *bão pra* você — disse, acenando com a cabeça.

— Não tem nada tão *bão* igual ao cheiro de terra limpa e boa, só perde *pro* cheiro de plantas frescas, crescendo depois que a chuva cai. Eu saio na charneca muitos dias, quando está chovendo e fico debaixo de um arbusto ouvindo as gotas deslizarem nas urzes e fico cheirando sem parar. A mãe fala que meu nariz treme igual ao de um coelho.

— Você nunca pega resfriado? — perguntou Mary, olhando para ele com admiração. Ela nunca tinha visto um menino tão engraçado, ou tão gentil.

— Eu não! — respondeu, satisfeito. — Nunca peguei resfriado desde que nasci. Não fui criado cercado. Eu exploro a charneca em todos os climas, assim como os coelhos fazem. A mãe fala que eu cheirei muito ar fresco esses doze anos para pegar um resfriado. Sou resistente igual a um pau de espinheiro-branco.

Ele trabalhava o tempo todo, enquanto conversava. Já Mary o seguia e o ajudava com o ancinho ou a pazinha.

— Tem muito trabalho *pra* fazer aqui! — observou, olhando em volta animado.

— Você viria me ajudar? — Mary sugeriu. — Tenho certeza de que posso trabalhar também. Posso cavar e arrancar o mato e tudo o que você me pedir. Oh, venha, Dickon!

— Vou vir todos os dias se você quiser, com chuva ou com sol. Vai ser a coisa mais prazerosa que já fiz na vida, trancado aqui acordando este jardim — respondeu ele com firmeza.

E Mary comentou:

— Se você vier e me ajudar a recuperar este jardim, nem sei o que poderia fazer por um menino assim!

— Vou contar o que você vai fazer. Você vai engordar e ficar com tanta fome igual a um filhote de raposa e vai aprender a falar com os piscos como eu. A gente vai se divertir muito! — concluiu Dickon, com seu sorriso feliz.

Ele começou a andar, olhando pensativo para as árvores, para os muros e os arbustos.

— Eu não gostaria que fosse igual a um jardim de jardineiro, todo aparado e podado. É melhor assim, com tudo livre, pendurado e agarrado um ao outro. O que acha? — perguntou.

— Não precisamos deixar tudo certinho — concordou Mary plenamente. — Não pareceria um jardim secreto, se fosse todo arrumado.

Dickon esfregou os cabelos ferrugem com um olhar perplexo.

— *Tô* vendo que é um jardim secreto, mas parece que alguém, além do pisco, esteve aqui desde que foi fechado dez anos atrás.

— Contudo, a porta estava trancada e a chave enterrada — observou Mary. — Ninguém poderia entrar.

— Isso é verdade — respondeu.

— É um lugar esquisito. Parece que teve um pouco de poda aqui e ali nos últimos tempos.

— Como isso poderia ter sido feito? — perguntou Mary.

Ele examinava um galho de roseira, balançou a cabeça e garantiu:

— Ah, mas foi! Mesmo com a porta trancada e a chave enterrada.

Mary sempre sentiu que, mesmo velhinha, nunca se esqueceria daquela primeira manhã em que seu jardim começou a crescer. Certamente, ele parecia ter começado a crescer para ela naquela manhã. Assim que Dickon passou a abrir espaços para plantar as sementes, ela se lembrou do que Basil cantava para ela quando queria provocá-la.

— Você conhece alguma flor parecida com sinos? — quis saber.

— Tem alguns, como os lírios-do-vale. — Tem também os lírios-da-paz e as campânulas. — respondeu, cavando com a espátula.

— Vamos plantar alguns — propôs Mary.

— Já tem lírio-do-vale por aqui, eu vi. Eles nasceram muito perto, por isso tem que separar os pés, tem plantas demais aqui. Os outros levam dois anos *pra* florir desde sementes, mas posso trazer *pra* você algumas mudas do jardim da nossa casa. Você quer eles?

Então, Mary contou a ele sobre Basil e seus irmãos e irmãs na Índia. Também contou de como ela os odiava e de como a chamavam de "Mary irritadinha".

— Eles costumavam dançar e cantar para mim assim:

Mary está sempre tão irritadinha,
Seu jardim só tem erva daninha.
Só florzinhas murchas no jardim!
Lá só tem mato e muito capim!

Mary franziu a testa e golpeou a terra com certa raiva:

— Eu não era tão irritada como eles diziam.

Dickon riu carinhosamente.

— *Eita!* — disse. E enquanto esmigalhava o rico solo negro, ela notou que ele também sentia o cheiro da terra.

— *Bão...* Ninguém fica irritado quando tem flor e coisas assim, e tanta coisa silvestre e amiga por aí fazendo suas casas ou construindo ninho e cantando e assobiando, né?

Mary – que segurava as sementes ajoelhada ao seu lado – olhou para ele e sua expressão se suavizou.

— Dickon, você é tão bom quanto Martha disse que era. Agora, você é a quinta pessoa de que eu gosto. Nunca pensei que gostaria de cinco pessoas.

Dickon sentou-se nos calcanhares como Martha fazia, quando polia a grade. Ele parecia mesmo engraçado e encantador, pensou Mary, com aqueles olhos azuis redondos, bochechas coradas e seu nariz arrebitado de aparência feliz.

— Só gosta de cinco pessoas? — perguntou.

— Quem são os outros quatro?

— Sua mãe e Martha — Mary contou nos dedos — e o pisco e Ben Weatherstaff.

Dickon riu tanto que teve de colocar o braço sobre a boca para abafar o som.

— Eu sei que você pensa que eu sou um menino esquisito, mas acho que é você a menina mais esquisita que eu já vi.

Daí Mary inclinou-se para frente e fez uma pergunta que nunca sonhara em fazer antes. E ainda tentou falar com sotaque de Yorkshire, porque essa era a língua dele, e, na Índia, um nativo sempre ficava satisfeito quando alguém conhecia sua língua.

— *Cê* gosta um tiquinho de mim? — perguntou ela.

— *Eita!* — ele respondeu respeitosamente.

— Eu gosto, sim. Eu gosto *docê* de monte, e o pisco também, certeza!

— Já são dois, então — alegrou-se Mary. – Dois que gostam de mim!

Dickon e Mary voltaram a trabalhar mais duro do que nunca e mais animados. Mary ficou chateada, quando ouviu o grande relógio do pátio bater meio-dia, hora da sua refeição.

— Preciso ir — disse tristemente. E você terá de ir também, não é?

Dickon sorriu e respondeu:

— Carrego o meu almoço comigo.

— A mãe sempre me deixa trazer alguma coisa nos bolsos.

Pegou seu casaco na grama e tirou de um bolso um pacotinho irregular, amarrado por um grosso lenço azul e branco limpinho. Continha dois largos pedaços de pão com uma fatia de mais alguma coisa entre eles.

— Geralmente não é nada além de pão. Hoje veio uma boa lasca de bacon no meio — explicou.

Mary achou que era um almoço esquisito, mas ele parecia satisfeito em apreciá-lo.

— Corre lá para comer sua comida. Vou terminar primeiro. Daí trabalho mais um pouco antes de *voltá pra* casa.

E sentou-se com as costas apoiadas em uma árvore.

— Vou chamar o pisco — avisou — e dar uma casca do bacon para ele bicar. Eles gostam *de monte* de um pouco de gordura.

Mary mal conseguiu se separar dele. De repente, era como se ele fosse uma espécie de fauno da floresta, e que teria desaparecido para sempre, quando ela voltasse ao jardim. Ele parecia bom demais para ser verdade. Ela chegou na metade do caminho para a porta no muro, então parou e voltou.

— Aconteça o que acontecer, você... você nunca vai contar? — perguntou.

Suas bochechas cor de papoula estavam dilatadas com sua primeira grande mordida no pão com bacon, mas Dickon conseguiu sorrir, encorajando-a.

— Se você fosse um pisco e me mostrasse onde ficava o seu ninho, acha que eu ia contar pra alguém? Eu não! — disse.

E completou:

— *Cê* tá segura como um pisco comigo.

E a pequena Mary teve a certeza de que estava.

CAPÍTULO 12
"Posso ter um pedaço de terra?"

Mary correu tão rápido que quase ficou sem fôlego ao chegar em seu quarto. O cabelo estava grudado na testa e suas bochechas estavam rosadas. A refeição a esperava na mesa e Martha estava perto dela.

— Você está um pouco atrasada — disse Martha.
— Onde você estava?
— Estava com Dickon! — respondeu Mary.
— Eu conheci o Dickon!
— Eu sabia que ele viria — afirmou Martha contente. — O que você achou dele?
— Eu achei... achei ele lindo! — confessou Mary com voz firme.

Martha pareceu bastante surpresa, mas também satisfeita:

— Ele é o melhor menino que existe, mas a gente nunca achou ele bonito. Aquele nariz é empinado demais.
— Gosto dele empinado — disse Mary.
— E os olhos dele são muito redondos — continuou Martha, um tanto duvidosa. — Agora a cor é bonita.
— Eu gosto deles redondos — insistiu Mary. — Eles são exatamente da cor do céu sobre a charneca.

Martha sorriu de contentamento.

— A mãe diz que eles ficaram daquela cor, porque ele olha muito *pros* pássaros e *pras* nuvens. Mas ele tem uma boca grande, né?
— Eu adoro sua boca grande! — afirmou Mary. — Eu queria ser como ele.

Martha deu uma risadinha doce.

— Sua cara ficaria esquisita e engraçada — brincou. — Tinha certeza de que ia ser assim quando você o visse. O que você achou das sementes e das ferramentas de jardim?

— Como você sabe que ele as trouxe? — perguntou Mary.

— Eu nunca pensei que ele *num* ia trazer. Ele certamente ia, se encontrasse em Yorkshire. Ele é um menino de confiança.

Na realidade, Mary temia que ela começasse a fazer perguntas difíceis, mas não o fez. Martha estava muito interessada nas sementes e ferramentas de jardinagem, mas houve apenas um momento em que Mary ficou apreensiva. Foi quando ela começou a perguntar onde as flores seriam plantadas.

— *Pra* quem você pediu? — quis saber Martha.

— Ainda não pedi pra ninguém — respondeu Mary, hesitante.

— Eu que *num* ia pedir *pro* jardineiro-chefe. Ele é muito vaidoso, o Sr. Roach. É sim.

— Nunca o vi — disse Mary. — Só vi os ajudantes e Ben Weatherstaff.

— Se eu fosse você, perguntava *pro* Ben Weatherstaff — aconselhou Martha.

— Ele não é tão ruim quanto parece, apesar de ser bem ranzinza. O Sr. Craven deixa ele fazer o que quiser, porque ele estava aqui quando a Sra. Craven era viva e fazia ela dar risada. Ela gostava dele. Quem sabe ele encontra um canto *pra* você em algum lugar que não atrapalhe?!

— Se não atrapalhar e ninguém quer cuidar do lugar, ninguém se importaria, não é? — disse Mary ansiosa.

— Não vejo o porquê — respondeu Martha. — Você não estaria prejudicando ninguém.

Mary comeu o mais rápido que pôde e, quando se levantou da mesa, ia direto para o quarto vestir o chapéu, mas Martha a impediu.

— Tenho que contar uma coisa. — Achei melhor deixar você almoçar primeiro. O Sr. Craven voltou hoje cedo e acho que ele quer ver você.

Mary mudou de fisionomia.

— Por quê? Por quê? Ele não queria me ver quando eu cheguei. Ouvi Pitcher dizer que não.

— A Sra. Medlock disse que é por causa da mãe. Ela estava indo *pra* Thwaite e o encontrou. Ela nunca tinha falado com ele antes, mas a Sra. Craven tinha ido na nossa casa umas duas ou três vezes. Ele tinha esquecido, mas a mãe não, e ela se atreveu e falou com ele. Não sei o que ela disse a seu respeito, mas disse alguma coisa e, agora, ele quer ver você antes de ir embora de novo, amanhã. — Martha contou.

— Ele vai embora amanhã? Fico muito feliz!

— Vai ficar fora um bom tempo. Só vai voltar no outono ou no inverno. Vai viajar *pruns* lugares no estrangeiro. Ele sempre viaja.

— Estou tão feliz! Tão feliz! — Mary sentiu-se aliviada.

Se ele não voltasse antes do inverno ou mesmo do outono, haveria tempo para ver o jardim secreto ganhar vida. Mesmo que ele descobrisse e o tirasse dela, pelo menos, ela o teria por algum tempo.

— Você sabe quando ele vai me chamar?

Mal terminou a frase, a porta se abriu e a Sra. Medlock entrou. Ela estava com seu melhor vestido preto e boina, e sua gola estava presa por um grande broche com a foto do rosto de um homem. Era uma fotografia colorida do Sr. Medlock, que morrera anos antes, e ela sempre o usava, quando se arrumava. Aparentava estar nervosa e, ao mesmo tempo, animada.

— Seu cabelo está despenteado — disse a governanta rapidamente. — Vá escová-lo. Martha, ajude-a a colocar seu melhor vestido. O Sr. Craven me mandou levá-la ao seu escritório.

O tom rosa desapareceu completamente das bochechas de Mary. Seu coração começou a bater forte e ela se sentiu transformada em uma criança rígida, sem graça e silenciosa novamente. Nem sequer respondeu à Sra. Medlock, somente se virou e entrou em seu quarto, seguida por Martha. Não disse nada, enquanto seu vestido era trocado e seu cabelo penteado. Depois que estava bem-arrumada, seguiu a Sra. Medlock pelos corredores, em silêncio. O que havia para se dizer? Ela era obrigada a ir ver o Sr. Craven. Ele não gostava dela, e ela não gostava dele. Ela sabia o que ele pensaria dela. Mary foi levada para uma parte da casa que ainda desconhecia. Por fim, a Sra. Medlock bateu em uma porta e, quando alguém disse "Entre", entraram juntas na sala. Um homem estava sentado em uma poltrona diante do fogo e a Sra. Medlock falou com ele:

— Esta é a Srta. Mary, senhor.

— Pode nos deixar sozinhos. Chamarei a senhora, quando precisar que a leve embora — ordenou o Sr. Craven.

Depois que ela saiu e fechou a porta, restou a Mary apenas esperar. Era uma criança singela, torcendo suas mãos finas. Podia ver que o homem na cadeira não era tão corcunda, mas tinha ombros altos e bastante tortos, além de mechas brancas nos cabelos negros. Ele virou a cabeça sobre os ombros e se dirigiu a ela.

— Venha cá!

Mary obedeceu.

Ele não era feio. Seu rosto seria até bonito, não fosse a expressão de sofrimento. Parecia que a visão dela o preocupava e o aborrecia, sem saber o que fazer com ela, perguntou:

— Você está bem?

— Sim — respondeu Mary.

— Estão cuidando bem de você?

— Sim.

Ele esfregou a testa nervosamente enquanto a olhava.

— Você está muito magra — disse.

— Estou engordando — respondeu Mary, secamente.

Que rosto infeliz e ar perdido ele tinha! Dava a impressão que seus olhos negros mal a enxergavam e ele se esforçasse para prestar atenção nela.

— Eu me esqueci de você — disse.

— Como eu poderia me lembrar de você? Eu pretendia chamar uma professora particular ou uma babá, ou algo assim, mas me esqueci.

— Por favor... — Mary começou a falar, mas deu um nó em sua garganta.

— O que você quer falar? — perguntou.

— Eu sou... Eu sou grande demais para uma babá — conseguiu dizer.

— E, por favor, por favor, não me faça ter uma professora ainda.

Ele esfregou a testa novamente e olhou para ela.

— Isso foi o que a tal Sowerby disse — murmurou sem querer.

Nessa hora, Mary buscou força e coragem.

— Ela é... ela é a mãe da Martha? — gaguejou.

— Sim, acho que é — respondeu.

— Ela é boa com crianças — disse Mary. — Ela tem doze filhos. Ela sabe lidar.

O Sr. Craven pareceu despertar.

— O que você quer fazer?

— Eu quero brincar lá fora — respondeu Mary, tentando não tremer ao falar com ele.

— Nunca gostei de fazer isso na Índia, mas aqui me dá fome e estou engordando.

Ele mantinha os olhos nela.

— A Sra. Sowerby disse que isso faria bem a você. Acredito que faça mesmo — afirmou.

— Na verdade, ela acha melhor você ficar mais forte antes de ter uma professora.

E Mary revelou o que sente:

— Sinto que fico mais forte, quando brinco e o vento sopra da charneca.

— Onde você brinca? — perguntou em seguida.

— Em todo lugar — suspirou Mary.

— A mãe de Martha me mandou uma corda de pular. Eu pulo e corro... E tento descobrir se as coisas estão começando a sair da terra. Não faço mal nenhum.

— Calma, não fique tão assustada — disse, interessado no seu bem-estar.

— Uma criança como você não poderia fazer mal a ninguém! Você pode fazer o que quiser.

Mary levou a mão à garganta, porque temia que ele visse o nó de euforia que sentia subir por ali. Deu um passo em sua direção.

— Posso? — ela disse, trêmula.

Seu rostinho ansioso parecia preocupá-lo mais do que nunca.

— Não fique tão assustada! Claro que você pode. Eu sou seu tutor, embora eu seja um fracasso com crianças. Não posso dedicar a você tempo ou atenção. Estou muito doente, infeliz e distraído; mas desejo que você seja feliz e que fique confortável. Eu não sei nada sobre crianças, mas a Sra. Medlock deve providenciar para que você tenha tudo o que precisa. Mandei chamá-la hoje, porque a Sra. Sowerby disse que eu deveria vê-la. A filha dela havia comentado a respeito de você. Ela me disse que você precisava de ar fresco, liberdade e andar por aí.

— Ela sabe tudo sobre crianças — disse Mary outra vez, em sua defesa.

— Concordo, deve saber mesmo.

— Ela foi bastante decidida ao me parar na charneca, mas ela disse... que a Sra. Craven sempre havia sido gentil com ela.

O Sr. Craven tinha dificuldade em falar o nome de sua falecida esposa.

— Ela é uma mulher respeitável. Agora que conheci você, vejo que ela foi sensata. Brinque lá fora o quanto quiser. É um lugar grande e você pode ir aonde quiser e se divertir como preferir. Há algo que você queira? — indagou, como se um pensamento repentino o atingisse.

— Você quer brinquedos, livros, bonecas? — quis saber.

— Posso... posso ter um pedacinho de terra? — Mary arriscou a pedir.

Por estar muito ansiosa e trêmula, ela não percebeu como as palavras soariam estranhas e que não eram as que pretendia dizer.

O Sr. Craven pareceu bastante surpreso.

— Terra! — repetiu. — O que você quer dizer?

— Para plantar sementes... para fazer as coisas crescerem... para vê-las ganhar vida — Mary hesitou um pouco.

Ele, por sua vez, olhou para ela e ficou um pouco inquieto.

— Você gosta tanto assim de jardins? — perguntou.

— Eu não sabia nada sobre eles na Índia — disse Mary.

E continuou a contar:

— Eu vivia doente e cansada e fazia muito calor lá. Às vezes, fazia pequenos canteiros de areia e colocava flores neles. Porém, aqui é diferente.

O Sr. Craven se levantou e passou a caminhar vagarosamente pela sala.

— Um pedacinho de terra — murmurou para si mesmo, e Mary pensou que, de alguma forma, ela o fizera se lembrar de alguma coisa. Quando ele parou e se voltou para ela, seus olhos escuros pareciam suaves e acolhedores.

— Você pode ter quanta terra quiser — disse.

— Você me lembra alguém que amava a terra e as coisas que crescem nela. Quando encontrar o pedaço de terra que deseja — e algo como um sorriso se formou em seu rosto —, fique com ele, criança, e dê vida a ele.

— Posso pegar de qualquer lugar... se ninguém estiver usando?

— De qualquer lugar — assegurou.

— Pronto! Agora você precisa ir, estou cansado.

— E tocou a campainha para chamar a Sra. Medlock. — Adeus. Ficarei fora o Verão todo.

A Sra. Medlock veio tão rápido que Mary pensou que ela devia ter ficado esperando no corredor.

O Sr. Craven fez suas observações e recomendações para a Sra. Medlock.

— Agora que vi a criança, entendo o que a Sra. Sowerby quis dizer. Ela deve estar menos frágil antes de começar a ter aulas. Dê a ela comida simples e saudável. Deixe-a correr solta pelos jardins. Não a vigie demais. Ela precisa de liberdade, ar fresco e brincadeiras. A Sra. Sowerby pode vir vê-la de vez em quando, e ela pode ir algumas vezes para a casa dela.

A Sra. Medlock ficou satisfeita e aliviada ao saber que não precisaria "vigiar" Mary "demais". Sentiu como se uma carga fosse tirada de suas costas, embora já a visse o mínimo possível. Além disso, ela gostava da mãe de Martha.

— Obrigada, senhor — disse.

— Susan Sowerby e eu fomos para a escola juntas e ela é a mulher mais sensata e de bom coração que conheço. Eu nunca tive filhos e ela teve doze, e nunca vi crianças mais saudáveis e educadas. A Srta. Mary estará segura com eles. Eu sempre seguiria o conselho de Susan Sowerby sobre crianças. Ela é o que se pode chamar de uma mente lúcida, se é que me entende.

— Entendo sim — respondeu o Sr. Craven.

— Leve a Srta. Mary agora e chame Pitcher para mim.

Quando a Sra. Medlock a deixou no final de seu próprio corredor, Mary voou de volta para seu quarto.

Martha estava à sua espera. Aliás, Martha voltou correndo depois de retirar a louça do almoço.

— Eu posso ter o meu jardim! — gritou Mary. — Posso plantar onde eu quiser! Não terei professora por algum tempo! Sua mãe pode vir me ver e eu posso ir para a sua casa! Ele disse que uma garotinha como eu não poderia fazer mal e que posso fazer o que eu quiser... em qualquer lugar!

— *Eita!* — exclamou Martha encantada. — Foi bondade da parte dele, né?

— Martha, ele é um homem realmente bom, mas seu rosto está muito cansado e sua testa toda enrugada — comentou a pequena Mary.

Ela correu o mais rápido que pôde para o jardim. Esteve ausente muito mais tempo do que achava que deveria e sabia que Dickon teria de partir logo em sua caminhada de oito quilômetros. Quando ela deslizou pela porta sob a hera, viu que ele não estava trabalhando onde o havia deixado. As ferramentas de jardinagem estavam arrumadas juntas sob uma árvore. Ela correu para elas, olhando em volta, mas Dickon não estava à vista. Ele havia partido e o jardim secreto estava vazio... exceto pelo pisco, que acabara de voar por sobre o muro e pousar em uma roseira. E ali ficou observando Mary.

— Ele se foi — disse tristemente. — Ele era... ele era... ele era apenas um ser da floresta?

Alguma coisa branca presa à roseira chamou a atenção da pequena Mary. Era um pedaço de papel. Na verdade, era um pedaço da carta que Martha havia enviado a ele. Estava preso no arbusto em um espinho comprido. De repente, ela teve uma luz e se alegrou. Era Dickon que havia deixado um bilhete. Algumas letras de forma escritas grosseiramente criavam uma espécie de imagem. A princípio, ela não entendeu o que significavam. Depois percebeu que era o desenho de um pássaro em seu ninho. Embaixo estavam as letras de forma que diziam:

— Eu vou voltar.

CAPÍTULO 13
"Me chamo Colin"

Mary, agora mais segura e feliz, levou o desenho para casa. Na hora do jantar, mostrou o bilhete com o desenho para Martha.

— Puxa! — exclamou Martha com muito orgulho. — Eu nunca imaginei que o nosso Dickon era tão inteligente. Ele fez o desenho de um pisco no ninho, mais perfeito e duas vezes mais natural.

Mary entendeu que o desenho de Dickon era uma mensagem, ou seja, dizia que ela poderia ter certeza de que ele manteria seu segredo. Seu jardim era seu ninho e ela era o pisco. Ah, como ela gostava daquele garoto esquisito e simples!

Ela foi dormir ansiosa pela alvorada e pelo reencontro com Dickon no dia seguinte.

Acontece que o clima de Yorkshire é imprevisível, especialmente na primavera. Mary foi acordada no meio da noite com o barulho da chuva que batia na janela. Chovia torrencialmente e o vento uivava nas calhas e chaminés da enorme e antiga casa. Mary sentou-se na cama e se sentiu infeliz e com raiva.

— Quem está me irritando agora é a chuva — disse.
— Veio porque sabia que eu não a queria.

Ela se jogou de volta no travesseiro e enterrou o rosto. Não chorou, mas ficou deitada e desolada. Odiava o som da chuva forte, odiava o vento e seu uivo. E não conseguia dormir novamente. O som da ventania a mantinha acordada, pois alimentava a sua tristeza. Se ela estivesse feliz, provavelmente teria adormecido novamente. O vento uivou muito, arremessando inúmeras e grandes gotas de chuva contra o vidro.

— Isso parece com uma pessoa vagando e chorando, perdida na charneca — observou.

Mary revirou-se na cama por cerca de uma hora. Repentinamente, algo a fez se sentar e voltar a cabeça em direção à porta. Ela ouviu, atenta.

— Não pode ser o vento — murmurou. — Som de vento é diferente. É aquele choro que já ouvi antes.

Como a porta de seu quarto estava entreaberta, o som passava pelo corredor. Era um choro agitado, distante e fraco. Continuou ouvindo por um tempo e, a cada minuto, se tornava mais e mais decidida. Mary sentia que já estava na hora de descobrir o que era. Aquilo parecia ainda mais estranho do que o jardim secreto e a chave enterrada. O fato de estar com um humor péssimo deu a ela mais coragem. Pôs o pé para fora e saiu da cama.

— Vou descobrir o que é — disse. — Todo mundo ainda está dormindo e eu não me importo com a Sra. Medlock. Não me importo mesmo!

Ela pegou a vela ao lado da cama e saiu do quarto bem quietinha. O corredor era muito longo e escuro, mas estava decidida a enfrentar. Pensou que se lembrava do caminho que deveria tomar até o corredor curto com a porta coberta pela tapeçaria, aquela onde encontrou com a Sra. Medlock no dia em que se perdeu. O som estava vindo daquela passagem. Então, ela continuou, com sua luz fraca, quase tateando, seu coração batendo tão forte que temeu que alguém pudesse ouvi-lo. O choro distante e fraco continuava e a conduzia. Às vezes, parava por um momento e, depois, recomeçava a andar. Seria este o corredor que deveria pegar? Parou e pensou. Sim, era. O roteiro já sabia de cor. Desça por esta passagem e depois vire à esquerda, depois suba dois lances largos e, então, para a direita novamente. Sim, ali estava a porta com a tapeçaria.

Ela empurrou o tecido com muito cuidado e ele se fechou atrás dela. Mary parou no corredor e pôde ouvir o choro nitidamente, embora não fosse alto. Estava do outro lado da parede à sua esquerda, e alguns metros adiante havia uma porta. Ela podia ver uma luz na fresta da porta. Alguém chorava naquele quarto, e deveria ser alguém bem jovem.

Seguiu até a porta e a abriu. Pronto, entrou no cômodo! Era um grande quarto com móveis antigos e refinados. O fogo queimava débil na lareira e um abajur brilhava ao lado de uma cama de quatro colunas esculpidas, decoradas com brocado. Deitado na cama, estava um menino que chorava agitado.

Por um instante, a pequena Mary teve dúvidas se aquele lugar era real ou se havia adormecido novamente e agora sonhava sem saber.

O menino tinha um rosto fino e delicado, da cor de marfim, e parecia ter olhos desproporcionalmente grandes. Seus cabelos também caíam sobre a testa em mechas pesadas e faziam seu rosto magro parecer ainda menor. Ele parecia doente, mas chorava mais como se estivesse cansado e contrariado do que com dor.

Mary continuou perto da porta com a vela na mão, segurando ao máximo a sua respiração. Em seguida, se atreveu a caminhar pelo quarto e, ao se aproximar, sua luz atraiu a atenção do menino, que virou a cabeça sobre o travesseiro e a olhou fixamente. Seus olhos cinzentos e arregalados agora pareciam ainda maiores.

— Quem é você? — murmurou, meio assustado. — Você é um fantasma?

— Não, não sou — respondeu Mary, e a sua voz também soava um tanto assustada. — E você, é?

Ele a fitou longamente. Mary reparou nos seus olhos estranhos. Eram cinza-ágata e eram grandes demais para seu rosto. E tinham longos cílios negros.

— Não sou fantasma, não. — Me chamo Colin.

— Quem é Colin? — ela vacilou.

— Eu sou Colin Craven. E quem é você?

— Eu sou Mary Lennox. O Sr. Craven é o meu tio.

— Ele é meu pai — disse o menino.

— Seu pai! — Mary engasgou.

— Ninguém nunca me disse que ele tinha um filho! Por que não?

— Venha cá — pediu o menino, ainda mantendo seus olhos estranhos fixos nela com uma expressão ansiosa.

Ela se aproximou da cama e ele estendeu a mão e a tocou.

— Você é real, não é? — perguntou.

— Eu sempre tenho sonhos muito reais. Talvez você seja um deles.

Mary havia vestido um xale de lã ao sair do quarto e colocou uma das pontas entre os dedos dele e falou:

— Toque nisto e veja como é quente e espesso. Posso beliscar você, se quiser, para provar que sou real.

Por um minuto pensei que você também fosse um sonho.

— De onde você veio? — perguntou.

— Do meu quarto. Eu não conseguia dormir com o vento soprando e ouvi alguém chorando. Queria saber quem era. Por que você estava chorando?

— Porque eu também não conseguia dormir e a minha cabeça estava doendo. Qual é o seu nome mesmo?

— Mary Lennox. Ninguém nunca contou a você que eu vim morar aqui?

Ele ainda tocava a dobra de lã, mas começava a acreditar cada vez mais na realidade.

— Não — respondeu. — Eles não ousariam.

— Por quê? — perguntou Mary.

— Porque eu teria medo de que você me visse. Não deixo as pessoas me verem e conversarem comigo.

— Nossa, por quê? — Mary perguntou novamente, sentindo-se mais perplexa a cada momento.

— Porque estou sempre assim, doente e preso nesta cama. Meu pai também não deixa ninguém falar comigo. Os criados não podem falar de mim. Se eu sobreviver, pode ser que me torne um corcunda, mas eu não vou. Meu pai odeia pensar que posso ficar torto como ele.

— Que gente mais estranha! — espantou-se Mary.

— E que casa esquisita! Tudo aqui é envolto em segredos. Os quartos e os jardins estão trancados... e agora, você! Você foi trancado?

— Não. Eu fico neste quarto, porque não quero ser tirado dele. Fico muito cansado.

— Seu pai vem ver você? — Mary arriscou.

— Às vezes, geralmente, quando estou dormindo. Ele não gosta de me ver.

Mais uma vez, Mary não se conteve:

— Qual a razão?

Uma espécie de sombra de ódio passou pelo rosto do menino.

— Minha mãe morreu, quando eu nasci e ele fica triste só de olhar para mim. Ele acha que eu não sei, mas já ouvi gente falando. Ele quase me odeia.

— Ele odeia o jardim, porque ela morreu — disse Mary meio que para si mesma.

— Que jardim? — o menino perguntou.

— Ah, nada... é só um jardim de que ela gostava — gaguejou Mary.

— Você sempre esteve aqui?

— Quase sempre. Às vezes, sou levado a lugares no litoral, mas volto logo, porque as pessoas me encaram. Eu cheguei a usar uma coisa de ferro para manter minhas costas retas, mas um grande médico veio de Londres para me ver e disse que isso era um absurdo. Disse para tirarem aquilo daqui e me manterem ao ar livre. Odeio ar fresco e não quero sair.

— Eu também odiava quando cheguei aqui — disse Mary.

— Por que continua me olhando assim?

— Por causa dos sonhos que são tão reais — respondeu um pouco irritado. — Às vezes, quando abro os olhos, não acredito que estou acordado.

— Estamos ambos acordados — disse Mary. Ela olhou ao redor do quarto, seu teto alto, cantos sombrios e a fraca luz do fogo.

— Parece um sonho, e estamos no meio da noite. Todos na casa estão dormindo. Todos, menos nós. Estamos bem acordados.

— Não quero que seja um sonho — disse o menino inquieto.

Mary logo deduziu:

— Se você não gosta que as pessoas o vejam, prefere que eu vá embora?

Ele ainda segurava a dobra de seu manto e deu um pequeno puxão, respondendo:

— Não! Eu queria ter a certeza de que você não era um sonho. Se você for real, sente-se naquele banquinho estofado e converse comigo. Quero que me conte sobre você.

Mary pousou a vela na mesa próxima à cama e sentou-se no banquinho. Ela não queria ir embora de jeito nenhum. Queria ficar no soturno quarto secreto e falar com o garoto misterioso.

— O que você quer que eu conte? — perguntou.

Ele quis saber há quanto tempo ela estava em Misselthwaite; quis saber em qual corredor ficava o quarto dela; o que ela andava fazendo; se ela não gostava da charneca como ele também não gostava; onde morou antes de vir para Yorkshire. Ela respondeu a todas essas perguntas e muitas mais, e ele deitou-se no travesseiro e a ouviu. Ele pediu que contasse histórias da Índia e da sua viagem cruzando o oceano. Ela descobriu que, por ser deficiente, ele não aprendera as coisas como as outras crianças. Uma de suas babás o ensinou a ler, quando ainda muito pequeno, e ele sempre lia e olhava as figuras em livros fabulosos.

Embora seu pai raramente o visse quando estava acordado, ele recebia todos os tipos de coisas maravilhosas para se divertir. Porém, parecia que nunca se divertia. Ele poderia ter qualquer coisa que pedisse e nunca fora obrigado a fazer nada que não gostasse.

— Todos são obrigados a fazer o que me agrada — disse com indiferença. — Fico doente de raiva. Ninguém acredita que vou sobreviver e crescer.

Ele se comportou como se estivesse tão acostumado com a ideia que já não se importava mais. Ele parecia gostar do som da voz de Mary. Enquanto ela falava, ele a ouvia com um ar sonolento e interessado. Uma ou duas vezes ela se perguntou se ele não estava prestes a cochilar. Por fim, ele fez uma pergunta que abriu um novo assunto.

— Quantos anos você tem?

— Tenho dez anos — respondeu Mary, esquecendo-se de si mesma por um momento. Assim como você.

— Como sabe disso? — ele se surpreendeu.

— Porque quando você nasceu, a porta do jardim foi trancada e a chave enterrada. E está trancada há dez anos.

Colin ameaçou a se sentar, virando-se para ela e apoiando-se nos cotovelos.

— Qual porta do jardim estava trancada? Quem fez isso? Onde a chave foi enterrada? — ele fez uma pergunta atrás da outra como se, de repente, estivesse muito interessado.

— Era o jardim que o Sr. Craven odeia — disse Mary, acuada. — Ele trancou a porta. Ninguém... ninguém sabia onde tinha enterrado a chave.

— Que tipo de jardim é esse? — Colin insistiu, ansioso.

— Ninguém estava autorizado a entrar nele por dez anos, respondeu cuidadosamente.

Acontece que era tarde demais para ter cuidado. Ele era muito parecido com ela. Também não tinha nada em que pensar e a ideia de um jardim trancado o atraía tanto quanto a ela. Ele continuou com o interrogatório. Onde ficava? Ela nunca tinha procurado a porta? Ela nunca perguntou aos jardineiros?

— Eles não falam sobre isso — explicou Mary. — Acho que foram instruídos a não responderem perguntas.

— Eu os faria falar — disse Colin.

— Você poderia? — vacilou Mary, começando a se sentir assustada. Se ele pudesse fazer as pessoas responderem, quem saberia o que poderia acontecer!

— Fique sabendo que todo mundo é obrigado a me agradar — repetiu.

— Se eu sobreviver, este lugar algum dia será meu. Todos eles sabem disso. Eu poderia obrigá-los a me dizer.

Mary não se reconhecia como uma menina mimada, mas via claramente que aquele menino misterioso era. Ele pensava que o mundo inteiro pertencia a ele. Era um menino muito peculiar e falava friamente sobre a morte.

— Você acha que não vai viver? — perguntou, em parte por curiosidade e em parte na esperança de distraí-lo do jardim.

— Penso que não — respondeu com a mesma indiferença de antes. — Desde a minha primeira lembrança, tenho ouvido as pessoas dizerem que não. No início, pensaram que eu era muito pequeno para entender e, agora, acham que não ouço. Porém, eu ouço. Meu médico é primo do meu pai. Ele é bastante pobre e, se eu morrer, ele herdará Misselthwaite, quando meu pai falecer. Acho que ele não gostaria que eu vivesse.

— Você quer viver? — Mary quis saber.

— Não — respondeu, de uma maneira zangada e cansada.

— Mas eu não quero morrer. Quando me sinto doente, fico aqui deitado pensando nisso e choro sem parar.

— Já ouvi você chorar três vezes — disse Mary, mas não sabia quem era. Você estava chorando por causa disso?

Ela queria muito que ele se esquecesse do jardim.

— Isso mesmo — respondeu. — Vamos falar de outra coisa. Fale sobre aquele jardim. Você não quer vê-lo?

— Quero — respondeu Mary, com a voz bem baixa.

— Eu quero — ele emendou, persistente.

— Nunca quis ver nada antes, mas quero ver esse jardim. Quero que desenterrem a chave. Quero a porta destrancada. Eu os deixaria me levar lá na minha cadeira. Isso seria tomar ar fresco. Vou ordenar que abram a porta.

Ele ficou muito animado e seus olhos estranhos começaram a brilhar como estrelas e pareciam maiores do que nunca.

— Eles têm de me agradar — continuou. — Vou fazer com que me levem lá e vou deixar você ir também.

As mãos de Mary se engancharam. Tudo iria por água abaixo, tudo! Dickon nunca mais voltaria. Ela nunca mais se sentiria como um pisco em um ninho escondido e seguro.

— Oh, não... não... não... não faça isso! — ela se exaltou.

Ele a olhou como se ela tivesse enlouquecido!

— Por quê? Você disse que queria ver.

— Sim. Mas se você os obrigar a abrir a porta e entrar nele, nunca mais será um segredo.

Ele se inclinou ainda mais para a frente.

— Um segredo. O que você quer dizer?

As palavras de Mary quase tropeçaram umas nas outras.

— Olha... olha — ela ofegou —, se ninguém souber além de nós que existe uma porta escondida em algum lugar debaixo da hera... se houver... nós poderíamos encontrá-la; e se pudéssemos passar por ela juntos e fechá-la depois, ninguém saberia que alguém entrou, e o jardim seria só nosso e fingiríamos que somos piscos e que aquele é o nosso ninho. E se brincássemos lá quase todos os dias e cavoucássemos e plantássemos sementes e fizéssemos tudo voltar à vida...

— Ele morreu? — Colin quis saber.

— Morrerá logo, se ninguém cuidar dele. — Os bulbos resistirão, mas as roseiras... Ele a interrompeu, tão animado quanto ela e quis saber:

— O que são bulbos?

— São partes de narcisos, lírios e fura-neves que ficam dormindo embaixo da terra. Eles estão trabalhando na terra agora. Estão brotando em pontos verde-claros, porque a Primavera está chegando.

— A primavera está chegando? Como ela é? De dentro do quarto não dá para vê-la! — disse o menino.

— É o sol brilhando quando chove, e a chuva caindo quando está sol, e as coisas vão trabalhando e saindo de sob a terra — disse Mary.

— Se o jardim continuasse secreto e pudéssemos entrar nele, poderíamos ver as coisas crescerem a cada dia e ver quantas roseiras ainda estão vivas. Você não entende? Ah, você não entende como seria mais bonito se fosse um segredo?

Ele recostou-se no travesseiro com uma expressão estranha no rosto.

— Nunca tive um segredo, fora aquele sobre morrer e não crescer. Eles não sabem que eu sei disso. Então, é como se fosse um segredo, mas gosto mais desse outro.

— Se você não os obrigar a levá-lo ao jardim — suplicou Mary — acredito que, em algum momento, vou descobrir como entrar lá. E se o médico quiser que você saia em sua cadeira, e se você sempre puder fazer o que quiser, talvez a gente encontre algum menino que empurre a sua cadeira, e poderíamos ir sozinhos. Assim, continuaria sendo um jardim secreto para sempre.

— Eu acho... que... gostaria... — disse.

Os olhos de Colin pareciam enxergar um sonho.

— Eu adoraria isso. Não me importaria com o ar fresco em um jardim secreto.

Mary começou a recuperar o fôlego e a se sentir mais segura, pois a ideia de guardar um segredo parecia agradá-lo. Ela confiava que se continuasse falando e pudesse fazê-lo imaginar o jardim em sua mente como ela o vira, ele gostaria tanto que não suportaria pensar que qualquer um poderia entrar nele quando quisesse.

— Vou te dizer como acho que seria, se pudéssemos entrar nele. Ele está fechado há tanto tempo que as coisas se tornaram um emaranhado — ela explicou.

Ele ficou imóvel e a ouviu contar sobre as roseiras que podiam ter escalado de árvore em árvore e se enroscado; sobre os muitos pássaros que poderiam construir seus ninhos ali por ser tão seguro. E, então, ela contou a ele sobre o pisco e Ben Weatherstaff. E havia tanto a contar sobre o pisco e era tão fácil e seguro falar sobre isso, que ela perdeu o medo. O pisco o agradou tanto que ele sorriu até ficar quase bonito. A princípio, Mary pensou que ele era ainda mais comum do que ela, com seus olhos grandes e pesadas mechas de cabelo.

— Eu não sabia que pássaros podiam ser assim — disse. — Mas quando você só fica em um quarto, nunca vê nada. Quantas coisas você sabe? Sinto como se você já tivesse entrado naquele jardim.

Ela não sabia o que dizer, então ficou quieta. Ele evidentemente não esperava uma resposta e, no momento seguinte, fez uma surpresa a ela.

— Vou deixar você ver uma coisa — disse. — Sabe aquela cortina de seda rosa na parede da lareira?

Mary não a notara antes, mas olhou para cima e a viu. Era uma cortina de seda leve pendurada sobre o que parecia uma pintura.

— Sim — respondeu.

— Há uma corda pendendo dela — disse Colin. — Vá até lá e puxe.

Mary se levantou, perplexa, e encontrou o cordão. Quando ela o puxou, os anéis da cortina de seda deslizaram no bastidor e revelaram uma imagem. Era a foto de uma menina com um rosto alegre. Ela tinha os cabelos brilhantes presos com uma fita azul e seus olhos fulgurantes e adoráveis eram exatamente como os infelizes de Colin, cinza-ágata, e pareciam duas vezes maiores do que realmente eram em razão dos cílios pretos ao redor deles.

— Ela é a minha mãe — disse Colin em um lamento. — Não entendo o porquê ela morreu. Às vezes, eu a odeio por isso ter acontecido.

— Que estranho! — disse Mary.

— Se ela tivesse vivido, acho que eu não teria ficado tão doente — reclamou. — Até acho que eu também sobreviveria. E meu pai não odiaria olhar para mim. Ouso dizer que eu até teria as costas mais fortes. Agora, pode fechar a cortina.

Mary obedeceu e voltou para o banquinho.

— Ela é muito mais bonita que você — observou —, mas seus olhos são iguais... Pelo menos, têm a mesma forma e cor. Por que tem uma cortina sobre ela?

Ele se moveu desconfortavelmente.

— Eu mandei fazerem isso — disse.

— Às vezes, não gosto que ela fique olhando para mim. Ela sorri demais, quando estou doente e infeliz. Além disso, ela é minha mãe e não quero que ninguém a veja.

Depois de alguns momentos de silêncio, Mary perguntou:

— O que a Sra. Medlock faria se descobrisse que eu estive aqui?

— Ela faria o que eu disser para fazer — respondeu. — E eu diria a ela que quero que você venha aqui e converse comigo todos os dias. Estou feliz que você tenha vindo.

— Eu também. Virei sempre que puder, mas vou procurar a porta do jardim todos os dias — disse ela.

— Sim, você precisa encontrar e, depois, venha me contar — completou Colin, animado.

Ele refletiu por alguns minutos, como fizera antes, e então continuou:

— Acho que você também será um segredo. Não vou contar até que descubram. Sempre posso mandar a enfermeira sair do quarto e dizer que quero ficar sozinho. Você conhece a Martha?

— Sim, conheço muito bem, disse Mary. — Ela é minha criada.

Ele acenou com a cabeça em direção ao corredor externo.

— É ela quem está dormindo no outro quarto. A enfermeira foi embora ontem para ficar a noite toda com a irmã e sempre manda Martha me atender, quando ela sai. Martha avisará quando você deve vir aqui.

Então, Mary entendeu o olhar preocupado de Martha ao ouvir suas perguntas sobre o choro.

— Martha sabia de você o tempo todo? — ela quis saber.

— Sim, ela sempre cuida de mim. A enfermeira não gosta muito de ficar comigo e então chama Martha.

— Estou aqui há muito tempo. Devo ir embora agora? Seus olhos parecem sonolentos.

— Queria muito dormir antes de você ir embora — disse ele um tanto timidamente.

— Feche os olhos — pediu Mary, puxando o banquinho para mais perto —, e farei o que minha ama costumava fazer na Índia. Vou dar tapinhas e acariciar a sua mão, cantarolando algo bem baixinho.

— Tenho certeza que será muito bom — disse sonolento.

De alguma forma, ela sentia pena dele e não queria que ficasse acordado, então, encostou-se na cama e começou a acariciar e batucar na mão do menino, murmurando uma cantiga em dialeto indiano.

— Isso é bom — disse ele ainda mais sonolento, e ela continuou cantando e acariciando-o. Quando olhou novamente para ele, seus cílios negros repousavam sobre suas face, pois dormia profundamente. Então, ela se levantou em silêncio, pegou a sua vela e se afastou sem fazer nenhum ruído.

CAPÍTULO 14

Um jovem rajá

A charneca estava escondida pela névoa, quando a manhã chegou e a chuva não parava de cair. Não havia como brincar lá fora. Martha estava tão ocupada que Mary sequer teve oportunidade de conversar com ela, mas à tarde pediu que se sentassem juntas no quarto de brincar. A criada veio trazendo a meia que sempre tricotava, quando não tinha outras tarefas.

— Qual é o seu problema? — ela perguntou assim que se sentaram.

— Parece que você quer me falar alguma coisa.

— Sim. Eu descobri o que era o choro — disse Mary.

Martha deixou o tricô cair sobre os joelhos e olhou para ela assustada.

— Você não! — exclamou.

— Nunca!

— Eu o ouvi ontem à noite — continuou Mary.

— Levantei e fui ver de onde vinha. Era Colin. Eu o conheci.

O rosto de Martha ficou vermelho de medo.

— Srta. Mary! Como foi isso? — perguntou, quase chorando.

— Você *num* devia ter feito isso... *num* devia! — Você vai me deixar em apuros. Eu nunca falei nada sobre ele... Eu vou perder o meu emprego, e aí o que a mãe vai fazer?

— Você não vai perder o seu emprego — Mary a acalmou. — Ele ficou feliz por eu ter ido. Nós conversamos muito e ele ficou feliz por eu estar lá.

— Ele ficou feliz? — estranhou Martha.

— Tem certeza? Você *num* sabe como ele fica, quando alguma coisa o irrita. Já é um rapaz grande *pra* chorar como bebê, mas, quando fica bravo, grita só pra assustar a gente. Ele sabe que a gente *num* pode fazer nada.

— Ele não ficou irritado! — garantiu Mary.

— Eu perguntei se ele preferia que eu saísse, mas ele me pediu para ficar. E me fez perguntas e eu me sentei em um banquinho e conversei com ele sobre a Índia e sobre o pisco e os jardins. Ele não me deixou sair. Ele me mostrou a foto de sua mãe. Antes de deixá-lo, cantei para ele dormir.

Martha quase engasgou de espanto:

— Eu nem consigo acreditar em você! É como se tivesse entrado direto na cova de um leão. Se ele fizesse do jeito que sempre faz, teria um acesso de raiva e acordado a casa inteira. Ele não deixa os estranhos olharem *pra* ele.

— Mas ele me deixou. Eu olhei para ele o tempo todo e ele olhava para mim. Nós nos encaramos! — disse Mary.

— *Num* sei nem o que fazer! Se a Sra. Medlock descobrir, ela vai pensar que eu quebrei as ordens e contei *pra* você e aí vai me mandar de volta pra minha mãe. — Martha concluiu agitada.

— Ele ainda não vai contar nada sobre isso à Sra. Medlock. Será uma espécie de segredo no começo. E ele disse que todos são obrigados a fazer o que ele bem entender — Mary garantiu, com firmeza.

— É, isso é bem verdade... Ô menino ruim! — suspirou Martha, enxugando a testa com o avental.

— Ele disse que a Sra. Medlock o obedecerá. E ele quer que eu vá conversar com ele todos os dias. E que você deve me dizer, quando ele deseja que eu vá.

— Eu? Vou perder meu emprego... Vou sim! — estranhou Martha.

— Você não perderá, se fizer o que ele quer que você faça, já que todo mundo tem ordens para obedecê-lo — argumentou Mary.

— Você está querendo dizer... — exclamou Martha com os olhos arregalados — que ele foi gentil com você?

— Parece que ele quase gostou de mim — respondeu Mary.

— Então, você deve ter enfeitiçado ele! — julgou Martha, respirando fundo.

— Você quer dizer magia? — perguntou Mary.

— Já ouvi falar dos feitiços na Índia, mas não tenho esse dom. Assim que entrei no quarto, fiquei tão surpresa em vê-lo que paralisei. Então, ele se virou e me encarou. E achou que eu era um fantasma ou um sonho e até pensei que talvez fosse mesmo. E foi muito estranho estarmos ali sozinhos no meio da noite, sem termos nos conhecido antes.

Começamos a fazer perguntas um ao outro. E quando perguntei se eu deveria ir embora, ele disse que não.

— Acabou-se o mundo! — Martha engasgou.

— Qual doença ele tem? — perguntou Mary.

— Ninguém sabe direito. O Sr. Craven enlouqueceu, quando ele nasceu. Os médicos acharam que teriam de colocar ele num hospício. Foi porque a Sra. Craven morreu, como eu já contei *procê*. Ele não queria nem olhar *pro* nenê. Ele gritava e dizia que seria outro corcunda igual a ele e que seria melhor que morresse.

— O Colin é corcunda? — Mary perguntou. — Não me pareceu.

— Ele ainda não é — explicou Martha. — Mas nasceu já todo torto. A mãe fala que tem tanto problema e raiva nesta casa que deixa qualquer criança doente. Eles temiam que as costas dele fossem fracas e sempre cuidaram disso... Deixam ele sempre deitado e sem andar. Uma vez, obrigaram ele a usar uma cinta, mas ele ficou tão incomodado que caiu doente na hora. Então, um médico famoso veio e mandou tirar. Ele conversou muito bravo com o outro médico, mas foi educado. Ele disse que estavam dando muito remédio ao menino e que deixavam ele fazer o que queria demais.

— Acho que ele é um menino muito mimado — disse Mary.

— Ele sempre foi ruim assim! — concordou Martha.

— *Num* vou dizer que ele *num* é um pouco doente. Ele teve tosse e resfriado e quase morreu disso umas duas ou três vezes. Uma vez ele teve febre reumática e outra vez, tifoide. A Sra. Medlock quase teve um treco. Ele estava delirando de febre e ela falou com a enfermeira na frente dele, pensando que ele *num* estava ouvindo, e ela disse: "Desta vez, é certeza que ele vai morrer, e será melhor para ele e para todos nós". Então, ela olhou *pra* ele e ele *tava* com aqueles olho grande, olhando pra ela lúcido igual a uma coruja. Ela ficou sem saber o que fazer, mas ele só olhou para ela e falou: "Me dá um pouco de água e pare de falar".

— Você acha que ele vai morrer? — perguntou Mary.

— A mãe fala que *num* tem motivo *pra* uma criança viver sem ar fresco e sem fazer nada além de deitar de costa e ler livro com foto e tomar remédio. Ele é fraco e não gosta da trabalheira que dá ser levado *pra* fora de casa, e ele pega resfriado tão fácil que fala que sair deixa-o doente.

Mary se sentou e olhou para o fogo.

— Queria saber — disse ela, pensativa —, se não faria bem a ele ir a um jardim e ver as coisas crescendo. Isso me fez muito bem.

— Um dos piores ataques que ele já teve — contou Martha — foi uma vez que levaram ele *pra* um lugar onde as roseiras crescem perto da fonte. Ele tinha lido num jornal que as pessoas pegavam um negócio que ele chamou de "resfriado de roseira". E ele começou a espirrar, falando que estava com o resfriado. Então, um jardineiro novo que não conhecia as regras estava passando e olhou para ele curioso. Ele ficou louco e disse que o homem ficou observando, porque ele ia ser corcunda. Ele começou a chorar até ficar com febre e passou a noite doente.

— Se ele fizer isso comigo, nunca mais irei vê-lo — disse Mary.

— Se ele quiser, vai obrigar — alertou Martha. — Melhor você saber disso desde já.

Logo depois, uma sineta tocou e ela enrolou seu tricô.

— Aposto que a enfermeira quer que eu fique um pouco com ele — disse. — Espero que esteja de bom humor.

Saiu do quarto e voltou dez minutos depois com uma expressão intrigada.

— Bom, você o enfeitiçou — comentou ela. — Ele *tá* no sofá com seus livros de foto. Disse *pra* enfermeira sair até às seis horas. E eu tenho que esperar no quarto do lado. No minuto em que ela saiu, ele me chamou e falou: "Quero que Mary Lennox venha conversar comigo. E lembre-se de não contar a ninguém. Vá logo, sem perda de tempo".

Mary estava bastante disposta a ir imediatamente. Ela não queria ver Colin tanto quanto queria ver Dickon, mas queria muito vê-lo.

Quando ela entrou no quarto, havia um fogo forte na lareira e, à luz do dia, pôde perceber que era um cômodo muito bonito. Havia cores vivas nos tapetes, nas cortinas, nos quadros e nos livros das prateleiras, o que fazia o quarto parecer claro e confortável, mesmo com o céu cinza e a chuva. O próprio Colin parecia uma pintura. Estava enrolado em um roupão de veludo, sentado contra uma grande almofada de brocado. Tinha uma mancha vermelha em cada bochecha.

— Entre — convidou ele. — Fiquei pensando em você a manhã toda.

— Também tenho pensado em você — respondeu Mary. — Você não sabe o quanto Martha está assustada. Ela disse que a Sra. Medlock pensará que foi ela quem me contou sobre você e a mandará embora.

Ele franziu a testa.

— Vá e diga para ela vir aqui — pediu ele. — Ela está no quarto ao lado.

Mary foi e voltou com ela. A pobre Martha tremia como vara verde. Colin ainda estava carrancudo.

— Você é obrigada a fazer o que eu quero ou não? — ele inquiriu.

— Tenho que fazer o que o senhor quiser — Martha titubeou, muito corada.

— Medlock tem que fazer o que eu quero?

— Todo mundo tem, senhor — confirmou Martha.

— Bem, então, se eu ordeno que você traga a Srta. Mary para mim, como Medlock poderia mandá-la, caso descobrisse?

— Por favor, não deixe, senhor — implorou Martha.

— Vou mandá-la embora se ela se atrever a dizer uma palavra sobre isso — afirmou o patrão Craven, arrogante. — Ela também não gostaria nada disso, aposto.

— Obrigada, senhor — disse, com uma reverência. — Quero cumprir meu dever, senhor.

— O seu dever é fazer o que eu mando. — O tom de Colin foi ainda mais arrogante. — Você está protegida. Agora saia!

Quando a porta se fechou atrás de Martha, Mary olhava para Colin como se ele a tivesse feito raciocinar.

— Por que me olha assim? — perguntou ele. — O que você achou?

— Estou pensando em duas coisas.

— O quê? Sente-se e me conte.

— A primeira é que... — começou Mary, sentando-se no banquinho — ...uma vez, na Índia, vi um menino que era um rajá. Ele tinha rubis, esmeraldas e diamantes grudados nele. Ele falava com seu povo assim como você fala com Martha.

Todos tinham de fazer tudo o que ele mandava, imediatamente. Eu acho que eles teriam sido mortos se não o fizessem.

— Vou pedir para você me contar mais sobre os rajás daqui a pouco — pediu Colin —, mas, primeiro, me diga qual é a segunda coisa.

— Eu estava pensando — disse Mary. — Como você é diferente de Dickon.

— Quem é Dickon? — perguntou. — Que nome esquisito!

Talvez ela pudesse contar a ele, pois achava possível falar de Dickon sem mencionar o jardim secreto. Ela gostava de ouvir Martha falar sobre Dickon. Além disso, queria muito falar dele. Era como se isso o trouxesse para mais perto.

— Ele é irmão da Martha. Tem doze anos — explicou ela. — Ele é diferente de todo mundo. Sabe encantar raposas, esquilos e pássaros, assim como os nativos da Índia encantam as serpentes. Ele toca uma melodia muito suave em uma flauta e os bichos o escutam.

Havia alguns livros grandes em uma mesa ao seu lado e, de repente, ele puxou um em sua direção.

— Há uma foto de um encantador de serpentes neste — exclamou. — Venha ver!

O livro era lindo, com incríveis ilustrações coloridas, e ele apontou para uma delas.

— Ele pode fazer isto? — perguntou ansiosamente.

— Ele tocava sua flauta e eles ouviam — explicou Mary. — Mas ele não chama isso de feitiçaria. Ele diz que é porque ele fica muito na charneca e conhece os costumes deles. Diz que às vezes se sente como se fosse um pássaro ou um coelho, e tem um grande amor por eles. Acho ele fez perguntas ao pisco. Parecia que eles conversavam entre si com gorjeios.

Colin deitou-se na almofada e seus olhos ficaram cada vez maiores, assim como as manchas em suas bochechas. — Conte-me um pouco mais sobre ele — pediu.

— Ele sabe tudo sobre ovos e ninhos — continuou Mary. — E sabe onde vivem as raposas, os texugos e as lontras. Não comenta nada sobre os animais, para que outros meninos não encontrem suas tocas e façam mal a eles. Dickon sabe sobre tudo o que cresce ou vive na charneca.

— Ele gosta da charneca? — Colin interessou-se. — Como ele pode gostar de um lugar tão grande, vazio e triste?

— É o lugar mais lindo que conheço — protestou Mary. — Há milhares de coisas adoráveis crescendo nela e milhares de criaturinhas ocupadas construindo ninhos, fazendo buracos e tocas e se mexendo, cantando ou falando uns com os outros. Eles estão sempre ocupados e se divertindo muito debaixo da terra ou nas árvores e urzes. É o mundo deles.

— Como você sabe disso tudo? — indagou Colin, virando-se sobre o cotovelo para olhar para ela.

— Eu nunca estive lá, é verdade — disse Mary, lembrando-se de repente.

— Eu só passei por ali no escuro. Achei horrível. Martha me contou sobre essas coisas primeiro e depois Dickon. Quando Dickon fala sobre a charneca, você sente como se tivesse visto e ouvido as mesmas coisas e como se estivesse ao lado das urzes com o sol brilhando e o tojo cheirando a mel... e todas aquelas abelhas e borboletas.

— Nunca se vê nada quando se está doente — disse Colin, inquieto. Parecia ouvir um novo som à distância e imaginava o que era.

— É impossível se você só ficar no quarto — apontou Mary.

— Eu não poderia ir à charneca — disse ele em um tom ressentido.

Mary ficou em silêncio por um minuto e então disse algo ousado:

— Você poderia... quem sabe?

Ele se moveu como se estivesse assustado.

— Ir na charneca! Como? Eu vou morrer.

— Como você sabe? — protestou Mary, antipática. Ela não gostou do jeito que ele falou sobre morrer e se sentiu muito solidária. Quase parecia que ele se gabava disso.

— Ah, eu ouço isso desde que me lembro — respondeu irritado. — Estão sempre sussurrando e acham que não percebo. Eles gostariam que eu morresse.

Mary se sentiu totalmente irritada e apertou os lábios.

— Se alguém quisesse que eu morresse — disse ela —, eu não morreria, só de pirraça! Quem gostaria que você morresse?

— Os criados... e, é claro, o Dr. Craven, porque ele herdaria Misselthwaite e ficaria rico... Ele não se atreve a dizer isso, mas sempre parece mais alegre, quando eu pioro. Quando eu tive febre tifoide, sua cara ficou até mais gorda. Acho que meu pai também gostaria.

— Eu não acredito que ele gostaria — retrucou Mary, bastante obstinada.

Aquilo fez Colin se virar e olhar para ela novamente.

— Acha que não? — ele perguntou.

Então, ele se recostou na almofada e ficou imóvel, como se estivesse refletindo. Houve um longo silêncio. Talvez ambos estivessem pensando coisas estranhas que crianças geralmente não pensariam.

— Eu gosto do médico famoso de Londres, porque ele mandou que tirassem a coisa de ferro — comentou Mary, finalmente. — Ele disse que você ia morrer?

— Não.

— O que ele disse?

— Ele não sussurrou — Colin respondeu. — Talvez ele soubesse que eu odeio sussurros. Ouvi ele dizer uma coisa bem alto. Ele disse: "O menino poderia viver se acreditasse nisso. Melhorem seu humor". Ele parecia zangado.

— Eu vou te contar quem talvez pudesse melhorar o seu humor — disse Mary, pensativa. Ela gostaria que tudo fosse resolvido de uma forma ou de outra. — Acho que Dickon conseguiria. Ele está sempre falando sobre coisas vivas. Nunca fala sobre coisas mortas ou coisas que estão doentes. Está sempre olhando para os pássaros voando no céu... ou olhando as coisas que crescem na terra. Ele tem olhos azuis muito redondos e atentos para olhar em volta. Ele ri uma gargalhada tão gostosa com sua boca larga... e suas bochechas são coradas... coradas como cerejas.

Ela puxou seu banquinho para mais perto do sofá e sua expressão mudou completamente com a lembrança da boca larga e curvada e dos olhos bem abertos.

— Olha — continuou ela. — Não vamos falar sobre morte; eu não gosto disso. Vamos falar sobre viver. Vamos falar mais sobre Dickon. E vamos ver esses desenhos.

Foi a melhor coisa que ela poderia ter dito. Falar de Dickon significava falar da charneca e sobre a casinha e as quatorze pessoas que viviam nela com umas moedinhas por semana... e sobre as crianças que engordavam com a grama da charneca, como os pôneis selvagens. E sobre a mãe de Dickon... e a corda de pular... e o horizonte ensolarado... e sobre as pontas verde-claras, projetando-se do gramado escuro. E era tudo tão vivo que Mary falava mais do que jamais havia falado antes. Colin falava e ouvia como nunca havia feito antes. E os dois começaram a rir do nada, como fazem as crianças, quando estão juntas e felizes. E eles riram tanto, com tanto barulho, que pareciam duas criaturas normais e saudáveis de dez anos de idade — em vez de uma menina rígida, pequena e amarga e um menino doente que achava que iria morrer.

Eles se divertiram tanto que se esqueceram dos desenhos e da hora. Riram muito alto sobre Ben Weatherstaff e seu pisco, e Colin sentou-se como se tivesse esquecido sua fraqueza nas costas, quando, de repente, lembrou-se de algo:

— Sabia que há uma coisa em que nunca pensamos? — indagou ele. — Nós somos primos.

Parecia tão estranho que tivessem conversado tanto sem se lembrar desse simples fato que riram mais do que nunca, porque estavam com o humor para rir de tudo. E no meio da diversão, a porta se abriu e entraram o Dr. Craven e a Sra. Medlock.

O Dr. Craven ficou alarmado, e a Sra. Medlock quase caiu para trás, porque ele acidentalmente esbarrou nela.

— Bom Deus! — exclamou a pobre Sra. Medlock, com os olhos quase saltando das órbitas. — Bom Deus!

— O que é isto? — disse o Dr. Craven, avançando. — O que significa isto?

Então, Mary se lembrou do menino rajá novamente. Colin respondeu como se nem o sobressalto do médico, nem o terror da Sra. Medlock tivessem a menor importância. Ele estava tão pouco perturbado que parecia que uma mosca e um mosquito tivessem entrado no quarto.

— Esta é minha prima, Mary Lennox — afirmou ele. — Pedi que viesse conversar comigo. Gosto dela. Ela deve vir e conversar comigo sempre que eu mandar chamá-la.

O Dr. Craven voltou-se com ar de reprovação para a Sra. Medlock.

— Oh, senhor — ela ofegou. — Não sei como isto aconteceu. Nenhum criado aqui se atreveu a contar... Todos eles têm suas ordens.

— Ninguém disse nada a ela — continuou Colin. — Ela me ouviu chorar e me encontrou. Estou feliz que tenha vindo. Não seja ridícula, Medlock.

Mary notou que o Dr. Craven não parecia satisfeito, mas estava claro que ele não ousaria se opor ao paciente. O médico se sentou ao lado de Colin e sentiu seu pulso.

— Receio que tenha se agitado demais. Agitação não é bom para você, meu menino — declarou.

— Eu ficaria agitado, se ela ficasse longe — respondeu Colin, seus olhos começando a brilhar perigosamente. — Estou melhor. Ela me faz melhorar. A enfermeira deve trazer o chá dela junto com o meu. Tomaremos chá juntos.

A Sra. Medlock e o Dr. Craven se entreolharam de maneira preocupada, mas evidentemente não havia nada a ser feito.

— Ele parece muito melhor, senhor — arriscou a Sra. Medlock. — No entanto, pensando no assunto, ele já parecia melhor hoje cedo, antes que ela viesse para o quarto.

— Ela veio aqui ontem à noite. Ficou comigo por muito tempo. Ela cantou uma canção em hindustâni para que eu dormisse — disse Colin. — Eu estava melhor quando acordei, queria o meu café da manhã. Quero meu chá agora. Chame a enfermeira, Medlock.

O Dr. Craven não ficou por muito tempo. Conversou com a enfermeira por alguns minutos, quando ela entrou no quarto e disse algumas palavras de advertência a Colin. Que ele não devia falar muito; que não devia se esquecer de que estava doente; que não devia se esquecer de que se cansava facilmente. Mary entendeu que havia uma série de coisas desagradáveis das quais ele não deveria se esquecer.

Colin pareceu preocupado e manteve seus estranhos olhos de cílios pretos fixos no rosto do Dr. Craven.

— Eu quero esquecer tudo isso — declarou finalmente.

— Ela me faz esquecer. É por isso que eu a quero aqui.

O Dr. Craven não parecia feliz ao sair do quarto. Deixou um olhar perplexo para a menina sentada no banquinho almofadado. Ela havia voltado a ser uma criança rígida e silenciosa assim que entraram no quarto, e o médico não conseguia entender o motivo da atração. O menino realmente parecia mais empolgado, entretanto... Enfim, suspirou pesadamente e seguiu pelo corredor.

— Eles estão sempre querendo que eu coma, quando eu não quero — resmungou Colin, enquanto a enfermeira colocava o chá na mesa perto do sofá. — Agora, se você comer, eu também como. Estes bolinhos parecem muito gostosos e quentes. Fale mais sobre os rajás.

CAPÍTULO 15

Fazendo ninho

Depois de mais de uma semana de chuva, o céu voltou a aparecer azulado e o sol espalhou seu calor. Mesmo sem ter podido ver o jardim secreto ou Dickon, Mary se divertiu muito. A semana passou rápido. Ela ficava muitas horas do dia no quarto de Colin, falando sobre rajás, jardins, Dickon e sobre a cabana na charneca. Folhearam livros e viram fotos esplêndidas, e às vezes Mary lia coisas para Colin, outras vezes ele lia um pouco para ela. Quando ele se divertia e se animava, ela notava que mal parecia deficiente físico, a não ser pelo detalhe de ele nunca sair do sofá e também pelo rosto muito pálido.

A Sra. Medlock disse certa vez, rindo um pouco:

— Você é uma menininha muito atrevida por sair da cama e bisbilhotar como fez naquela noite. Porém, não há como negar que foi uma espécie de bênção para todos nós. Ele não teve mais crises de raiva ou fez suas manhas desde que vocês ficaram amigos. A enfermeira ia desistir do caso, porque já estava cansada dele, mas, agora, diz que não se importa em ficar, já que você divide o serviço com ela.

Em suas conversas com Colin, Mary tentava ser muito cautelosa sobre o jardim secreto. Havia certas coisas que ela queria descobrir sobre ele, mas sentia que não deveria fazer perguntas diretas. Em primeiro lugar, quando começou a gostar de estar com ele, quis saber se ele era o tipo de menino para quem se poderia confiar um segredo. Ele não era nem um pouco parecido com Dickon, mas estava evidentemente tão satisfeito com a ideia de um jardim do qual ninguém soubesse que ela pensou que talvez fosse confiável. Ela achava que não o conhecia o tempo suficiente para ter a certeza. A segunda coisa que ela queria saber era como levá-lo ao jardim sem que ninguém descobrisse. Isso se ele fosse mesmo confiável. Um médico famoso tinha falado que ele precisava de ar fresco e Colin disse que não se importaria com o ar fresco em um jardim secreto. Talvez se ele tomar bastante ar fresco, conhecer o Dickon e o pisco e vir plantinhas crescendo, pare de pensar tanto em morrer. Mary havia se olhado no espelho algumas vezes ultimamente, e viu uma menina bem diferente da criança que viera da Índia. Ela parecia mais interessante. Até Martha notou uma mudança nela.

— O ar da charneca já fez bem para você— disse ela. — Não é mais aquela magricela de antes, que só gritava. Até o seu cabelo não fica mais grudado na cabeça. Tem um pouco de vida nele, então fica mais viçoso.

— Meu cabelo está como eu — alegrou-se Mary. — Está ficando mais grosso e forte. Acho que vai melhorar mais.

— Parece mesmo — concordou Martha, enrugando um pouco o rosto. — A feiura diminuiu bem e já tem um pouco de vermelho nas bochechas.

Se jardins e ar fresco são bons para ela, talvez sejam bons para Colin também. No entanto, se ele odeia que as pessoas olhem para ele, talvez não goste de ver Dickon.

— Por que fica com raiva quando olham para você? — ela perguntou um dia.

— Eu sempre odiei — ele respondeu —, desde bem pequeno. Quando me levavam para a praia e eu ficava na minha cadeira, todo mundo me olhava e as senhoras paravam e falavam com a minha babá, e, então, começavam a cochichar e eu sabia que estavam dizendo que talvez eu não vivesse para me tornar adulto. Então, às vezes, as mulheres apertavam minhas bochechas e diziam "Pobre criança!". Uma vez, quando uma mulher fez isso, eu gritei e mordi a mão dela. Ela ficou com tanto medo que fugiu.

— Ela achou que você tinha ficado louco como um cachorro — comentou Mary, nem um pouco admirada.

— Não me importo com o que ela pensou — esbravejou Colin, franzindo a testa.

— E por que será que você não gritou e me mordeu, quando entrei no seu quarto? — brincou Mary, rindo.

— Achei que você fosse um fantasma ou um sonho — disse ele. — Não dá para morder fantasmas e sonhos. E se você gritar, eles nem ligam.

— Você odiaria se... um menino olhasse para você? — Mary perguntou hesitante.

Ele se deitou na almofada e ficou pensativo.

— Tem um menino... — ele disse bem devagar, como se escolhesse cada palavra — tem um menino que acho que eu não me importaria. É aquele menino que sabe onde vivem as raposas... o Dickon.

— Tenho certeza de que você não se importaria com ele — afirmou Mary.

— Os pássaros não se importam, e nem outros animais — continuou ele, ainda pensativo. — Talvez, por isso, eu não me importasse. Ele é uma espécie de encantador de bichos e eu sou um menino-bicho.

Então, ele riu e ela também. Os dois riram muito e acharam engraçada a ideia de um menino-bicho saindo de uma toca.

Em seguida, Mary sentiu que não precisava temer por Dickon.

Naquela primeira manhã, quando o céu voltou a ser azul, Mary acordou muito cedo. O sol caía em raios oblíquos através das persianas e havia algo tão alegre na paisagem que ela pulou da cama e correu para a janela. Abriu as cortinas e uma grande lufada de ar fresco e perfumado soprou em seu rosto. A charneca estava azul e parecia como se o mundo inteiro estivesse enfeitiçado. Ouviam-se sons discretos e suaves em toda parte, como se dezenas de pássaros estivessem começando a afinar suas vozes para um concerto. Mary colocou a mão para fora da janela e a deixou ao sol.

— Está quente... quente! — exclamou. — Isso fará com que os pontos verdes cresçam mais e mais, e fará com que os bulbos e as raízes trabalhem e lutem com todas as suas forças sob a terra.

Ela se ajoelhou e se inclinou para fora da janela o máximo que pôde, respirando fundo e farejando o ar, até que riu, porque se lembrou que a mãe de Dickon dizia que a ponta do nariz dele tremia como o focinho de um coelho.

— Ainda deve ser muito cedo — disse ela. — As nuvenzinhas estão todas rosadas e nunca vi o céu assim. Ninguém acordou ainda. Não tem nem barulho no estábulo.

Um pensamento repentino a fez ficar de pé.

— Mal posso esperar! Vou ver o jardim!

Ela já havia aprendido a se vestir sozinha e colocou suas roupas em cinco minutos. Sabia de uma pequena porta lateral que conseguia abrir, e voou escada abaixo só de meias e parou para calçar os sapatos no corredor. Tirou a corrente da porta, abriu o ferrolho, girou o trinco e, quando a porta enfim se abriu, Mary saltou os degraus com um único pulo. Lá estava ela, em pé sobre a grama que agora parecia mais verde. O sol caía sobre ela e sopros quentes e doces vibravam ao redor. O chilreio e o canto dos pássaros vinham de todos os arbustos e árvores. Juntou as mãos com pura alegria e olhou para o céu, que estava muito azul, rosa, perolado e branco, e inundado com a luz da primavera, parecendo convidá-la a dançar e a cantar como os piscos e cotovias que também não conseguiam se conter. Ela correu em volta dos arbustos e calçadas em direção ao jardim secreto.

— Já está tudo diferente — notou. — A grama está mais verde e as plantas estão despontando por toda parte, tudo está desabrochando e os brotos verdes das folhas estão crescendo. Tenho certeza de que Dickon virá esta tarde.

A longa chuva e o calor haviam feito coisas estranhas aos canteiros que delimitavam a calçada do primeiro muro. Havia plantas brotando e crescendo dos montes de raízes e, na verdade, havia aqui e ali vislumbres de cor violeta e amarela, despontando entre os caules de íris. Seis meses antes, Mary não teria notado esse mundo despertando, mas, agora, não perdia nada.

Quando alcançou o local onde a porta se escondia sob folhas de uma trepadeira, escutou um barulho curioso. Era o crocitar de um corvo e vinha do topo do muro. Quando olhou para cima, lá estava um grande pássaro preto-azulado de plumagem brilhante, olhando para ela com muita sabedoria. Ela nunca tinha visto um corvo tão de perto, o que a deixou um pouco nervosa, mas, no momento seguinte, ele abriu as asas e voou para o jardim. Ela torceu para que ele não ficasse por lá e empurrou a porta. Já dentro do jardim, percebeu que o corvo provavelmente pretendia ficar, pois havia pousado em uma macieira anã, sob a qual estava deitado um bichinho avermelhado com uma cauda espessa. Os dois animais observavam o corpo curvado e a cabeça vermelho-ferrugem de Dickon, trabalhando duro ajoelhado no chão.

Mary correu pela grama até ele.

— Oh, Dickon! Dickon! — gritou. — Como conseguiu chegar aqui tão cedo? Como? O sol acabou de nascer!

Ele se levantou, rindo, suado e despenteado. Seus olhos eram como um pedaço do céu.

— Eita! — admirou-se ele. — Eu *tava* acordado muito antes dele acordar. *Num* dava *pra* ficar na cama! A beleza do mundo começou de novo esta manhã, começou sim. E *tá* funcionando, zumbindo, arranhando, pingando e construindo os ninhos e espalhando os cheiros. Então, a gente tem que ir lá fora, e não ficar deitado. Quando o sol brilhou, a charneca enlouqueceu de alegria, e eu estava no meio das urzes, e também corri como louco, gritando e cantando. E vim direto *pra* cá. Não dava *pra ficá* longe. Ora, o jardim *tava* aqui me esperando!

Mary colocou as mãos no peito, ofegante, como se ela própria tivesse corrido.

— Oh, Dickon! Dickon! — exclamou. — Estou tão feliz que mal consigo respirar!

Ao ver Dickon conversar com uma estranha, o pequeno animal de cauda espessa se levantou de seu lugar sob a árvore e foi até ele, e o corvo, crocitando, voou de seu galho e pousou silenciosamente em seu ombro.

— Este é o filhote de raposa — disse Dickon, esfregando a cabeça do animalzinho avermelhado. — Seu nome é Capitão. E este aqui é o Fuligem. O Fuligem voou pela charneca comigo e o Capitão correu como se os cães tivessem atrás dele. Os dois são *que nem eu.*

Nenhuma das criaturas parecia ter medo de Mary. Quando Dickon começou a andar, Fuligem permaneceu em seu ombro e Capitão correu silenciosamente ao seu lado.

— Olha aqui! — apontou Dickon. — Veja como cresceu, e isto e isto! Eita! Olha isso aqui!

Ele se ajoelhou e Mary se abaixou ao seu lado. Haviam encontrado um monte de flores coloridas, explodindo em roxo, laranja e dourado. Mary baixou o rosto e os beijou repetidas vezes.

— Nunca beijei alguém assim — disse ela ao levantar a cabeça. — As flores são muito diferentes.

Ele pareceu confuso, mas sorriu.

— Eita! Já beijei a mãe muitas vezes assim, quando cheguei do mato depois de zanzar um dia inteiro e ela ficava parada tomando sol na porta, parecendo muito feliz e satisfeita.

Correram de um lado para outro do jardim e encontraram tantas maravilhas que, às vezes, se esqueciam de falar baixo. Ele mostrou as folhas verdejantes e os botões inchados dos galhos das roseiras que antes pareciam mortas. Colocaram seus narizes ansiosos perto da terra e cheiraram o perfume primaveril aquecido. Cavaram, revolveram e riram baixinho em êxtase até que o cabelo da Mary ficou tão despenteado quanto o de Dickon, e suas bochechas ficaram quase tão vermelhas quanto as dele. Todas as alegrias do mundo estavam no jardim secreto naquela manhã e, no meio delas, surgiu outra ainda mais inacreditável. De repente, algo voou por cima do muro e disparou por entre as árvores até um canto próximo, um pequeno pássaro de peito vermelho com algo pendendo de seu bico. Dickon ficou imóvel e pôs a mão em Mary, quase como se, de repente, tivessem sido flagrados rindo em uma igreja.

— *Num* se mexe — ele sussurrou com sotaque de Yorkishire— Tenta nem respirar. Eu sabia que ele *tava quereno* namorar quando vi a última vez. É o pisco do Ben Weatherstaff. Ele *tá* fazendo um ninho. Ele vai ficar aqui se a gente não assustar.

Ambos se acomodaram suavemente na grama e permaneceram sentados sem se mover.

— *Num* pode *parecê* que estamos olhando muito *pra* ele — disse Dickon. — Ele some se *percebê* que a gente tá metendo o bedelho. Vai ficar um pouco diferente até acabar de fazer. *Tá construíno* a sua própria casa. E fica mais arisco e pode *achá* ruim. Ele *num* tem tempo *pra* visita ou fofoca. A gente tem que *ficá* um pouco quieto e *tentá parecê* que somos grama, árvore e moita. Então, quando ele acostumar a ver a gente, vou piar um pouco e ele vai *sabê* que não vamos ficar no seu caminho.

Mary não tinha ideia de como ficar parecida com grama, árvores e moita, como Dickon parecia saber. Porém, ele disse aquela coisa esquisita, como se fosse algo tão natural, que ela sentiu que devia ser muito fácil. Observou-o com atenção por alguns minutos, imaginando se ele era capaz de ficar verde e fazer brotar galhos e folhas de seu corpo. Contudo, ele apenas ficou sentado incrivelmente imóvel e, quando falou, baixou a voz a tal ponto que era inacreditável que ela pudesse ouvi-lo, mas podia. E ele explicou:

— Essa construção de ninho faz parte da primavera. Garanto que é sempre igual todos os anos, desde que o mundo é mundo. Eles têm sua maneira de pensar e de fazer as coisas e é melhor ninguém se intrometer. Perder um amigo na primavera é mais fácil do que em qualquer outra estação, se você for muito curioso.

— Se falarmos sobre ele, não consigo deixar de olhar para ele — disse Mary o mais suavemente possível. — Vamos conversar sobre outra coisa. Há algo que quero lhe contar.

— Ele vai gostar mais se a gente falar de outra coisa — concordou Dickon. — O que você quer me contar?

— Você sabe sobre o Colin? — ela sussurrou.

Ele virou a cabeça para olhar para ela.

— O que você sabe dele? — perguntou.

— Eu o conheci. Tenho falado com ele todos os dias. Pede para eu ir vê-lo. Diz que eu o estou fazendo esquecer que está doente e morrendo — respondeu Mary.

Dickon pareceu realmente aliviado, assim que a surpresa desapareceu de seu rosto redondo e disse:

— Fico feliz com isso. Fico muito feliz! Isso me deixa aliviado. Sabia que não podia falar nada dele e não gosto de esconder as coisas.

— Você não gosta de esconder o jardim? — preocupou-se Mary.

— Nunca vou contar nada — respondeu ele. — Mas eu falo *pra* mãe: "Mãe, eu tenho um segredo *pra* guardar. Não é um mau, sabe disso. Não é pior do que se esconder onde *tá* o ninho de um pássaro. *Num* acha ruim, né?"

Mary sempre queria ouvir sobre a mãe, por isso perguntou:

— O que ela responde?

Dickon sorriu docemente.

— O que ela responde é bem o jeito dela — disse ele. — Ela esfregou um pouco a minha cabeça, riu e disse: "Eita, rapaz, pode ter todos os segredos que quiser. Eu conheço você há doze anos".

— Como você soube de Colin? — quis saber Mary.

— Todos que conhecem o patrão Craven sabem que tinha um menininho que podia ficar tortinho, e sabem que o patrão Craven não gosta que falem sobre ele. O pessoal tem pena do patrão Craven, porque a Sra. Craven era muito jovem e bonita e eles gostavam muito um do outro. A Sra. Medlock para em nossa casa sempre que vai *pra* Thwaite e não se importa de falar com a mãe na nossa frente, porque ela sabe que fomos criados *pra* ser de confiança. Como é que eu fiquei sabendo? A Martha estava aflita da última vez que voltou *pra* casa. Ela disse que você ouviu ele gritando e que fazia umas perguntas que *num* sabia como *respondê*.

Mary contou histórias sobre os ventos uivantes da meia-noite que a acordaram e falou dos sons distantes e abafados de choro que a levou pelos corredores escuros com a sua vela, até chegar à porta aberta do quarto mal-iluminado com uma cama com uma cobertura de dossel num canto. Quando ela descreveu o pequeno rosto branco como o marfim e os olhos estranhos com cílios bem pretos, Dickon balançou a cabeça.

— São como os olhos da mãe dele, só que dizem que os dela sempre riam. Falam que o Sr. Craven não aguenta ver o menino, quando *tá* acordado por causa dos olhos tão parecidos com os da mãe e, mesmo assim, parecem tão diferentes naquela carinha triste dele.

— Você acha que ele quer morrer? — sussurrou Mary.

— Não, mas ele gostaria de nunca ter nascido. A mãe diz que é a pior coisa do mundo *pra* uma criança. Quando não são queridos, quase nunca vingam. O patrão Craven compraria qualquer coisa que o dinheiro pode comprar *pro* pobrezinho, mas prefere se esquecer que ele está na Terra. Para começar, ele tem medo de olhar *pra* ele um dia e ver que cresceu tortinho.

— O próprio Colin tem tanto medo que não quer nem se sentar — disse Mary. — Ele diz que está sempre pensando que, se sentir um calombo nas costas, vai ficar louco e gritar até morrer.

— Eita! Ele não devia ficar pensando coisas assim — exclamou Dickon. — Nenhum menino pode ficar bem se pensar nessas coisas.

A raposa deitada na grama perto dele erguia os olhos para pedir um afago de vez em quando, e Dickon se abaixou e acariciou seu pescoço suavemente. Pensou por alguns minutos em silêncio. Logo, ergueu a cabeça e olhou em volta do jardim.

— Quando entramos aqui da primeira vez — disse ele —, parecia que era tudo cinza. Olha em volta agora e me diz se você *num* vê a diferença.

Mary olhou e prendeu um pouco a respiração.

— Nossa! — ela gritou. — O muro cinza está mudando. É como se uma névoa verde estivesse cobrindo. É quase como um véu verde.

— É — concordou Dickon. — E vai ficar cada vez mais verde até todo o cinza desaparecer. Dá *pra* adivinhar o que eu *tava* pensando?

— Sei que foi algo bom — disse Mary ansiosamente. — Acho que era sobre Colin.

— Eu *tava* pensando que se ele viesse aqui, ele *num* ia ficar pensando se um calombo tá crescendo nas costas. Ele ia olhar *pros botão* desabrochando nas roseiras, e quem sabe ficaria mais animado— explicou Dickon. — *Tava* imaginando se a gente consegue convencer ele a vir aqui e ficar debaixo das árvores na cadeira dele.

— Eu mesma pensei isso. Pensei quase todas as vezes em que falei com ele — disse Mary. — Eu me perguntei se ele poderia guardar um segredo e se conseguiríamos trazê-lo aqui sem que ninguém visse a gente. Achei que talvez você pudesse empurrar a cadeira. O médico disse que ele precisa tomar ar fresco e, se ele quiser vir com a gente, ninguém terá a coragem de desobedecê-lo. Ele não quer sair com outras pessoas e talvez fiquem contentes, se ele sair com a gente. Ele pode mandar os jardineiros ficarem longe para que não descubram o jardim.

Dickon matutava muito, enquanto coçava as costas do Capitão.

— Seria bom para ele, isso eu garanto — observou. — A gente *num* tá pensando que seria melhor que ele *num* tivesse nascido. A gente seria só duas crianças vendo um jardim crescer, e ele seria a outra. Dois meninos e uma menina só olhando *pra* primavera. Garanto que seria melhor do que as coisas dos médicos.

— Ele está deitado em seu quarto há tanto tempo, e sempre teve tanto medo do que vai acontecer com as costas dele, que acabou ficando esquisito — disse Mary. — Ele sabe de muitas coisas dos livros, mas não sabe de nada fora de casa. Diz que esteve muito doente para perceber as coisas, odeia sair de casa e odeia jardins e jardineiros. Porém, gosta de ouvir sobre este jardim, porque é um segredo. Não tive coragem de contar muito, mas ele disse que quer vir.

O menino disse:

— A gente podia trazer ele aqui um dia. Eu posso muito bem empurrar a cadeira dele. Viu como o pisco e a companheira dele ficaram trabalhando, enquanto a gente ficou aqui? Olha ele lá empoleirado naquele galho imaginando onde é melhor colocar aquele graveto que tem no bico.

Dickon soltou um de seus assobios trinados e o pisco virou a cabeça para ele interrogativamente, ainda segurando o graveto. Falou com ele como Ben Weatherstaff, em um tom de conselho amigável:

— Pode colocar em qualquer lugar, que vai dar tudo certo. Você já sabia construir ninho antes de sair do ovo. Anda logo, rapaz. Não tem tempo a perder.

Mary comentou, rindo encantada:

— Oh, eu gosto de ouvir você falar com ele! Ben Weatherstaff o repreende e zomba dele, e ele fica pulando e dando a impressão de ter entendido cada palavra, e eu sei que ele gosta. Ben Weatherstaff diz que ele é tão vaidoso que preferia que atirassem pedras nele a não ser notado.

Dickon também riu e continuou falando com o passarinho:

— Sabe que não vamos incomodar você. A gente é quase selvagem também. A gente também *tá* construindo um ninho, abençoado. Cuidado, não vai mostrar o nosso esconderijo *pra* ninguém, viu?

Apesar de a ave não responder, porque o bico estava ocupado, quando ele voou com o graveto para o seu canto do jardim, Mary viu na expressão de seus olhos brilhantes de orvalho que não contaria o segredo deles para o mundo.

CAPÍTULO 16

"Não vou!", diz Mary

Eles acharam muitas coisas para fazer no jardim naquela manhã e Mary demorou a retornar para o almoço. Também estava com tanta pressa de voltar ao trabalho que só se lembrou de Colin no último momento.

— Diga ao Colin que ainda não posso ir vê-lo — pediu a Martha. — Estou muito ocupada no jardim.

Martha pareceu bastante assustada.

— Eita! Srta. Mary, pode ser que ele fique furioso se eu falar isso.

Porém, Mary não tinha tanto medo dele como as outras pessoas e também não era de fazer sacrifícios. Ela disse:

— Não posso ficar nem um pouco mais. Dickon já está esperando por mim.

A tarde foi ainda mais agradável e movimentada do que a manhã. Quase todas as ervas daninhas foram arrancadas e podaram a maioria das roseiras e árvores. Também afofaram a terra em volta das plantas. Dickon trouxe sua pá e ensinou Mary a usar as ferramentas. A essa altura, dava para ver que, embora o adorável recanto selvagem não fosse um "jardim de jardineiro", seria uma selva de plantas bonitas e viçosas antes que a primavera terminasse.

— Vai ter flor nas macieiras e nas cerejeiras lá em cima — disse Dickon, trabalhando com todas as forças. — E vai ter pessegueiros e ameixeiras em flor perto dos muros, e o gramado vai parecer um tapete florido.

A raposinha e o corvo estavam tão felizes e ocupados quanto eles, e os passarinhos iam e vinham, voando como pequenos raios de luz. Às vezes, o corvo batia suas asas negras e voava por cima das copas no parque. Sempre voltava e se empoleirava perto de Dickon e crocitava várias vezes como se relatasse suas aventuras, e Dickon falava com ele da mesma forma que com o pisco. Uma vez, quando Dickon estava tão ocupado que demorou a responder, Fuligem voou para seus ombros e gentilmente beliscou sua orelha com o grande bico. Quando Mary quis descansar um pouco, Dickon sentou-se ao seu lado debaixo de uma árvore, tirou a flauta do bolso e tocou suas notas suaves e estranhas, e dois esquilos apareceram no muro para espiar e ouvir.

— Você *tá* um pouco mais forte do que antes — comentou Dickon, olhando enquanto ela cavava. — *Tá* ficando diferente, *ô se tá.*

Mary estava radiante de energia e bom humor.

— Estou ficando mais gorda a cada dia — disse ela, exultante. — A Sra. Medlock vai ter que me arranjar vestidos maiores. Martha disse que meu cabelo está ficando mais grosso. Não é mais tão murcho e ralo.

O sol já começava a se pôr e deitava longos raios dourados sob as árvores, quando eles se despediram.

— Amanhã vai fazer tempo bom — observou Dickon.

— Já vou estar na lida quando o sol nascer.

— Eu também — disse Mary.

Ela correu de volta para casa o mais rápido que suas pernas conseguiram. Queria contar a Colin sobre a raposinha e o corvo de Dickon e o que a primavera estava realizando. Tinha certeza de que ele gostaria de ouvir. No entanto, algo muito desagradável a aguardava ao abrir a porta de seu quarto. Martha estava lá parada, esperando por ela com uma cara triste.

— Qual é o problema? — perguntou. — O que Colin disse quando você contou que eu não poderia ir?

— Eita! — começou Martha. — Queria que você tivesse ido. Ele quase teve outro daqueles ataques de raiva. Deu uma trabalheira a tarde toda *pra* não ficar mais *brabo.* Ele *num* tirava os olhos do relógio por nada nesse mundo.

Os lábios de Mary se apertaram. Do mesmo jeito que Colin não tinha o costume de levar outras pessoas em consideração, ela não via razão para que um garoto irritadinho interferisse no que ela mais amava. Não entendia nada da necessidade de algumas pessoas doentes e nervosas deixarem outras pessoas tão doentes e nervosas quanto elas, apenas por que não sabiam controlar seus próprios temperamentos. Quando ela tinha uma dor de cabeça na Índia, fazia de tudo para saber se os outros também tinham dor de cabeça ou algo tão ruim quanto. E achava que estava certa. Mas é claro que agora sentia que Colin estava completamente errado.

Ele não estava no sofá quando foi ao quarto. Estava deitado de costas na cama e não virou a cabeça quando ela entrou. Foi um mau começo e Mary marchou até ele com seus modos duros.

— Por que você não se levantou? — perguntou.

— Eu me levantei esta manhã, quando pensei que você estava vindo — respondeu, sem olhar para ela. — Mandei que me colocassem de volta na cama à tarde. Minhas costas e minha cabeça doíam e eu estava cansado. Por que você não veio?

— Eu estava trabalhando no jardim com Dickon — disse Mary.

Colin franziu a testa e lançou um olhar condescendente.

— Não vou deixar aquele menino vir aqui, se você for ficar com ele em vez de vir conversar comigo — ameaçou.

Mary ficou irritada. Suas emoções mudavam facilmente, e ela ficava furiosa, silenciosamente.

— Se você mandar Dickon embora, nunca mais entrarei neste quarto! — esbravejou ela.

— Você entrará, se eu quiser — contestou Colin.

— Não vou! — teimou Mary.

— Eu a obrigo. — disse Colin. — Eles vão arrastar você para meu quarto.

— Que tentem, senhor rajá! — retrucou Mary furiosa. — Eles podem me arrastar, mas não podem me fazer falar quando eu estiver aqui. Vou me sentar e cerrar os dentes e nunca dizer uma palavra. Nem mesmo vou olhar para você. Vou olhar para o chão!

Eles eram realmente parecidos, quando se desafiavam. Se fossem dois meninos de rua, teriam se lançado um contra o outro em uma briga violenta. A seu modo, fizeram o mais próximo disso.

— Você é uma egoísta! — gritou Colin.

— E você, o que é? — devolveu Mary. — Gente egoísta sempre diz isso. Qualquer um é egoísta se não faz o que você quer. Você é mais egoísta que eu. Você é o garoto mais egoísta que já vi.

— Não sou! — disparou Colin. — Não sou egoísta como o seu querido Dickon! Ele faz você brincar na terra, quando sabe que estou sozinho. Egoísta é ele!

Os olhos de Mary faiscaram.

— Ele é mais gentil do que qualquer outro menino que existe! — exclamou. — Ele é... ele parece um anjo! — Aquilo podia parecer um tanto bobo, mas ela não se importou em dizer.

— Que anjinho! — Colin zombou ferozmente. — Ele é um menino comum da charneca!

— Melhor do que um rajá comum! — retorquiu Mary.

— Ele é mil vezes melhor!

Por ter a personalidade mais forte entre os dois, Mary começava a levar vantagem. A verdade é que ele nunca havia brigado com ninguém como ela na vida e, de modo geral, aquilo foi muito bom para ambos, embora nenhum dos dois percebessem. Ele virou a cabeça no travesseiro e fechou os olhos. Uma grande lágrima escorreu por sua bochecha. Começava a se sentir patético e com pena de si mesmo — e de mais ninguém.

— Não sou tão egoísta quanto você, porque estou sempre doente e sei que tem um calombo crescendo nas minhas costas — lamentou-se ele. — Além do mais, vou morrer.

— Você não vai! — contestou Mary, sem piedade.

Ele arregalou os olhos, indignado. Nunca havia ouvido coisas assim antes. Estava ao mesmo tempo furioso e ligeiramente satisfeito, se é que uma pessoa podia sentir essas duas coisas ao mesmo tempo.

— Não vou? — ele gritou. — Vou sim! Você sabe que eu vou! Todo mundo diz isso.

— Eu não acredito! — disse Mary amargamente. — Você só diz isso para fazer as pessoas terem dó. Acho até que fica orgulhoso. Mas eu não acredito! Se você fosse um bom menino, poderia até ser verdade, mas você é mau!

Apesar de suas costas doentes, Colin sentou-se na cama com uma raiva saudável.

— Saia do quarto! — gritou, jogando seu travesseiro nela. Não conseguiu jogá-lo longe e o travesseiro apenas caiu aos seus pés. O rosto de Mary se enrugou como uma noz.

— Estou indo — disse ela. — E não volto mais!

Caminhou até a porta e, então, se virou e falou novamente:

— Eu ia contar um monte de coisas boas. Dickon trouxe uma raposa e um corvo e eu ia falar tudo sobre eles. Agora não vou contar mais nada!

Ela saiu pisando duro, bateu a porta atrás de si e, para seu grande espanto, a enfermeira estava em pé como se tivesse ouvido tudo. E mais incrível ainda, ela estava rindo. Era uma jovem forte e bonita que não servia para ser enfermeira, pois não suportava doentes e estava sempre dando desculpas para deixar Colin com Martha ou com qualquer outra pessoa. Mary nunca gostou dela e ficou ali, encarando a moça que ria cobrindo a boca com um lenço.

— Do que você está rindo? — Mary quis saber.

— De vocês dois! — disse a enfermeira. — Encontrar alguém tão mimado quanto ele para brigar foi a melhor coisa que poderia ter acontecido. — E riu novamente atrás do lenço. — Se ele tivesse uma irmãzinha megera para brigar sempre, seria a salvação dele.

— Ele vai morrer?

— Não sei e nem ligo — respondeu a enfermeira. — Histeria e gênio ruim são apenas metade do mal.

— O que é histeria? — perguntou Mary.

— Você vai descobrir se o fizer ter um acesso de raiva de novo. Já deu a ele um motivo para ficar histérico, e estou feliz por isso.

Mary voltou para o seu quarto completamente diferente de quando chegou do jardim. Estava zangada e desapontada, mas nem um pouco triste por Colin. Ela estava doida para contar a ele muitas coisas e pretendia decidir logo se confiaria seu grande segredo. Tinha achado que sim, mas agora já havia mudado de ideia. Nunca diria a ele, e ele que ficasse em seu quarto sem nunca tomar ar fresco. E que morresse, se quisesse! Seria merecido! Ela se sentia tão irritada e impiedosa que, por alguns minutos, quase se esqueceu de Dickon e do véu verde que se espalhava sobre o mundo e do vento suave que soprava da charneca.

Martha esperava por ela e sua preocupação fora temporariamente substituída por interesse e curiosidade. Havia uma caixa de madeira destampada sobre a mesa, revelando uma série de pacotes bem-organizados.

— O Sr. Craven mandou *pra* você — disse Martha. — Parece que está cheia de livros.

Mary se lembrou do que ele havia perguntado, no dia em que fora ao quarto dele: "Você quer alguma coisa? Bonecas, brinquedos, livros?". Abriu o pacote imaginando se ele havia enviado uma boneca, e também o que ela deveria fazer se fosse o caso. Mas não era uma boneca.

Eram vários livros lindos como os de Colin, e dois deles eram sobre jardins, repletos de fotos. Havia dois ou três jogos e um lindo estojo com um monograma dourado. Dentro, havia uma caneta e um tinteiro de ouro.

Tudo era tão bonito que sua alegria expulsou a raiva de sua mente. Não esperava que ele se lembrasse dela e seu coraçãozinho duro se amoleceu e comentou:

— Vou poder escrever melhor assim. E a primeira coisa que escreverei com esta caneta será uma carta para dizer a ele que estou muito agradecida.

Se ainda fosse amiga de Colin, ela teria corrido imediatamente para lhe mostrar os presentes, e juntos olhariam as fotos e leriam alguns dos livros de jardinagem e talvez tentassem jogar os jogos. Ele se divertiria tanto que nunca mais pensaria em morte ou colocaria a mão nas costas para ver se havia um calombo crescendo. Porém, ela não suportava aqueles seus modos. O episódio despertou nela uma desconfortável sensação de temor, porque ele sempre parecia muito assustado. Ele dissera que, se algum dia sentisse um pequeno caroço, saberia que sua corcunda começaria a crescer. Algo que ele ouviu a Sra. Medlock sussurrar para a enfermeira lhe deu essa ideia, e ele pensou tanto sobre isso em segredo que a ideia se fixou em sua mente. A Sra. Medlock disse que as costas de seu pai começaram a se curvar daquele jeito, quando ainda era criança. Ele nunca havia dito a ninguém, exceto a Mary, que a maioria de seus acessos de raiva, como chamavam, surgia de seu medo histérico e oculto. Mary ficou com pena, quando ele lhe contou.

— Ele sempre pensa nisso, quando está zangado ou cansado — disse para si mesma. — Hoje ele está zangado. Talvez... talvez tenha pensado nisso a tarde toda.

Ficou parada, olhando para o tapete e pensando.

— Eu disse que nunca mais voltaria... — ela hesitou, franzindo as sobrancelhas —, mas, talvez, apenas talvez, eu vá vê-lo, se ele quiser, de manhã. Talvez ele tente jogar o travesseiro em mim de novo, mas... acho... acho que eu vou.

CAPÍTULO 17
Acesso de raiva

Naquele dia, Mary havia se levantado bem cedo, trabalhado duro no jardim e, portanto, estava cansada e com sono. Então, assim que comeu o jantar que Martha trouxe, foi se deitar satisfeita. Ao repousar a cabeça no travesseiro, murmurou para si mesma:

— Vou sair antes do café da manhã e trabalhar com Dickon e depois acho que irei vê-lo.

Ela pensou que era madrugada, quando foi acordada por sons tão horríveis que saltou da cama em um instante. O que seria aquilo? O quê? No minuto seguinte, teve certeza. Portas foram abertas e fechadas, passos apressados passavam pelos corredores e alguém chorava e gritava ao mesmo tempo, gritava e chorava de um jeito terrível.

— É Colin — disse ela. — Está tendo um daqueles chiliques que a enfermeira chama de histeria. Que coisa horrível!

Ao ouvir os gritos e soluços, não se surpreendeu com o fato de as pessoas ficarem tão assustadas a ponto de fazerem tudo o que ele mandava, em vez de tentarem conversar. Ela tapou os ouvidos com as mãos e sentiu-se enjoada e trêmula de nervosa.

— Não sei o que fazer. Não sei o que fazer — dizia ela. — Não consigo suportar isso.

Pensou que talvez ele se acalmasse se ela ousasse ir até lá, mas, então, se lembrou de como ele a expulsara do quarto e achou que se a visse, talvez ficasse ainda mais furioso. Mesmo quando pressionou as mãos com mais força sobre os ouvidos, não conseguiu evitar os terríveis sons. Ela os odiava e ficou tão incomodada com eles que, de repente, começaram a despertar sua raiva, e sentiu como se também pudesse ter um acesso de raiva e assustá-lo de volta. Ela não estava acostumada com outras pessoas de personalidade forte. Então, tirou as mãos das orelhas, levantou-se de um salto e bateu o pé.

— Ele precisa parar! Alguém precisa fazer esse menino parar! Alguém devia dar uma surra nele! — ela gritou.

Só, então, ouviu passos quase correndo pelo corredor. A porta se abriu e a enfermeira entrou. Ela não estava mais rindo, nem de longe. Parecia até bastante pálida.

— Ele ficou histérico — apressou-se em dizer. — Ele vai se machucar. Ninguém pode fazer nada com ele. Venha e tente, como uma boa menina. Ele gosta de você.

— Ele me expulsou do quarto — retrucou Mary, batendo nervosamente o pé.

A enfermeira gostou das batidas. A verdade é que ela temia encontrar Mary chorando e se escondendo sob as cobertas.

— Isso mesmo — animou-se a enfermeira. — Você está no clima certo. Vá repreendê-lo. Dê a ele algo novo para pensar. Vá, menina, ande logo.

Só depois Mary perceberia como aquilo havia sido engraçado, além de terrível. Era ridículo que todos os adultos se assustassem tanto a ponto de procurar uma menina só por acreditarem que ela era quase tão ruim quanto o próprio Colin.

Ela voou pelo corredor, e quanto mais perto chegava dos gritos, mais sua raiva aumentava. Sentia-se extremamente malvada, quando chegou à porta e a abriu. Então, correu pelo quarto até a cama coberta com dossel.

— Pare com isso! — ela quase berrou. — Pare! Eu odeio você! Todo mundo o odeia! Eu queria que todos corressem para fora desta casa e deixassem você gritar até morrer! Vai é morrer de tanto gritar, e eu adoraria isso!

Uma boa criança não pensaria ou diria tais absurdos, mas o simples choque de ouvir aquelas palavras foi a melhor coisa para o menino histérico que ninguém jamais ousara conter ou contradizer.

Colin estava deitado de bruços, socando o travesseiro, e quase deu um pulo, quando se virou ao ouvir o som da vozinha brava. Seu rosto estava horrível, desfigurado, vermelho e inchado, e ele ofegava e soluçava; mas a pequena e furiosa Mary não se importou nem um pouco.

— Se der mais um grito — ameaçou ela —, também vou gritar... e consigo gritar mais alto que você. Você vai ter medo de mim! Medo de mim!

Ele realmente parou de gritar, tamanho o susto que tomou. Seu próximo grito estancou na garganta e quase o sufocou. As lágrimas escorriam por seu rosto e seu corpo todo tremia.

— Eu não consigo parar! — ele engasgou e soluçou. — Eu não posso, não consigo!

— Consegue! — gritou Mary. — Metade dos seus males é histeria e seu gênio... só histeria... histeria... histeria! — E batia com os pés a cada palavra.

— Eu senti um calombo... eu senti — soluçou Colin. — Eu sabia. Primeiro vou ficar corcunda e depois vou morrer. — E voltou a se contorcer. Virou o rosto, soluçou e gemeu, mas não gritou.

— Você não sentiu calombo coisa nenhuma! — desmentiu Mary muito brava. — Se sentiu, foi só um calombo de histeria. Histeria dá calombo. Não tem nada de errado com suas costas horrorosas, nada além de histeria! Vire-se e deixe eu dar uma olhada!

Ela gostou da palavra "histeria" e sentiu que, de alguma forma, teve efeito sobre ele. Provavelmente ele nunca a ouvira antes, assim como ela.

— Enfermeira — ordenou Mary —, venha aqui e me mostre as costas dele agora mesmo!

A enfermeira, a Sra. Medlock e Martha estavam aglomeradas perto da porta, olhando para ela boquiabertas. Todas as três engasgaram de tensão outra vez. A enfermeira avançou como se fosse a menos assustada. Colin ofegava entre soluços.

— Talvez ele... ele não deixe... — ela hesitou.

Contudo, Colin a ouviu e engasgou entre dois soluços:

— Mostra pra ela! Aí ela vai ver!

Eram costas frágeis e ossudas que agora estavam descobertas. Cada costela e cada vértebra podiam ser contadas, mas Mary não as contou, apenas se inclinou para examiná-las com seu rostinho solene e irritado. Ela parecia tão irritada e mal-humorada que a enfermeira virou a cabeça para o lado para esconder o tremor de sua boca. Houve apenas um minuto de silêncio, pois até Colin tentou prender a respiração, enquanto Mary examinava seu dorso milimetricamente, para cima e para baixo, tão atenta como o famoso médico de Londres.

— Não tem nenhum calombo aqui! — ela disse finalmente. — Não existe nenhuma protuberância, nem do tamanho de um alfinete... exceto as juntas da sua coluna, e você só pode senti-las porque está muito magro. Eu também tinha calombos nas costas, e eram tão salientes como os seus, até que comecei a engordar, e ainda não estou gorda o suficiente para escondê-los. Não tem um calombo nem do tamanho de um alfinete! Se você inventar isso de novo, vou dar risada!

Ninguém além do próprio Colin sabia o efeito que aquelas palavras infantis mal-humoradas tiveram sobre ele. Se alguma vez ele tivesse alguém com quem conversar sobre seus terrores secretos — se alguma vez ousassem duvidar, se tivesse amigos de infância e não ficasse eternamente deitado na enorme casa fechada, respirando uma atmosfera pesada com os medos de pessoas que eram, em sua maioria, ignorantes e estavam cansadas dele —, teria descoberto que a maior parte de seus medos e doenças havia sido criada por ele mesmo. Contudo, ele havia se deitado e pensado demais sozinho, sobre suas dores e seu cansaço, por horas, dias, meses e anos. E, agora, que uma garotinha irritada e antipática insistia obstinadamente que ele não estava tão doente quanto pensava, realmente parecia que ela pudesse estar falando a verdade.

— Eu não sabia — arriscou a enfermeira — que ele achava que tinha um calombo nas costas. Suas costas ficaram fracas assim, porque ele não quer se sentar. Eu mesma poderia ter dito a ele que não havia calombo algum.

Colin engoliu em seco e desviou um pouco o rosto para olhá-la.

— Você poderia? — ele disse pateticamente.

— Sim, senhor.

— Pronto! — afirmou Mary, e também engoliu seco.

Colin virou o rosto de novo e, exceto por suas longas respirações entrecortadas, que eram o final de sua tempestade de soluços, ficou imóvel por um minuto, embora grandes lágrimas ainda escorressem por seu rosto e molhassem o travesseiro. Na verdade, as lágrimas eram apenas reflexo do grande e curioso alívio que sentia. Em seguida, virou-se para a enfermeira e, estranhamente, não havia nada de rajá em seu tom de voz.

— Você acha... que eu poderia... viver e crescer até ficar adulto? — ele perguntou.

A enfermeira não era muito inteligente nem tinha coração mole, mas podia repetir algumas das palavras do médico de Londres.

— Provavelmente sim, se fizer o que lhe dizem, não ceder ao seu mau humor e ficar mais tempo ao ar livre.

O chilique de Colin havia passado e ele estava fraco e exausto de tanto chorar. Talvez aquilo o tivesse deixado tão gentil. Estendeu sua mão débil na direção de Mary que, como ele, havia superado o seu chilique e também se acalmara. Sua mão alcançou a dele no meio do caminho, como se fizessem as pazes.

— Eu vou... eu vou sair com você, Mary — disse ele. — Não vou odiar o ar fresco se acharmos...

Ele se lembrou bem a tempo de não dizer "se acharmos o jardim secreto" e concluiu:

— Quero sair com você, se Dickon vier e empurrar minha cadeira. Quero muito conhecer Dickon, a raposa e o corvo.

A enfermeira refez a cama desarrumada, sacudiu e afofou os travesseiros. Então, fez uma caneca de caldo de carne para Colin e outra para Mary. Ela ficou muito feliz em tomar o caldo depois de tanta emoção. A Sra. Medlock e Martha escaparam alegremente e, depois que tudo estava arrumado, calmo e em ordem, a enfermeira pareceu que também iria embora com muito prazer. Ela era uma jovem que se ressentia de ser privada de seu sono e bocejou abertamente, quando olhou para Mary, que havia empurrado seu banquinho para perto da cama com cobertura e segurava a mão de Colin.

— Você precisa voltar para sua cama — aconselhou a enfermeira. — Ele vai dormir logo... se não estiver muito zangado. Depois vou dormir no quarto ao lado.

— Você gostaria que eu cantasse aquela música que aprendi com a minha babá? — Mary sussurrou para Colin.

Sua mão puxou a dela suavemente, ele a encarou com seus olhos cansados e suplicantes e respondeu:

— Quero sim! Com uma música suave, talvez durma em um minuto.

— Farei ele dormir — disse Mary à enfermeira que bocejava. — Você pode ir, se quiser.

— Bem — tornou a enfermeira, em uma tentativa de relutância —, se ele não dormir em meia hora, pode me chamar.

— Está bem — respondeu Mary.

Assim que a enfermeira saiu do quarto, Colin puxou a mão de Mary.

— Quase contei — desculpou-se ele —, mas parei a tempo. Não vou falar e vou dormir, mas você disse que tinha um monte de coisas boas para me contar. Você... você acha que descobriu alguma coisa sobre como entrar no jardim secreto?

Mary olhou para o seu pobre rostinho de olhos inchados e seu coração amoleceu:

— Sim, acho que sim. E se você dormir agora, conto tudo amanhã.

Sua mão tremia bastante, e ele continuou:

— Oh, Mary! Oh, Mary! Se eu pudesse ir lá, acho que conseguirei viver para crescer! Você acha que, em vez de cantar, poderia apenas me contar baixinho, como naquele primeiro dia, como imagina o jardim por dentro? Tenho certeza de que vai me fazer dormir.

— Conto — respondeu Mary. — Feche seus olhos.

Ele fechou os olhos e ficou imóvel, e ela segurou sua mão e começou a falar muito devagar e em voz muito baixa.

— Acho que ficou tanto tempo abandonado que tudo cresceu demais, formando um lindo emaranhado. Acho que as roseiras escalaram e subiram e se espalharam até ficarem penduradas nos galhos e nos muros e rastejarem pelo chão, quase como uma névoa estranha e cinzenta. Algumas delas morreram, mas muitas estão vivas e, quando o verão chegar, haverá cortinas e fontes de rosas. Acho que a terra está cheia de narcisos, fura-neves, lírios e íris abrindo caminho para fora da escuridão. A primavera chegou... quem sabe... quem sabe...

Ela percebeu que o tom suave de sua voz o deixava cada vez mais tranquilo e continuou.

— Quem sabe eles brotem pela grama, talvez nasçam moitas roxas e douradas de florzinhas... já deve ter botões. Talvez as folhas estejam começando a brotar e a se desenrolar e, quem sabe, o cinza mude para um véu verde que se espalha e cobre tudo. E os pássaros virão para olhar, porque lá é... tão seguro e silencioso. E quem sabe... quem sabe... — continuou muito suave e devagar — o pisco encontre uma namorada e construa um ninho.

E Colin dormiu.

CAPÍTULO 18

"Não perca tempo"

É claro que Mary não acordou cedo na manhã seguinte. Cansada, dormiu até tarde, e, quando Martha trouxe o café da manhã, contou que Colin estava muito quieto, doente e febril, como costuma acontecer depois de uma crise daquelas.

Mary tomou seu café pensativa enquanto ouvia.

— Ele falou que é *pra* você ir lá assim que der — disse Martha. — É estranho ele gostar tanto de você. Deu uma lição nele ontem à noite, *num* acha? Ninguém teria tanta coragem. *Eita*! Pobre menino! Ficou tão mimado que parece que não tem mais conserto. Minha mãe fala que as duas piores coisas que podem acontecer com uma criança é nunca fazer o que quer ou sempre fazer o que quer. Ela não sabe qual é pior. Você *tava* de mau humor. Eu também. E ele me falou quando entrei no quarto: "Por favor, pergunte à Mary se ela pode vir conversar comigo." Imagina ele falando "por favor"?! Você pode ir, senhorita?

— Vou correr e ver Dickon primeiro — disse Mary. — Não, vou ver Colin agora e dizer a ele... eu sei o que vou dizer a ele — pensou com uma inspiração repentina.

Ela estava de chapéu quando chegou ao quarto de Colin e, por um segundo, ele pareceu desapontado. Ainda na cama com seu rosto impressionante de branco e olheiras profundas, cumprimentou:

— Fico feliz por ter vindo. Tudo em mim dói, porque estou muito cansado. Você vai a algum lugar?

Mary se aproximou da cama e disse:

— Não vou demorar. — Vou ver Dickon, mas voltarei. Colin, tem uma coisa sobre o jardim.

O rosto dele se iluminou e um pouco de cor apareceu, quando gritou:

— Ah, é? Sonhei com ele a noite toda, ouvi você dizer algo sobre o cinza se tornar verde e sonhei que estava em um lugar cheio de pequenas folhas verdes que balançavam... E tinha passarinhos e ninhos muito lindos e tranquilos por toda parte. Vou me deitar e pensar nisso até você voltar.

Em cinco minutos, Mary estava com Dickon em seu jardim. A raposa e o corvo continuavam com ele, que, desta vez, trouxe também dois esquilos mansinhos.

— Hoje eu vim no pônei — disse ele. — *Eita*! Ele é um bom rapaz, o Pulo! Eu trouxe esses dois nos meus bolsos. Este aqui se chama Noz e o outro é Avelã.

Quando ele disse "Noz", um dos esquilos escalou o seu ombro direito e, ao dizer "Avelã", o outro subiu no ombro esquerdo.

Os dois amigos se sentaram na grama com o Capitão enrolado a seus pés. Fuligem vigiava solenemente de uma árvore e Noz e Avelã farejavam por ali. Mary ficou aflita ao pensar em não voltar mais ali. Contudo, quando começou a contar o que aconteceu, a expressão no rosto engraçado de Dickon a fez mudar de ideia aos poucos. Dava para notar que ele sentia mais pena de Colin do que ela. Ele olhou para o céu e para o jardim.

— É só ouvir aqueles passarinhos... O mundo *tá* cheio deles... Todos assobiando e cantando — observou ele. — Olhe eles voando, um chamando o outro. Chega a primavera e parece que todo o mundo quer conversar. As folhas se desenrolam, então você pode ver tudo e, rapaz, é o melhor cheiro que existe! — disse, farejando feliz com seu nariz arrebitado. — E aquele pobre garoto trancado e vendo tão pouco disso que até começo a pensar nas coisas que o deixam perturbado. Eita! Que coisa! Vamos trazê-lo aqui... Vamos fazer ele ver e ouvir, e cheirar o ar e tomar muito banho de sol. E a gente não pode perder tempo.

Quando estava muito animado, ele falava com sotaque carregado, embora em outras ocasiões tentasse melhorar para que Mary o entendesse melhor. Porém, ela gostava do jeito de Yorkshire e até o imitava:

— *Eita*, nós *num* podemos— começou ela (o que significava: "Sim, de fato, não devemos perder tempo"). — Vou contar o que *vamo fazê* primeiro.

Dickon sorriu, porque achou muito engraçado a garotinha, que continuou tentando falar como ele:

— Ele *tá* muito interessado em você. Ele quer ver você e o Fuligem e o Capitão. Quando eu *voltá pra* casa *pra* falar com ele, pergunto se não quer vir ver você *de manhãzinha*. Aí você traz os bichos... e então... daqui a pouco, quando as folhas estiverem mais de fora e uns botões abrirem, *nós faz* ele sair com você empurrando a cadeira e trazemos aqui *pra mostrá* isso tudo.

Quando parou de falar, estava muito orgulhosa de si mesma. Nunca tinha falado tanto daquele jeito.

— Você tem que falar um tico de Yorkshire, assim com o patrão Colin — Dickon riu. — Vai fazer ele rir e não tem nada melhor *pros* doentes que dar risada.

A mãe fala que acha que foi meia hora de risada todas as manhãs que curou um sujeito que *tava pra* morrer de tifoide.

— Vou falar em Yorkshire com ele hoje mesmo — prometeu Mary, rindo também.

O jardim estava numa fase em que, todos os dias e todas as noites, parecia que mágicos passavam por ali com suas varinhas, despertando a beleza da terra e dos ramos. Foi difícil para Mary ir embora e deixar tudo para trás, especialmente quando Noz literalmente se refestelou em seu vestido e Avelã desceu do tronco da macieira sob a qual estavam sentados e ficou lá olhando para ela com olhos curiosos. Mas ela voltou para casa e, quando se sentou perto da cama de Colin, ele começou a farejar como Dickon, embora não de maneira tão experiente.

— Você está com cheiro de flores e... e coisas frescas — exclamou ele, bastante alegre. — Que cheiro diferente! É fresco, quente e doce, tudo ao mesmo tempo.

— É o vento da charneca — disse Mary. — Ele se espalha nos matos debaixo das árvores junto com o cheiro do Dickon, do Capitão, do Fuligem, do Noz e do Avelã. É a primavera que *chegô* lá fora da casa e é esse cheiro *tá* tão *bão* por causa do sol!

Ela disse isso do melhor jeito que conseguiu imitar o sotaque acaipirado de Yorkshire que Colin quase chegou a pensar que fosse alguém de lá falando, e começou a rir:

— Nunca ouvi você falar desse jeito antes. Que engraçado!

— *Tô* falando que nem o pessoal de Yorkshire — respondeu Mary, triunfante.

— *Num* consigo falar igual o Dickon e a Martha, mas dá *pra* você *vê* que eu consigo imitar um pouco. Você percebe que é de Yorkshire quando escuta? Você, que um é um moço criado e nascido em Yorkshire? Eita! *Num* tem vergonha na cara, não?

Então, ela também começou a rir e ambos riram até não poderem mais. A Sra. Medlock chegou a abrir a porta, mas o eco das risadas a fez recuar, e ficou ouvindo maravilhada.

— *Eita,* eu juro que quem escuta acha *bão!* Qualquer um acha *bão* — continuou Mary, ainda falando um carregado Yorkshire com desembaraço, pois parecia que ninguém estava escutando, e ela estava animada.

Mary queria contar muitas coisas. Parecia que Colin nunca ouvia o suficiente sobre Dickon, Capitão, Fuligem, Noz, Avelã e o pônei Pulo. Mary tinha ido para a mata com Dickon para conhecer Pulo. Era um pônei desgrenhado, com uma crina grossa caindo sobre os olhos, uma cara bonita e nariz aveludado. Era bem magro por viver do capim da charneca, mas resistente e forte como se os músculos de suas perninhas fossem feitos de molas de aço. Ele erguera a cabeça e relinchara baixinho no momento em que viu Dickon e galopou para encontrá-lo; pousou a cabeça em seu ombro e então Dickon falou em seu ouvido. Pulo respondeu com estranhos relinchos, baforadas e bufadas. Dickon o fizera levantar a patinha dianteira para Mary e ele deu um beijo de focinho gelado no rosto dela.

— Ele realmente entende tudo o que Dickon fala? — perguntou Colin.

— Parece que sim — respondeu Mary. — Dickon diz que qualquer coisa ou bicho pode nos entender se formos amigos, mas tem que ser amigo de verdade.

Colin ficou em silêncio por um tempo e seus estranhos olhos cinzas pareciam mirar a parede, mas Mary entendeu que ele estava pensando. No fim, ele comentou:

— Queria muito ser amigo de todo mundo, mas nunca serei. Nunca tive nada para ser amigo e não suporto as pessoas.

— Você não consegue me suportar? — perguntou Mary.

— Você, sim — respondeu ele. — É engraçado, mas eu até gosto de você.

— Ben Weatherstaff disse que eu sou como ele — comentou Mary. — Ele me disse que tinha certeza de que nós dois temos o mesmo gênio ruim. Acho que você também é como ele. Somos os três iguais... Você, eu e Ben Weatherstaff. Ele disse que nenhum de nós é muito bonito e que só de olhar nossa cara dá para ver como somos mal-humorados. Porém, não me sinto mais tão azeda como antes de conhecer o Dickon e o pisco.

— Era como se você odiasse as pessoas?

— Era — respondeu Mary com sinceridade. — Acho que detestaria ter conhecido você antes.

Colin estendeu sua mão magra e a tocou, dizendo:

— Mary, me arrependi de ter dito que queria mandar Dickon embora. Odiei você, quando disse que ele parecia um anjo e ri de você, mas... mas talvez ele seja.

— Bem, é engraçado você dizer isso — ela admitiu com franqueza —, porque o nariz dele é grande demais, a boca é enorme e suas roupas são cheias de remendos e manchas. Ah, e ele fala muito acaipirado, mas... se um anjo realmente viesse para Yorkshire morar na charneca... se houvesse um anjo de Yorkshire, acredito que ele conversaria com os bichos e as plantas, e saberia como fazê-las crescer como Dickon faz. Sei que teriam certeza de que ele seria amigo.

— Não vou me importar se Dickon olhar para mim — disse Colin. — Eu quero conhecê-lo.

— Fico feliz que tenha dito isso — respondeu Mary —, porque... porque...

De repente, ela entendeu que aquele era o momento de contar tudo a ele. Colin sabia que algo novo estava por vir.

— Por que o quê? — ele perguntou ansiosamente.

Mary estava tão nervosa que se levantou de seu banquinho, caminhou até ele e segurou suas mãos.

— Posso confiar em você? Confiei em Dickon, porque os passarinhos confiam nele. Posso confiar em você, de verdade, para valer mesmo?

O rosto dela era tão sério que ele quase sussurrou sua resposta.

— Sim! Sim!

— Bem, Dickon virá ver você amanhã de manhã e trará seus bichinhos com ele.

— Oh! Oh! — Colin gritou de alegria.

— Mas tem mais — continuou Mary, com entusiasmo e cautela. — O resto é melhor. Há uma porta para o jardim. Eu a descobri. Fica coberta pela hera do muro.

Se fosse um menino forte e saudável, Colin provavelmente teria gritado "Viva! Viva! Viva!", mas era tão fraco e nervoso que seus olhos só ficaram cada vez maiores e passou a ofegar.

— Oh! Mary! — ele gritou em meio a um soluço. — Posso ir ver? Posso entrar lá? Será que vou viver para conhecer esse jardim? — Agarrou as mãos dela e a puxou para si.

— Claro que você vai! — disse Mary indignada. — Claro que viverá para entrar nele! Não seja bobo!

E ela disse isso de maneira tão tranquila, infantil e natural que o nervosismo passou e ele começou a rir de si mesmo. Alguns minutos depois, ela estava novamente sentada em seu banquinho, contando a ele não como imaginava ser o jardim secreto, mas como ele realmente era.

E as dores e o cansaço de Colin iam sendo esquecidos, enquanto ele a ouvia encantado.

— É exatamente como você pensou que seria — disse ele por fim. — Parece até que você já esteve lá. Lembra que eu disse isso da primeira vez?

Mary hesitou por quase dois minutos e, então, corajosamente disse a verdade:

— Eu já fui lá! Encontrei a chave e entrei lá semanas atrás. Contudo, não me atrevi a contar... Não arrisquei, pois estava com muito medo de não poder confiar em você de verdade. Foi isso!

CAPÍTULO 19

"Ela chegou!"

É claro que o Dr. Craven foi chamado na manhã seguinte à crise de Colin. Sempre era chamado, quando algo assim acontecia e sempre encontrava, ao chegar, um menino pálido e abalado deitado em sua cama, mal-humorado e ainda tão nervoso que parecia pronto a voltar a soluçar à menor palavra. Na verdade, o Dr. Craven temia e detestava os percalços dessas visitas. Dessa vez, chegou à mansão Misselthwaite apenas à tarde.

— Como ele está? — perguntou à Sra. Medlock, bem agitado. — Um dia ele vai acabar estourando alguma veia com esses ataques. O menino está meio ensandecido de histeria e autoindulgência.

— Bem, senhor — respondeu a Sra. Medlock —, dificilmente acreditará em seus olhos quando o vir. Aquela garota de cara amarrada que é quase tão má quanto ele acabou de enfeitiçá-lo. Como ela fez isso, não sei. Deus sabe que ela é insignificante e mal se ouve ela falar, mas conseguiu o que nenhum de nós ousaria fazer. Na noite passada, voou até ele como um gato, bateu os pés e ordenou que parasse de gritar e, de alguma forma, o assustou tanto que ele realmente parou. Nesta tarde... vamos subir e ver, senhor. Já é mais do que hora.

A cena que o Dr. Craven viu ao entrar no quarto de seu paciente o surpreendeu. Quando a Sra. Medlock abriu a porta, ele ouviu vozes e risadas. Colin estava em sua poltrona, de roupão, sentado e ereto, observando uma foto em um dos livros de jardinagem e conversava como uma criança comum. E naquele momento, dificilmente, poderia ser chamada de comum, pois seu rosto irradiava alegria.

— Estas flores azuis que parecem dar em cachos se chamam delfíneos e vamos ter um monte delas. — explicava Colin.

— Dickon diz que se chamam esporinhas e que ficam grandes e vistosas — exclamou Mary. — Já temos galhos com botões lá.

Então, eles viram o Dr. Craven e paralisaram. Mary ficou muito quieta e Colin parecia irritado.

— Lamento saber que você esteve doente ontem à noite, meu rapaz — disse o Dr. Craven um tanto tenso. Ele realmente era um homem bem estressado.

— Estou melhor agora, muito melhor — respondeu Colin, como um rajá. — Vou passear na minha cadeira em um ou dois dias, se estiver melhor. Quero um pouco de ar fresco.

O Dr. Craven sentou-se ao lado dele, sentiu seu pulso e o examinou com curiosidade.

— Será um dia muito bom — disse ele —, e você deve ter muito cuidado para não se cansar.

— O ar fresco não me cansará — afirmou o jovem rajá.

Devido a outras ocasiões em que esse mesmo jovem cavalheiro berrou de raiva e insistiu que o ar fresco iria resfriá-lo e matá-lo, não foi de se admirar que o médico ficasse um tanto preocupado.

— Achei que você não gostasse de ar fresco — disse ele.

— Não gosto, quando estou sozinho — respondeu o rajá. — Mas minha prima me acompanhará.

— E a enfermeira, claro? — sugeriu o Dr. Craven.

— Não, eu não quero a enfermeira — retrucou tão categoricamente que Mary se lembrou do jovem príncipe nativo com seus diamantes, esmeraldas e pérolas colados na pele e os grandes rubis na mãozinha com a qual ele acenava ordens para que os servos se aproximassem com mesuras e recebessem suas ordens.

— Minha prima sabe cuidar de mim. Sempre fico melhor, quando ela está comigo. Ela me ajudou ontem à noite. Um menino muito forte que conheço vai empurrar minha cadeira.

O Dr. Craven ficou muito preocupado. Se o menino histérico e frágil tivesse a chance de sarar, ele próprio perderia todas as chances de herdar Misselthwaite. Porém, embora fosse um homem fraco, não era inescrupuloso e não pretendia deixá-lo correr um perigo real.

— Ele deve ser um menino forte e responsável — afirmou o médico. — Contudo, preciso saber algo sobre ele. Quem ele é? Qual é o nome dele?

— É Dickon — Mary falou rapidamente. Ela achava que, de alguma forma, todos que moravam na charneca conhecessem Dickon. E, na verdade, ela estava certa, pois, em seguida, o rosto sério do Dr. Craven relaxou em um sorriso aliviado.

— Oh, Dickon — disse ele. — Se for Dickon, você estará seguro. Ele é forte como um pônei.

— E ele é *bão!* — confirmou Mary. — Ele é o rapaz *mais bão* daqui.

Ela estava falando acaipirado com Colin e se esqueceu de parar.

— Dickon lhe ensinou isso? — perguntou o Dr. Craven, rindo muito.

— Estou aprendendo como se fosse francês — afirmou Mary friamente. — É como um dialeto local da Índia. Pessoas espertas tentam aprender. Eu gosto e Colin também.

— Bem, bem — disse ele. — Se vocês se divertem, acho que não faz mal. Você tomou seu remédio na noite passada, Colin?

— Não — Colin respondeu. — No começo, eu não queria tomar e depois Mary me acalmou, ela conversou comigo até eu dormir, falando em voz baixa sobre a primavera chegando em um jardim.

— Isto me parece reconfortante — observou o Dr. Craven, mais perplexo do que nunca e olhando de soslaio para Mary, que mirava silenciosamente o tapete do alto de seu banquinho. — Você está evidentemente melhor, mas deve se lembrar...

— Não quero me lembrar — interrompeu o rajá, que despertava novamente. — Quando me deito sozinho e lembro, começo a sentir dores por todo o corpo e penso em coisas que odeio tanto que me fazem gritar. Se existir um médico em algum lugar que possa me fazer esquecer da doença, em vez de me lembrar a toda hora, eu gostaria que ele viesse até aqui. — E acenou com sua mão magra, que, na verdade, deveria estar coberta de anéis com insígnias reais feitas de rubis. — Eu melhoro, porque minha prima me faz esquecer.

O Dr. Craven nunca teve uma visita tão curta em Misselthwaite depois de uma crise. Geralmente ele era obrigado a permanecer por muito tempo e fazer muitas coisas. Naquela tarde, não administrou remédios nem deixou novas ordens e foi poupado de cenas desagradáveis. Ele desceu as escadas com um ar muito pensativo e, ao falar com a Sra. Medlock na biblioteca, sentia-se confuso.

— Bem, senhor — ela arriscou —, o senhor acreditaria sem ter visto?

— É certamente um novo estado das coisas — declarou o médico. — E não há como negar que é melhor do que o anterior.

— Acho que Susan Sowerby está certa — reconheceu a Sra. Medlock. — Ontem fiz uma visita a ela a caminho de Thwaite e conversamos um pouco. E ela me disse: *"Bão*, Sarah Ann, ela pode *num* ser uma *minina* boa, e ela pode *num* ser bonita, mas ela é uma criança, e as crianças precisam de criança". Susan Sowerby e eu fomos colegas de escola.

— Ela é a melhor enfermeira que conheço — disse o Dr. Craven. — Quando eu a encontro em alguma casa, sei que as chances de salvar meu paciente são maiores.

A Sra. Medlock sorriu. Ela gostava de Susan Sowerby.

— A Susan tem um jeito todo dela — continuou ela, muito falante. — Pensei a manhã toda em algo que ela me disse ontem: "Uma vez, quando eu estava dando um sermão nas crianças, depois que elas se pegaram, contei que, quando eu estava na escola, aprendi em geografia que o mundo era igual a uma laranja e, antes dos dez anos, eu descobri que a tal laranja *num* tem dono. Ninguém é dono nem de um gomo dela e, às vezes, a gente vê que *num* tem o suficiente *pra* todo mundo. Mas vocês... nenhum *docês* pode pensar que é dono da laranja inteira, senão vai ver que *tá* enganado, e só se descobre isso sozinho depois de se estrepar muito e dar com a cara no muro. O que as crianças aprendem com as outras crianças", ela continuou, "é *num* querer chupar a laranja inteira sozinha e nem descascar ela inteira. Se você faz isso, certeza que *num* vai ficar nem com as sementes, que são amargas demais *pra* comer".

— Ela é uma mulher inteligente — disse o Dr. Craven, vestindo o casaco.

— Bem, ela tem jeito para explicar as coisas — concluiu a Sra. Medlock, muito satisfeita. — Às vezes, eu digo a ela: "Eita! Susan, se você fosse uma mulher diferente e não falasse com esse sotaque de Yorkshire tão carregado, diriam sempre que você é inteligente".

Naquela noite, Colin dormiu sem acordar uma só vez e, quando abriu os olhos pela manhã, ficou quieto e sorriu sem perceber — sorriu porque se sentia curiosamente confortável. Na verdade, gostou de estar acordado, e se virou e espreguiçou-se languidamente. Sentiu como se os cordões que o prendiam tivessem se afrouxado e estava livre. Não entendia, mas o Dr. Craven diria que seus nervos haviam relaxado e descansado. Em vez de ficar deitado, olhando para a parede e desejando não ter acordado, sua mente estava repleta dos planos da noite anterior com Mary, das fotos dos jardins, de Dickon e suas criaturas selvagens. Era muito bom ter no que pensar. Não estava acordado nem há dez minutos, quando ouviu passos rápidos no corredor e Mary chegou à sua porta. No momento seguinte, ela já estava dentro do quarto e corria para a cama dele, trazendo com ela uma lufada de ar fresco com o aroma da manhã.

— Você já saiu! Você já saiu! Está com aquele cheiro gostoso de folhas! — ele gritou.

Ela viera correndo. Mesmo de cabelos soltos e despenteados e bochechas rosadas, estava revigorada pelo ar fresco, embora ele não percebesse isso.

— Está tão bonito! — disse ela, um pouco sem fôlego em razão da carreira. — Você nunca viu nada tão bonito! Chegou! Pensei que tivesse vindo naquela outra manhã, mas estava apenas se aproximando. Agora ela está aqui! A primavera chegou! Dickon disse que chegou!

— Chegou? — gritou Colin. E embora ele realmente não soubesse nada sobre aquilo, sentiu seu coração bater mais forte. Então, se sentou na cama. — Abra a janela! — pediu, rindo entre a animação e dele mesmo. — Talvez possamos ouvir trombetas douradas!

E embora ele risse, Mary foi até a janela em um segundo e a abriu para que o frescor e a suavidade, os aromas e o canto dos pássaros invadissem o quarto.

— Isto sim é ar fresco — disse ela. — Deite-se de costas e inspire profundamente. É isso o que Dickon faz, quando está deitado na charneca. Ele diz que sente em suas veias e isso o fortalece. Sente que poderia viver para todo o sempre. Respire, respire!

Ela apenas repetiu o que Dickon dissera, mas isso alimentou a fantasia de Colin.

— "Para todo e sempre!" Isso te faz se sentir assim? — perguntou ele, e fez o que ela mandou, respirando fundo e continuamente até sentir que algo novo e encantador acontecia dentro dele.

Mary voltou para o lado da cama.

— As coisas estão crescendo e saindo do chão — ela continuou, apressada.
— Há flores desabrochando e botões em tudo, e o véu verde cobriu quase todo o cinza e os pássaros estão apressados em fazer seus ninhos, com medo de que possa ser tarde demais, e alguns deles estão até brigando por lugares do jardim secreto. E as roseiras parecem tão acesas quanto poderiam, e há prímulas nas alamedas e nos bosques. Já as sementes que plantamos estão brotando, e Dickon trouxe a raposa, o corvo e os esquilos e um cordeirinho recém-nascido.

Então, parou para respirar. Dickon tinha achado o cordeirinho há três dias, deitado ao lado da mãe, que tinha morrido entre os arbustos na charneca. Não era o primeiro bichinho órfão que ele encontrava e sabia muito bem o que fazer. Levou-o para a casa dele, embrulhado em seu casaco, colocou-o perto do fogo e deu-lhe uma tigela com leite morno. Era uma coisinha macia, com uma adorável carinha boba de bebê e pernas que pareciam muito compridas para o corpo. Dickon tinha trazido o cordeirinho no colo pela charneca. Trouxe também uma mamadeira no bolso, junto com um dos esquilos. Mary sentou-se sob uma árvore com aquele corpinho morno amontoado em seu colo e sentiu-se cheia de uma estranha alegria difícil de descrever. Um cordeiro, um cordeirinho! Um filhote vivo estava deitado em seu colo como um bebê!

Ela descrevia sua grande alegria e Colin a ouvia apreensivo, quando a enfermeira entrou. A mulher chegou a tremer ao ver a janela aberta. Passara muitos dias sufocantes naquele quarto, pois seu paciente tinha certeza de que janelas abertas deixavam as pessoas resfriadas.

— Tem certeza de que não está com frio, Sr. Colin? — ela perguntou.

— Tenho — foi a resposta. — Estou respirando profundamente. Isso me deixa mais forte. Vou tomar o café da manhã no sofá. Minha prima tomará café comigo.

A enfermeira afastou-se, disfarçando um sorriso, para pedir dois cafés da manhã. Ela achava o salão dos criados mais divertido do que o quarto do doentinho, ainda mais agora que todos queriam saber notícias lá de cima. Faziam muitas piadas sobre o abominável jovem recluso que, como disse o cozinheiro, "havia encontrado seu mestre e que bom para ele". Os criados já estavam cansados dos chiliques dele, e o mordomo, que era um pai de família, mais de uma vez, havia dito que o menino ficaria melhor "com uma boa surra".

Quando Colin se sentou em seu sofá e serviram o café da manhã para os dois, ele anunciou para a enfermeira com seu jeito de rajá:

— Um menino, uma raposa, um corvo, dois esquilos e um cordeirinho estão vindo me ver nesta manhã. Quero que sejam conduzidos para cima assim que chegarem. Vocês não devem começar a brincar com os animais no salão dos criados e mantê-los lá. Eu os quero aqui imediatamente.

A enfermeira deu um leve suspiro, que tentou disfarçar com uma tosse.

— Sim, senhor — consentiu.

— Vou dizer o que você pode fazer — acrescentou Colin, acenando com a mão. — Você pode pedir que Martha os traga aqui. O menino é irmão dela. Seu nome é Dickon e ele é um encantador de animais.

— Espero que os animais não o mordam, Sr. Colin — preocupou-se a enfermeira.

— Eu disse que ele é um encantador — repetiu Colin austeramente. — Os animais dos encantadores nunca mordem.

— Há encantadores de serpentes na Índia — emendou Mary. — E eles até colocam a cabeça das cobras na boca.

— Misericórdia! — disse a enfermeira trêmula.

Tomaram o café da manhã com o ar matutino soprando sobre eles. O café de Colin foi muito bom e Mary o observava com sério interesse.

— Você vai começar a engordar assim como eu — comentou ela. — Eu nunca queria meu café da manhã, quando estava na Índia, mas, agora, sempre como.

— Hoje eu queria comer — afirmou Colin. — Talvez seja o ar fresco. Quando você acha que Dickon chegará?

Ele não demorou a chegar. Em cerca de dez minutos, Mary ergueu a mão.

— Escute! — ela disse. — Você ouviu um crocitar?

Colin aguçou os ouvidos. Era o som mais estranho do mundo para se ouvir dentro de uma casa, um rouco *crás! crás!*

— Ouvi — respondeu ele.

— É o Fuligem — explicou Mary. — Ouça de novo. Você ouve um balido... bem baixinho?

— Ah, ouço! — exclamou Colin, muito corado.

— Esse é o cordeirinho bebê. Estão vindo.

As botinas de charneca de Dickon eram grossas e desajeitadas e, embora ele tentasse andar em silêncio, elas faziam um barulho pesado ao caminhar pelos longos corredores. Mary e Colin o ouviram marchar, marchar, até que ele passou pela passadeira da porta para o tapete macio da passagem para o quarto de Colin.

— Se me permite, senhor — anunciou Martha, abrindo a porta —, se me permite, aqui estão Dickon e seus bichos.

Dickon entrou com seu sorriso largo ainda mais bonito. O cordeiro bebê estava em seus braços e a raposinha vermelha andava ao seu lado. Noz vinha sentado em seu ombro esquerdo e Fuligem no direito. A cabeça e as patinhas de avelã espiavam para fora do bolso do casaco.

Colin sentou devagarinho com o olhar fixo, como fizera quando viu Mary pela primeira vez; mas, agora, seu olhar era de admiração e prazer. A verdade é que, apesar de tudo o que ouvira, não imaginava absolutamente como seria aquele menino e que a raposa, o corvo, os esquilos e o cordeiro fossem tão ligados a ele, tão próximos que pareciam fazer parte do corpo dele. Colin nunca havia conversado com um menino em sua vida e estava tão eufórico e curioso que nem tentou falar.

Mas Dickon não se sentia nem um pouco tímido ou estranho. Não ficou envergonhado, quando conheceu o corvo, que não falava a sua língua e apenas o encarou sem dizer nada na primeira vez em que se encontraram. As criaturas sempre fazem assim até descobrirem mais sobre a outra. Ele caminhou até o sofá de Colin e colocou o cordeirinho em silêncio em seu colo, e imediatamente o bichinho se virou para o roupão de veludo quente e começou a acariciar suas dobras e a cutucar com uma leve impaciência o seu corpo. Obviamente, nenhum menino conseguiria evitar falar em uma ocasião dessas:

— O que ele está fazendo? O que ele quer? — perguntou Colin.

— Ele quer a mãe dele — disse Dickon, sorrindo cada vez mais. — Trouxe o bichinho com um pouco de fome, porque sabia que você ia gostar de ver ele comer.

Ele se ajoelhou ao lado do sofá e tirou a mamadeira do bolso.

— Vamos, pequenino — encorajou ele, virando a pequena e felpuda cabeça branca com suavidade. — É isso que você quer. Vai gostar mais disso do que dos casacos de veludo e de seda. — E empurrou a ponta de borracha da mamadeira na boca faminta e o cordeirinho começou a mamar vorazmente.

Depois disso, não havia como pararem de falar. Quando o cordeirinho adormeceu, muitas perguntas surgiram e Dickon respondeu a todas. Contou como havia encontrado o filhote ao nascer do sol, três manhãs atrás. Estava parado na charneca ouvindo o canto de uma cotovia que voava cada vez mais alta no céu até que se tornou apenas um pontinho nas alturas azuis.

— Quase que *num* dava mais *pra* vê-la, mas ouvia ela cantando e eu me perguntava como dava *pra* ouvir se parecia que ela ia sair do mundo logo, logo. Então eu ouvi uma coisa mais longe, no meio dos arbustos de tojo. Era um balido fraquinho e eu sabia que era um cordeiro novo, porque *tava* com fome e eu sabia que só podia *tá* com fome porque *tava* sem a mãe. Então resolvi procurar. Eita! Fui dar uma olhada. Entrei e saí do meio dos arbustos e dei uma volta e depois outra e parecia que eu sempre pegava a direção errada. Mas, no fim, eu vi um pedacinho branco no alto de uma pedra na charneca e escalei e encontrei o pequenino meio morto de frio e de sede.

Enquanto ele falava, fuligem voava solenemente para dentro e para fora da janela aberta e crocitava comentários sobre a paisagem enquanto Noz e Avelã faziam excursões pelas grandes árvores; subiam e desciam pelos troncos e exploravam seus galhos. Capitão ficou aninhado perto de Dickon, que estava no tapete da lareira.

Eles olharam as fotos nos livros de jardinagem. Dickon conhecia todas as flores pelos seus nomes comuns e sabia exatamente quais já estavam crescendo no jardim secreto.

— Eu *num* ia conseguir falar esses nomes— disse ele, apontando para uma sob a qual estava escrito "aquilégia". — Mas nós chamamos de columbina, e aquela ali é uma boca-de-leão e tem dos dois do tipo silvestre na sebe, mas estes são os de jardim e são maiores e mais viçosos. Tem tufos grandes de columbina no jardim. Eles vão parecer um canteiro azul e as borboletas brancas vão chegar quando florescer.

— Vou vê-los — gritou Colin. — Eu vou vê-los!

— Vai *vê* sim — afirmou Mary, muito séria. — E você *num* pode mais perder tempo.

CAPÍTULO 20

"Vou viver para todo e sempre... E sempre!"

Só que eles foram obrigados a esperar mais de uma semana, porque primeiro vieram alguns dias de muita ventania e, em seguida, Colin teve um começo de resfriado, duas coisas que, sem dúvida, o deixariam furioso, mas havia muitos planos e cuidados secretos a serem realizados — e Dickon vinha quase todos os dias, mesmo que apenas por alguns minutos, para dar as notícias da charneca, das margens e sebes nas várzeas dos riachos. As coisas que ele contava sobre as lontras, texugos e ratões-do-banhado, sem falar nos ninhos de pássaros, camundongos-do-campo e suas tocas, bastavam para fazer qualquer um tremer de empolgação com aquele encantador de animais. Entusiasmo e ansiedade legítimos ficavam à flor da pele com o submundo atribulado que não parava de trabalhar.

— Eles são que nem nós — observou Dickon —, só que todo ano eles precisam construir suas casas de novo. E isso deixa eles tão ocupado que nem brigam até terminar tudo.

A coisa mais empolgante, entretanto, eram os preparativos para que Colin pudesse ser transportado até o jardim sem ser visto. Ninguém deveria ver sua cadeira, Dickon ou Mary, depois que dobrassem uma certa curva dos arbustos e começassem a caminhada acompanhando os muros de hera. A cada dia, Colin ficava cada vez mais fascinado, o mistério em torno do jardim era sem dúvida um de seus maiores encantos. Nada deveria arruinar isso. Ninguém deveria suspeitar de que escondiam um segredo. As pessoas deveriam pensar que ele simplesmente sairia com Mary e Dickon, porque gostava deles e não se opunha que o encarassem. Tiveram conversas longas e bastante agradáveis sobre o percurso a ser feito. Subiriam por tal caminho e desceriam aquele e cruzariam o outro e dariam a volta entre os canteiros da fonte como se estivessem olhando as "plantas de canteiro" que o jardineiro-chefe, o Sr. Roach, havia semeado. Pareceria algo tão natural que ninguém acharia estranho. Contornariam as calçadas ladeando o bosque e desapareceriam até chegarem aos longos muros. Era tudo quase tão sério e elaborado quanto os planos de campanha de grandes generais em tempos de guerra.

Rumores sobre as novidades e curiosidades que ocorriam nos aposentos do deficiente haviam, é claro, se espalhado do salão dos criados para os pátios do estábulo e para além, entre os jardineiros. Contudo, apesar disso, o Sr. Roach ficou surpreso certo dia, quando recebeu ordens vindas do quarto do Colin para que se apresentasse naqueles aposentos que nenhum outro estranho jamais vira. O próprio patrãozinho desejava falar com ele.

— Bem, bem — disse ele a si mesmo, enquanto trocava apressadamente o casaco —, o que devo fazer? Sua Alteza Real, que nunca queria ser vista, agora chama um desconhecido para conversar.

O Sr. Roach ficou um tanto curioso. Nunca havia visto o menino, nem mesmo de relance e ouvira uma dúzia de histórias exageradas sobre sua aparência, seus trejeitos estranhos e seu temperamento descontrolado. O que ouvia com mais frequência era que ele poderia morrer a qualquer momento, além de inúmeras descrições fantasiosas sobre suas costas arqueadas e membros frágeis, contadas por pessoas que nunca o haviam visto.

— As coisas estão mudando nesta casa, Sr. Roach — comentou a Sra. Medlock ao conduzi-lo escada acima, para o corredor que levava ao cômodo até então misterioso.

— Vamos torcer para que estejam mudando para melhor, Sra. Medlock — respondeu ele.

— Elas não poderiam mudar para pior — ela emendou —, e por mais estranho que seja, estão tornando nossos deveres muito mais fáceis de suportar. Não se surpreenda, Sr. Roach, se der de cara com um zoológico ou com Dickon e Martha Sowerby se sentindo mais à vontade do que você ou eu jamais imaginaríamos.

Realmente havia uma espécie de magia em Dickon, como Mary sempre acreditou. Quando o Sr. Roach ouviu seu nome, sorriu com bastante tolerância.

— Ele se sentiria em casa no Palácio de Buckingham ou nas profundezas de uma mina de carvão — disse. — Não é nenhum atrevimento, veja bem. Aquele menino está sempre bem, é muito bom.

Talvez ele devesse ter se preparado melhor, para não se assustar. Quando a porta do quarto se abriu, um grande corvo, que parecia bastante íntimo, estava empoleirado no encosto alto de uma cadeira entalhada, e anunciou a entrada do visitante com um *crás, crás* bem alto. Apesar do aviso da Sra. Medlock, o Sr. Roach mal escapou da vergonha de saltar para trás.

O jovem rajá não estava na cama nem no sofá, mas sentado em uma poltrona com um cordeirinho em pé ao seu lado, balançando a cauda, enquanto Dickon, ajoelhado, lhe oferecia a mamadeira. Um esquilo repousava sobre as costas curvadas de Dickon, mordiscando distraidamente uma noz. A garotinha da Índia estava sentada em um banquinho, observando.

— Aqui está o Sr. Roach, Sr. Colin — anunciou a Sra. Medlock.

O jovem rajá se voltou e olhou para seu empregado... pelo menos foi isso o que o jardineiro-chefe deduziu.

— Ah, você é Roach, certo? — ele disse. — Mandei chamá-lo para lhe dar algumas instruções muito importantes.

— Muito bem, senhor — respondeu Roach, imaginando se receberia ordens para derrubar todos os carvalhos do parque ou transformar os pomares em jardins aquáticos.

— Vou sair com minha cadeira esta tarde — afirmou Colin. — Se o ar fresco me agradar, sairei todos os dias. Quando eu sair, nenhum dos jardineiros deve estar sequer perto da longa calçada que acompanha os muros dos jardins. Ninguém deve estar lá. Devo sair por volta das duas horas e todos devem se manter longe até que eu avise que podem voltar ao trabalho.

— Muito bem, senhor — confirmou o Sr. Roach, muito aliviado em saber que os carvalhos permaneceriam e que os pomares estavam seguros.

— Mary — Colin voltou-se para ela —, o que é aquela coisa que dizem na Índia, quando terminamos de falar e queremos que as pessoas saiam?

— Dizem: "Você tem minha permissão para ir" — respondeu Mary.

O rajá acenou com a mão.

— Você tem minha permissão para ir, Roach — declarou ele. — Mas lembre-se de que isto é muito importante.

— Crás, crás! — fez o corvo com sua voz rouca, sem ser irritante.

— Muito bem, senhor. Obrigado, senhor — respondeu o Sr. Roach, e a Sra. Medlock o conduziu para fora da sala.

No corredor, como era um homem muito bem-humorado, sorriu até quase rir e comentou:

— Ele tem os trejeitos da nobreza, não é? Qualquer um acharia que ele é uma família real inteira reunida em um só... príncipe consorte e tudo o mais.

— Eita! — observou a Sra. Medlock. — Desde que ele tem pés fomos acostumados a ser pisados por ele, e ele acha que é para isso que as pessoas servem.

— Talvez ele supere isso, se sobreviver — sugeriu o Sr.Roach.

— Bem, uma coisa é certa — disse a Sra. Medlock. — Se ele viver e aquela menina indiana continuar aqui, garanto que ela lhe ensinará que a laranja inteira não pertence a ele, como diz Susan Sowerby. E é provável que ele descubra o tamanho do seu próprio gomo.

Dentro do quarto, Colin se recostou nas almofadas e disse:

— Estamos seguros agora. E esta tarde vou lá e vou entrar!

Dickon voltou para o jardim com seus bichos e Mary ficou com Colin. Ele não parecia cansado, mas ficou muito quieto antes do almoço chegar e se manteve quieto enquanto comiam. Mary ficou curiosa e perguntou a ele:

— Que olhos grandes você tem, Colin. Quando você pensa, eles ficam quase do tamanho de um pires. No que está pensando agora?

— Não consigo deixar de pensar em como será — respondeu ele.

— O jardim? — perguntou Mary.

— A primavera. Eu estava pensando que realmente nunca a vi antes. Eu quase nunca saí, e quando saía, não olhava direito. Eu nem pensava nisso.

— Nunca vi a primavera na Índia, porque isso não existe por lá — revelou Mary.

Enclausurado em sua morbidez a vida toda, Colin tinha mais imaginação do que ela e, pelo menos, passara muito tempo lendo livros com fotos maravilhosas.

— Naquela manhã, quando você entrou correndo e disse "Chegou! Chegou!", me senti meio esquisito. Parecia que as coisas estavam chegando em uma grande procissão com uma música muito alta e rajadas de vento. Tenho uma foto em um dos meus livros com multidões de pessoas e lindas crianças enfeitadas com guirlandas e ramos de flores, todos rindo e dançando juntos ao som de uma flauta. Foi por isso que eu disse: "Talvez possamos ouvir trombetas douradas" quando pedi que abrisse a janela.

— Que engraçado! — divertiu-se Mary. — É exatamente como parece. E se todas as flores e folhas, coisas verdes, pássaros e criaturas selvagens passassem ao mesmo tempo, que linda multidão seria! Tenho certeza de que dançariam, cantariam e tocariam na flauta músicas bem altas.

Os dois riram, porque gostaram muito da ideia, e não por achá-la absurda.

Algum tempo depois, a enfermeira preparou Colin para sair. Ela ficou satisfeita pois, em vez de ficar parado como uma pedra enquanto ela vestia suas roupas, ele se sentou e fez alguns esforços para ajudar, e conversava e ria com Mary o tempo todo.

— Está em um de seus bons dias, senhor — disse ela ao Dr. Craven. — Estar com o humor tão bom o deixa mais forte.

— No final da tarde, depois que ele voltar, vou querer saber como foi — pediu o Dr. Craven. — Quero ver o que a saída causará a ele. Gostaria — cochichou para ela — que ele deixasse você ir junto.

— Prefiro não insistir nisso, senhor, e ficar aqui como foi sugerido — respondeu a enfermeira com repentina firmeza.

— Não foi exatamente isso o que sugeri — justificou o médico, com seu ligeiro nervosismo. — Vamos tentar essa experiência. Dickon é um rapaz a quem eu confiaria meu filho recém-nascido.

O empregado mais forte da casa carregou Colin escada abaixo e o colocou em sua cadeira de rodas do lado de fora, onde Dickon o esperava. Depois que o criado ajeitou seus cobertores e almofadas, o rajá acenou com a mão para ele e para a enfermeira.

— Vocês têm minha permissão para ir — declarou ele, e os dois desapareceram rapidamente. É preciso registrar que riram muito quando se sentiram em segurança dentro da casa.

Dickon começou a empurrar a cadeira de rodas lenta e firmemente. Mary caminhava ao seu lado e Colin se recostou e ergueu o rosto para o céu. A abóbada estava muito alta e as pequenas nuvens pareciam pássaros brancos flutuando de asas abertas sob seu azul cristalino. O vento soprava em grandes e suaves respirações da charneca, com uma estranha doçura de cheiro forte e definido. Colin inflava seu peito magro para inspirá-lo, e seus olhos enormes pareciam escutar tudo. Eles é que escutavam em vez de seus ouvidos.

— Há tantos sons de cantos, zunidos e chamados — observou ele. — O que é esse cheiro que as rajadas de vento trazem?

— É cheiro de flor de tojo na charneca que *tá* se abrindo — respondeu Dickon. — Eita! As abelhas *tão* doidinhas hoje.

Nenhuma criatura humana foi avistada no caminho que tomaram. Na verdade, todos os jardineiros e seus ajudantes pareciam ter sido afugentados por algum feitiço. Mesmo assim, entraram e saíram de entre os arbustos e contornaram os canteiros das fontes, seguindo sua rota cuidadosamente planejada pelo simples e misterioso prazer de concretizá-la. Mas quando por fim entraram na longa calçada dos muros cobertos de hera, a sensação de antecipação que se aproximava os fez, por alguma curiosa razão que não poderiam explicar, começar a falar baixinho.

— Foi aqui — ofegou Mary. — Este é o lugar onde eu costumava andar para lá e para cá e me encantava cada vez mais.

— É mesmo? — perguntou Colin, e seus olhos começaram a vasculhar a hera com ávida curiosidade. — Mas não consigo ver nada — sussurrou. — Não há porta.

— Era o que eu pensava também — disse Mary.

Então, o silêncio recaiu sobre eles e a cadeira continuou adiante.

— Este é o jardim onde Ben Weatherstaff trabalha — apontou Mary.

— É mesmo? — disse Colin.

Mais alguns metros e Mary sussurrou novamente.

— Foi aqui que um passarinho lindo voou por cima do muro — comentou ela.

— É mesmo? — exclamou Colin. — Oh! Eu queria que ele viesse de novo!

— E ali — continuou Mary com alegria solene, apontando para uma grande touceira de lilases — é onde ele se empoleirou sobre o montinho de terra e me mostrou a chave.

Então, Colin se sentou mais ereto.

— Onde? Onde? Ali? — ele perguntou, e seus olhos ficaram tão grandes quanto os do lobo da Chapeuzinho Vermelho, quando ele a convidou a observá-los mais de perto. Dickon parou a cadeira de rodas.

— E aqui — disse Mary, pisando no canteiro perto da hera — é onde fui falar com ele quando gorjeou para mim do alto do muro. E esta é a hera que o vento soprou para o lado. — E suspendeu a cortina verde pendente.

— Oh! É ele... é ele! — engasgou-se Colin.

— E aqui está a maçaneta e aqui está a porta. Dickon empurra... empurra logo para dentro!

E Dickon a obedeceu com um forte empurrão, firme e decidido.

Colin caiu para trás contra as almofadas, ofegante de animação, cobriu os olhos com as mãos e as manteve assim até que estivessem dentro do jardim e a cadeira parasse como por mágica. A porta foi fechada atrás deles. Só então ele afastou suas mãos e olhou em volta, como Dickon e Mary haviam feito antes. Sobre os muros, no chão e nas árvores, nos ramos e trepadeiras pendentes, se espalhava o véu verde-claro de pequeninas e tenras folhas, e na grama sob as árvores e nos vasos e caramanchões aqui e ali, em todos os lugares, havia pontos e salpicos de dourado, roxo e o branco, e as árvores se apresentavam em rosa e branco-neve acima de suas cabeças e asas batiam, gorjeios soavam e zumbiam e havia aromas e cheiros. O sol bateu quente em seu rosto como o carinho de uma mão amiga. E, maravilhados, Mary e Dickon ficaram olhando para ele. Ele parecia tão estranho e diferente com aquele brilho rosado sobre si, sobre seu rosto, sua cabeça, mãos e todo o resto.

— Vou sarar! Eu vou sarar! — ele gritou. — Mary! Dickon! Eu vou ficar bom! E vou viver para todo e sempre!

CAPÍTULO 21
Ben Weatherstaff

Uma das coisas curiosas de se estar vivo é que só de vez em quando temos certeza de que vamos viver para todo e sempre. Às vezes, pensamos isso, quando nos levantamos naquela hora suave da alvorada e saímos de casa, sozinhos, com a cabeça para trás e o olhar para cima, bem alto, observando o céu pálido clarear e se aquecer lentamente. Então, maravilhas inéditas acontecem até que o nascente nos faz gritar e nosso coração para diante da insólita majestade imutável do amanhecer — que já vem acontecendo todas as manhãs por milhares e milhares de anos. Temos essa realização por um momento ou dois. E às vezes sabemos disso quando, sozinhos em uma floresta ao pôr do sol, a misteriosa quietude dourada e profunda que se inclina através e sob os galhos parece dizer lenta e repetidamente algo que não conseguimos ouvir, por maior que seja o esforço. Às vezes, acontece na imensa quietude do escuro azul da noite, com milhões de estrelas esperando, observando e nos dando essa certeza; e às vezes é o som de música distante que torna isso verdade; ou, ainda, um simples olhar nos olhos de outra pessoa.

E foi desse jeito que aconteceu com Colin quando ele viu, ouviu e sentiu pela primeira vez a primavera dentro dos quatro altos muros de um jardim secreto. Naquela tarde, o mundo inteiro parecia se dedicar a ser perfeito, radiante, lindo e gentil com aquele menino. Talvez por pura bondade celestial a primavera veio e coroou tudo o que era possível naquele lugar. Mais de uma vez, Dickon parou o que estava fazendo e ficou plácido, com uma espécie de admiração crescente em seus olhos, balançando a cabeça suavemente.

— Eita! Que lindeza — disse ele. — Tenho doze anos, quase treze, e vivi muitas tardes nesses anos, mas acho que nunca vi uma assim tão linda.

— Eita, é uma lindeza mesmo — concordou Mary, e suspirou com pura alegria. — Garanto que é a mais linda que já existiu neste mundo.

— Vocês acham— disse Colin com uma cautela sonhadora — que tudo isso *tá* acontecendo *pra* mim?

— Garanto! — exclamou Mary com admiração. — Você tem um pouco do bom Yorkshire. Você vai ficar *bão* demais nisso... ô se vai.

Puxaram a cadeira para debaixo da ameixeira, que estava cheia de flores brancas como a neve e cercada de música das abelhas. Era como o dossel de um rei, o rei das fadas. Perto havia cerejeiras em flor e macieiras cujos botões eram rosados e brancos, e aqui e ali alguns já haviam desabrochado completamente. Entre os galhos floridos do dossel, pedaços de céu azul pareciam maravilhosos olhos observando a tudo.

Mary e Dickon trabalharam um pouco e Colin os observou. Mostraram-lhe muitas coisas: botões florindo, botões ainda bem fechados, galhos cujas folhas começavam a ficar verdes, a pena de um pica-pau caída na relva, uma casca de ovo vazia de uma ave que já nascera. Dickon empurrava a cadeira lentamente, dando voltas e mais voltas pelo jardim, parando a toda hora para mostrar as maravilhas que brotavam da terra ou que pendiam das árvores. Era como ser transportado a todos os lugares de um reino encantado e conhecer todos os tesouros misteriosos.

— Será que vamos ver o pisco? — quis saber Colin.

— *Bão*... Daqui um tempo, você vai *vê* ele *dimais da conta*! — respondeu Dickon. — Quando os filhotinhos saírem dos ovos, ele vai ficar tão agitado, voar tanto *dum* lado *pra* outro que você vai ficar com o pescoço doendo. Vai *vê* ele levando umas minhocas do tamanho dele e vai ter tanta bagunça no ninho quando ele chegar lá que vai ficar até bravo, porque ele *num* vai saber em qual das bocas colocar a bichinha. Os bicos escancarados e piando *pra* todo lado. A mãe fala que quando ela vê o trabalho que um pisco tem *pra* manter os bicos escancarados cheios, ela se sente muito inútil, parada. Ela conta que já viu até pingar suor da testa dos bichinhos, mas nenhuma pessoa nunca viu isso.

Aquilo os fez rir com tanta alegria que foram obrigados a cobrir a boca com as mãos, lembrando de que não deveriam ser ouvidos. Colin havia recebido instruções sobre a regra dos sussurros há vários dias. Ele gostou do mistério e fez o melhor que pôde, mas em meio a uma alegria sem precedentes é bastante difícil rir sussurrando.

Cada momento da tarde foi repleto de coisas novas e a cada hora o sol ficava mais dourado. A cadeira de rodas foi empurrada para baixo de uma sombra, e Dickon se sentou na grama. Ele acabara de sacar sua flauta quando Colin viu algo que não tivera tempo de notar antes.

— Aquela árvore ali é bem velha, não é? — apontou. Dickon e Mary olharam para o outro lado do gramado e seguiu-se um breve momento de silêncio.

— É — respondeu Dickon, com uma voz baixa e muito suave.

Mary olhou pensativa para a árvore.

— Os galhos estão bastante cinzentos e não há uma única folha nela — Colin continuou. — Está meio morta, não é?

— É — admitiu Dickon. — Mas aquelas trepadeiras que se enrolaram nela vão esconder cada pedacinho da madeira morta quando as folhas e as flores a cobrirem. Não vai parecer morta mais. Será a mais bonita de todas.

Mary ainda olhava para a árvore pensativa.

— Parece que um grande galho dela foi quebrado — disse Colin. — Quem será que fez isso?

— Quebrou muitos anos atrás — respondeu Dickon. — *Eita!* — deu um repentino sobressalto e tocou Colin. — Olha aquele pisco! Olha ele lá! Ele *tá* procurando a sua namorada.

Colin quase não teve tempo de vê-lo, mas viu o vulto de um passarinho de peito vermelho com algo em seu bico. Voou como um dardo por entre os galhos e sumiu perto do canto mais próximo. Colin recostou-se na almofada novamente, rindo:

— Ele está levando o chá da tarde para ela. Talvez sejam cinco horas. Acho que eu também gostaria de um chá.

E assim estavam todos seguros.

— Foi uma mágica que enviou o passarinho. — Mary cochichou depois para Dickon. — Eu sei que foi.

Tanto ela como Dickon temiam que Colin perguntasse algo sobre o galho da árvore, quebrado dez anos antes, e já haviam conversado sobre isso. Dickon se levantou e esfregou a cabeça um tanto perturbado.

— A gente tem que olhar *pra* ela *que nem* se fosse igual às outras árvores— disse ele. — A gente nunca vai poder contar como o galho quebrou, coitado. Se ele disser alguma coisa sobre ela, a gente... a gente tenta parecer alegre, *sô!*

— *Tá* combinado — concordou Mary.

No entanto, ela não se sentiu alegre quando olhou para a árvore. Durante alguns momentos, pensou seriamente se havia alguma realidade naquilo que Dickon havia dito. Ele continuou esfregando seu cabelo vermelho-ferrugem de uma forma intrigada, mas uma bela expressão de conforto começou a tomar seus olhos azuis.

— *Bão...* a Sra. Craven era uma moça muito querida — ele continuou, um tanto hesitante. — E a mãe acha que ela continua em Misselthwaite cuidando do patrão Colin, como todas as mães fazem quando vão embora deste mundo. Ela mora aqui no jardim e foi ela que botou nós dois *pra* cuidar das plantas e faz a gente trazer o menino aqui, oras!

Mary achou que ele diria algo sobre magia. Ela acreditava muito nisso. Secretamente, acreditava que Dickon era um feiticeiro, obviamente da boa magia, pois tudo girava em torno dele e por isso era tão amado pelas pessoas e animais selvagens. Imaginou se, de fato, não teria sido esse seu dom que trouxera o passarinho no momento exato em que Colin fez aquela pergunta perigosa. Ela sentiu o feitiço dele funcionando a tarde toda, como se tentasse transformar Colin em um garoto totalmente diferente. Ele não parecia em nada com a criatura descontrolada que gritava, batia e mordia seu travesseiro. Até sua palidez de marfim parecia diferente. O leve toque de cor que apareceu em seu rosto, testa e mãos, assim que ele entrou no jardim, parecia que nunca mais o abandonaria. Ele agora aparentava ser feito de carne em vez de marfim ou cera.

Observaram o pisco levar comida para sua namorada duas ou três vezes, e a sugestão do chá da tarde era tão boa que Colin achou que deveriam comer.

— Mary, vai lá pedir para um dos criados deixar uma cesta lá perto das azaleias — pediu ele. — E então você e Dickon podem trazê-la aqui.

Foi uma sugestão boa e fácil de seguir. Quando a toalha branca foi estendida na grama, com chá quente, torradas com manteiga e bolinhos, devoraram todo o lanche. Vários pássaros, em suas tarefas cotidianas, pararam para observar o que acontecia e investigavam as migalhas com grande atenção. Noz e Avelã subiram nas árvores com seus pedaços de bolo, e Fuligem pegou a metade de um bolinho com manteiga com a ponta do bico, examinou-o e fez comentários roucos até que decidiu engolir de uma só vez.

A tarde já chegava devagarinho ao seu fim. O sol aprofundava o dourado de seus raios afiados, as abelhas voltavam para as colmeias e os pássaros já não voavam com tanta frequência. Dickon e Mary estavam sentados na grama, a cesta de chá fora arrumada para ser levada de volta, e Colin estava deitado nas almofadas com seus pesados cachos penteados para trás. Seu rosto tinha uma cor bastante saudável.

— Não quero que esta tarde acabe — disse ele. — Mas voltarei amanhã e depois de amanhã e depois e depois de amanhã.

— Você vai tomar bastante ar fresco, não é? — incentivou Mary.

— Não farei nada além disso — respondeu ele. — Agora que já vi a primavera chegar, quero ver o verão.

Quero ver tudo crescer aqui. Eu mesmo vou crescer aqui.

— Ô se vai — disse Dickon. — Nós vamos deixar você andar por aqui tudo e *cavocar* igual às outras pessoas, logo, logo.

Colin corou tremendamente.

— Andar! — ele exclamou. — *Cavocar*! Será?

O olhar de Dickon para ele foi delicado e cauteloso. Nem ele, nem Mary jamais haviam perguntado se havia alguma coisa errada com suas pernas.

— Claro que vai — continuou com firmeza. — Você tem suas próprias pernas, *que nem* todo mundo, *num* tem?

Mary ficou bastante apreensiva até ouvir a resposta de Colin.

— Tenho minhas pernas, mas elas são muito fracas e fininhas. Elas tremem tanto que tenho medo de ficar em pé.

Mary e Dickon respiraram aliviados. Dickon encorajou:

— *Bão... Anssim* que você parar de ter medo, vai conseguir ficar em pé. E já, já vai parar de ter medo, *sô!*

— Vou? — indagou Colin, e ficou imóvel como se pensasse sobre o assunto.

Ficaram quietos por algum tempo. O sol já ia se pondo. Era aquela hora em que tudo se acalma, e a tarde tinha sido bem agitada e emocionante. Colin descansava confortavelmente. Até os bichinhos pararam de se agitar e se recolheram, alguns ainda brincavam perto das crianças. Fuligem se empoleirou em um galho baixo, levantou uma das pernas e deixou as pálpebras cinzas caírem sobre seus olhos, sonolento. Mary, em silêncio, achou que ele parecia prestes a roncar.

Em meio a essa tranquilidade, levaram um susto quando Colin ergueu a cabeça e sussurrou assustado:

— Quem é aquele homem?

Dickon e Mary se levantaram aos tropeços.

— Um homem! — ambos exclamaram em voz baixa e apressada.

Colin apontou para o muro alto:

— Vejam! — ele sussurrou, agitado. — Olhem lá!

Mary e Dickon se viraram e o viram. Lá estava o rosto indignado de Ben Weatherstaff olhando para eles por cima do muro, do topo de uma escada! Na verdade, ele balançava seu punho para Mary e gritou:

— Se eu não fosse solteiro e você fosse minha filha, lhe daria uma sova!

Ele fez mais um movimento ameaçador, como se tivesse o impulso de pular e brigar com ela, mas, quando ela se aproximou, ele evidentemente pensou melhor e parou no último degrau de sua escada, ainda sacudindo o punho.

— Nunca gostei muito de você! — esbravejou. — Eu não fui com a sua cara no começo, quando a gente se conheceu. Uma menina magricela com cara de manteiga branca e cabelo piaçava que só fazia pergunta e metia o nariz onde não era chamada. Como é que você entrou aqui sem eu saber, é um mistério. O pisco, aquele safado...

— Ben Weatherstaff — gritou Mary, recuperando o fôlego. Foi para debaixo dele e o chamou com uma espécie de suspiro. — Ben Weatherstaff, foi o próprio pisco quem me mostrou o caminho!

Então, pareceu que Ben realmente pularia de cima do muro, tamanha a sua indignação.

— Você é uma *minina* ruim! — gritou. — Coloca a culpa num passarinho que *num* tem nem a chance de se defender. Ele mostrou o caminho? Foi ele? Eita! Aquele exibido...

Ela pôde prever suas próximas palavras, prontas para explodir, pois sabia que estava tomado pela curiosidade.

— E como é que você conseguiu entrar?

— O pisco me mostrou o caminho — ela repetiu obstinadamente. — Ele não sabia o que estava fazendo, mas fez. E eu não vou conversar com você assim, com esse punho fechado para mim.

Ele parou de sacudir o punho naquele exato momento e seu queixo caiu, ao olhar por sobre a cabeça dela algo que vinha pelo gramado em sua direção.

Ao primeiro som de sua torrente de palavras, Colin ficou tão surpreso que apenas se sentou e ouviu, fascinado. Mas no meio da discussão ele se recompôs e acenou imperiosamente para Dickon.

— Me leve até lá! — ele comandou. — Bem próximo do muro e pare na frente dele!

E foi isso o que Ben Weatherstaff viu e que o fez ficar de queixo caído. Uma cadeira de rodas com almofadas e mantos luxuosos vinha em sua direção como uma espécie de diligência oficial, com um jovem rajá sentado nela, majestoso com seus grandes olhos de contornos pretos e uma mão branca e fina estendida com altivez. Pararam bem debaixo do nariz de Ben Weatherstaff. Realmente, não era de se admirar que seu queixo caísse.

— Você sabe quem eu sou? — demandou o rajá.

Ben Weatherstaff estava pasmo! Seus velhos olhos vermelhos fixaram-se no que estava diante dele como se fosse um fantasma. Ele olhou e olhou e engoliu um nó de sua garganta sem dizer uma palavra.

— Você sabe quem eu sou? — repetiu Colin, ainda mais imperiosamente. — Responda!

Ben Weatherstaff ergueu sua mão nodosa e passou-a sobre os olhos e testa, e então respondeu com uma voz estranhamente trêmula:

— Quem é você? Eu sei, sim, porque me olha com os olhos da sua mãe. Só Deus sabe como é que você veio parar aqui. Você é o menino deficiente.

Colin se esqueceu de suas costas frágeis. Seu rosto ficou vermelho e ele se sentou ereto.

— Eu não sou deficiente! — gritou furiosamente. — Não sou!

— Ele não é! — exclamou Mary, quase gritando contra o muro, indignada. — O maior calombo dele é menor que um alfinete! Eu olhei e não tem calombo nenhum!

Ben Weatherstaff passou a mão pela testa novamente e olhou como se nunca pudesse olhar o suficiente. Sua mão, sua boca e sua voz tremiam. Ele era um velho ignorante e sem tato e mal podia entender o que ouvira.

— Você *num* tem a coluna torta? — perguntou ele com voz rouca.

— Não! — gritou Colin.

— Você *num* tem as pernas tortas? — Ben tremia e ficava ainda mais rouco. Aquilo era demais para ele. A força que Colin normalmente colocava em seus acessos de raiva agora corria por ele de uma maneira diferente. Ele nunca havia sido acusado de ter pernas tortas, nem mesmo nos cochichos. Mas a constatação de que era uma crença compartilhada por todos, revelada pela voz de Ben Weatherstaff, era mais do que a carne e o sangue do rajá poderiam suportar. Com raiva e seu orgulho ferido, esqueceu-se de tudo e sentiu-se poderoso como nunca, com uma força quase sobrenatural.

— Venha aqui! — gritou para Dickon, e começou a jogar as cobertas de suas pernas para o lado e a se desembaraçar. — Venha aqui! Venha aqui! Venha agora!

Dickon chegou ao seu lado em um segundo. Mary prendeu a respiração em um curto suspiro e sentiu que empalidecia.

— Ele consegue! Ele consegue! Ele consegue! Ele vai! — ela murmurou baixinho e apressadamente.

Houve um breve e feroz esforço, os cobertores foram jogados no chão, Dickon segurou o braço de Colin e as pernas finas já estavam para fora. Seus pés magros pisaram na grama. Colin ficou de pé, ereto e reto como uma flecha, e parecia estranhamente alto. Jogou sua cabeça para trás e seus olhos estranhos faiscavam raios.

— Olhe para mim! — disparou para Ben Weatherstaff.

— Olhe para mim, homem! Olhe!

— Ele tá reto igual eu! — exclamou Dickon. — Ele é reto igual a todo mundo em Yorkshire!

Então, Mary achou exageradamente estranho o que Ben Weatherstaff fez. O velho engasgou e engoliu em seco e, de repente, lágrimas correram por suas bochechas enrugadas, enquanto batia palmas com suas velhas mãos.

— Eita! — ele explodiu. — As mentiras que as pessoas contam! Você é fino que nem um sarrafo e branco que nem um fantasma, mas *num* tem calombo nenhum *nocê*. Vai *virá* um *homão*. Deus o abençoe!

Dickon segurava o braço de Colin com força, mas o menino não vacilou. Ele olhava firme para Ben Weatherstaff e ficava cada vez mais ereto.

— Quando meu pai está fora, sou seu patrão — declarou ele. — E você deve me obedecer. Este é o meu jardim. Não se atreva a dizer uma palavra sobre isto! Desça dessa escada e venha pela longa calçada. Mary vai ao seu encontro para o trazer aqui. Quero falar com você. Nós não o queríamos aqui, mas agora você terá de manter nosso segredo. Ande logo!

O rosto velho e enrugado de Ben Weatherstaff ainda estava úmido com a surpreendente torrente de lágrimas. Parecia não conseguir tirar os olhos do menino franzino, agora em pé e com o queixo erguido.

— Eita! Rapaz — ele quase sussurrou. — Eita! Meu rapaz! — E, então, voltando a si, tocou em seu chapéu de jardineiro e disse:

— Sim, senhor! Sim, senhor! — E obediente desapareceu ao descer da escada.

CAPÍTULO 22
Quando o sol se pôs

Quando a cabeça de Ben Weatherstaff sumiu de vista, Colin voltou-se para Mary.

— Vá encontrá-lo — ordenou.

Mary voou pela grama até a porta sob a hera. Dickon o observava com um olhar profundo. Havia manchas vermelhas nas bochechas de Colin e sua postura era inacreditável. Não havia sinais de que cairia.

— Eu consigo ficar de pé — disse ele, com sua cabeça ainda erguida de forma desafiadora.

— Eu disse que você ia conseguir se parasse de ter medo — observou Dickon. — E você parou.

— Parei mesmo — tornou Colin.

Então, de repente, ele se lembrou de algo que Mary havia dito.

— Você está fazendo feitiçaria? — perguntou bruscamente.

A boca curvada de Dickon se abriu em um sorriso alegre.

— Quem *tá* fazendo feitiçaria aqui é você — retrucou ele. — É o mesmo feitiço que fez isso tudo brotar da terra. — E tocou com sua botina rústica um tufo de íris na grama. Colin olhou para a moita.

— Sim — disse lentamente —, não há magia maior do que isto... não existe.

E se endireitou ainda mais.

— Vou caminhar até aquela árvore — declarou, apontando para uma a poucos metros. — Vou estar em pé quando Weatherstaff entrar. Posso me encostar na árvore, se precisar. Quando quiser, posso me sentar, mas não agora. Traga uma manta da cadeira.

Ele caminhou até a árvore e, embora Dickon segurasse seu braço, manteve-se incrivelmente firme. Quando parou contra o tronco da árvore, não ficou claro se estava apoiado nele, mas continuou ereto e parecia alto.

Quando Ben Weatherstaff entrou pela porta no muro, viu Colin parado ali e Mary resmungou algo baixinho.

— Que você disse? — perguntou o velho, um tanto irritado, pois não queria desviar sua atenção do menino magro e de rosto orgulhoso.

Mas ela não havia dito nada a ele. O que ela resmungou foi o seguinte:

— Você pode! Você pode! Eu disse que você podia! Você pode! Você pode! — Dissera isso a Colin porque queria que sua magia o mantivesse em pé. Não queria que ele cedesse antes que Ben Weatherstaff o visse. Ele não cedeu. Ela se animou com a constatação repentina de que estava muito bonito, apesar de sua magreza. Colin fixou os olhos em Ben Weatherstaff com seu jeito engraçado e mandão.

— Olhe para mim! — comandou. — Olhe só para mim! Sou corcunda? Minhas pernas são tortas?

Ben Weatherstaff ainda não havia superado o choque, mas conseguiu responder quase sem sobressaltos:

— *Num* são, não. Nem um pouco. O que você tem aprontado, se escondendo dessa maneira? As pessoas pensavam que você era deficiente e abobado.

— Abobado? Quem achava isso? — gritou Colin com raiva.

— Os tontos— respondeu Ben. — Este mundo *tá* cheio de burro relinchando e só zurram mentira. Por que você se trancou lá?

— Todos achavam que eu iria morrer — disse Colin brevemente. — Mas eu não vou!

Disse isso tão resoluto que Ben Weatherstaff o olhou de cima a baixo e de baixo para cima.

— Você, morrer? — o velho se exaltou. — De jeito maneira! *Tá* é cheio de vida. Quando eu vi você botar as pernas no chão com baita força, já notei que você tava *bão*. Pode se sentar na manta *pra* me dar as ordens, meu patrãozinho.

Havia uma mistura estranha de ternura e compreensão em suas palavras. Mary havia lhe contado algumas coisas ao descerem pela longa calçada. A principal que explicou a ele era que Colin estava melhorando a cada dia, e que o jardim era responsável por isso. Nada deveria lembrá-lo de corcundas ou morte.

O rajá condescendeu em sentar-se na manta sob a árvore.

— Que trabalho você faz nos jardins, Weatherstaff? — ele perguntou.

— Qualquer coisa que me mandam fazer — respondeu o velho Ben. — Continuo aqui de favor... porque ela gostava de mim.

— Ela quem? — inquiriu Colin.

— A sua mãe — respondeu Ben Weatherstaff.

— Minha mãe? — repetiu Colin, e olhou em volta em silêncio. — Este era o jardim dela, não era?

— Era sim! — Ben Weatherstaff também olhou em volta. — Ela gostava muito daqui.

— É meu jardim agora. E eu gosto muito dele. Virei aqui todos os dias — anunciou Colin. — Mas devemos manter o segredo. Minhas ordens são para que ninguém saiba que viemos aqui. Dickon e minha prima cuidaram dele. Vou mandar chamá-lo às vezes para ajudar, mas quando vier, ninguém poderá saber.

O rosto de Ben Weatherstaff se contorceu em um sorriso enrugado.

— Já vim aqui antes, e ninguém me viu — confessou ele.

— O quê? — espantou-se Colin. — Quando?

— A última vez que vim aqui — disse, coçando o queixo e olhando em volta — já faz uns dois anos.

— Mas ninguém esteve aqui nos últimos dez anos! — exclamou Colin. — Não havia porta!

— Pois eu não sou ninguém — disse o velho Ben secamente. — E eu não entrei pela porta. Pulei o muro. O reumatismo não me deixou mais fazer isso de dois anos pra cá.

— Então, foi você que podou as plantas! — Dickon interveio. — Eu não conseguia mesmo entender como aquilo tinha acontecido.

— Ela gostava tanto disso, como gostava! — continuou Ben Weatherstaff lentamente. — E ela era uma moça muito bonita. Uma vez me disse, sorrindo: "Ben, se eu ficar doente ou for embora, cuida das minha roseiras." Quando ela foi embora, as ordens eram que ninguém podia chegar perto daqui. Mas eu vinha — contou com uma obstinação mal-humorada. — Eu pulava o muro, até que o reumatismo não deixou mais... e eu trabalhava um pouco, uma vez por ano. Ela deu a sua ordem primeiro.

— O jardim ia tá ainda pior se você *num* tivesse vindo — observou Dickon. — Eu bem que notei.

— Estou feliz que tenha feito isso, Weatherstaff — disse Colin. — Você saberá guardar segredo.

— Sim, pode deixar, senhor — respondeu Ben. — E vai ser mais fácil um homem com reumatismo entrar pela porta.

Mary deixou cair a pazinha de jardinagem na grama perto da árvore. Colin estendeu a mão e a pegou. Uma expressão estranha surgiu em seu rosto e ele começou a cavoucar a terra. Sua mão magra estava fraca e Mary observou com interesse, quase sem fôlego, quando ele enfiou a ponta da ferramenta no solo e girou para o lado.

— Você consegue! Você consegue! — disse Mary para si mesma. — Tenho certeza que sim!

Os olhos redondos de Dickon brilhavam com uma ávida curiosidade, mas ele não disse nada. Ben Weatherstaff observava com atenção.

Colin perseverou. Depois de revirar algumas colheradas de terra, comentou exultante com Dickon, em seu melhor sotaque de Yorkshire.

— *Bão...* você garantiu que *ia fazê eu andá* por aqui igual às outras pessoas, e disse que eu ia cavar. Eu achava que você só *tava* mentindo para *mim agradá*. Hoje é só o primeiro dia e eu já andei. Agora, olha só eu cavoucando.

O queixo de Ben Weatherstaff caiu novamente ao ouvir aquilo, mas logo disparou uma gargalhada.

— Eita! — divertiu-se. — Você parece que *tá* em sã consciência agora. É *memo* um rapaz de Yorkshire, juro! E tá cavoucando, também. Que tal plantar um pouco de alguma coisa? Vou *dá procê* uma roseira num vaso.

— Vá lá pegar! — pediu Colin, cavoucando com entusiasmo. — Rápido, rápido!

E, rapidamente, Ben Weatherstaff seguiu seu caminho, esquecendo-se do reumatismo. Dickon pegou sua pá e cavou um buraco mais fundo e mais largo do que o novo jardineiro de mãos finas e brancas seria capaz. Mary foi correndo buscar um regador. Enquanto Dickon aprofundava o buraco, Colin se manteve revirando a terra fofa. Olhou para o céu, corado e suado pelo novo esforço, por mais leve que fosse.

— Quero terminar antes que o sol se ponha — afirmou ele.

Mary pensou que talvez o sol se detivesse alguns minutos por bondade. Ben Weatherstaff trouxe uma roseira da estufa. Veio mancando sobre a grama apressado e animado. Então se ajoelhou perto do buraco e quebrou o vaso.

— Aqui, rapaz — disse ele, entregando a muda para Colin. — Coloca na terra igual ao rei quando conquista uma terra nova.

As mãozinhas finas tremeram um pouco, e o rubor de Colin ficou mais forte. O menino baixou a roseira e a segurou, enquanto o velho Ben socava a terra na cova para que a muda de roseira ficasse firme. Mary estava inclinada para a frente, com as mãos sobre os joelhos.

Fuligem desceu voando e marchou até perto deles. Noz e Avelã conversavam sobre a cena do alto de uma cerejeira.

— Está plantada! — declarou Colin, finalmente. — E o sol ainda brilha. Ajude-me a levantar, Dickon. Quero estar de pé quando ele se for. Isto é parte da magia.

Dickon o ajudou, e o feitiço — ou seja lá o que for — lhe deu forças para que, mesmo após o sol desaparecer no horizonte e encerrar aquela tarde inusitada e adorável, ele continuasse em pé e sorrindo.

CAPÍTULO 23

Magia

O Dr. Craven já esperava há algum tempo, quando eles chegaram na casa. Ele já ponderava se não seria sensato enviar alguém para procurá-los nos caminhos dos jardins. Quando Colin foi colocado de volta em seu quarto, o pobre homem olhou para ele seriamente.

— Você não deveria ter ficado tanto tempo — criticou ele. — Não pode se esforçar muito.

— Não estou nem um pouco cansado — retrucou Colin. — Me fez muito bem. Amanhã vou sair de manhã, e também à tarde.

— Não sei se posso permitir isso — advertiu o Dr.Craven. — Acho que não seria muito sábio.

— Não seria sábio tentar me impedir — revidou Colin, muito sério. — Eu vou.

Até Mary descobrira que uma das principais peculiaridades de Colin era que ele não tinha ideia de que tratava as pessoas com muita grosseria. Ele vivera toda a sua vida como o rei de uma espécie de ilha deserta, e desenvolvera modos próprios sem ninguém com quem pudesse se comparar. De fato, Mary era bastante parecida com ele, e desde que chegara a Misselthwaite, descobrira aos poucos que seus próprios modos não eram comuns ou amigáveis. Ao fazer essa descoberta, ela naturalmente pensou que fosse importante o suficiente para avisar Colin. Então, após o Dr. Craven se retirar, ela se sentou e olhou para ele com curiosidade por alguns minutos. Queria que ele lhe perguntasse por que estava daquela maneira, e é claro que conseguiu.

— Por que está olhando para mim? — perguntou ele.

— Estou pensando que sinto pena do Dr. Craven.

— Eu também — concordou Colin, calmamente, mas não sem um certo ar de satisfação. — Ele não vai mais herdar Misselthwaite, já que eu não vou mais morrer.

— Sinto pena por ele por causa disso, é claro — observou Mary —, mas eu estava pensando que deve ser terrível ter de ser gentil por dez anos com um menino sempre tão ríspido. Eu nunca aguentaria isso.

— Eu sou ríspido? — Colin perguntou, imperturbável.

— Se você fosse o filho dele e ele fosse o tipo de homem que bate em crianças — continuou Mary —, teria lhe dado um tabefe.

— Mas ele não ousaria — revidou Colin.

— Não, ele não ousaria — respondeu Mary, refletindo sem se policiar. — Ninguém jamais se atreveu a fazer nada que você não gostasse, porque você ia morrer e coisas assim. Você era um coitadinho.

— Mas — anunciou Colin teimosamente — não serei mais um coitadinho. Não vou deixar que pensem isso de mim. Fiquei de pé sozinho hoje.

— É por fazer as coisas sempre do seu jeito que você é tão esquisito — concluiu Mary em voz alta.

Colin virou a cabeça, carrancudo.

— Eu sou esquisito? — disparou.

— É — respondeu Mary —, e muito. Mas você não precisa ficar zangado — continuou, com imparcialidade —, porque eu também sou... e Ben Weatherstaff também. Mas não sou mais tão esquisita como era antes de começar a gostar de pessoas e de encontrar o jardim.

— Não quero ser esquisito — disse Colin. — Não serei. — E novamente franziu a testa com determinação.

Como era um menino muito orgulhoso, ficou pensando por um tempo, e então Mary viu seu lindo sorriso começar a mudar gradualmente todo o seu rosto.

— Vou parar de ser esquisito — anunciou ele —, se for todos os dias ao jardim. Há uma magia ali... um feitiço bom, sabe, Mary? Tenho certeza de que sim.

— Eu também — concordou Mary.

— Mesmo que não seja magia de verdade — disse Colin —, podemos fingir que é. Tem alguma coisa lá!

— É magia — insistiu Mary —, mas uma magia boa.

Eles sempre chamaram a isso de magia e de fato parecia ser verdade nos meses que se seguiram, meses maravilhosos, radiantes e incríveis. As coisas que aconteceram naquele jardim! Quem nunca teve um jardim não pode entender, e mesmo quem já teve um precisaria de um livro inteiro para descrever tudo o que aconteceu ali. A princípio, parecia que as coisas verdes nunca cessariam de abrir caminho na terra, na grama, nos canteiros e até mesmo nas fendas dos muros. Então elas começaram a mostrar seus botões, e os botões começaram a desabrochar e a mostrar suas cores, todos os tons de azul e de roxo e todas as variações de vermelho. Naqueles dias felizes, as flores eram vistas em cada centímetro, em todos os cantos e vãos. Ben Weatherstaff notou aquilo e ele próprio removeu a argamassa de entre os tijolos dos muros e colocou punhados de terra nos buracos para que as raízes pendentes pudessem se fincar e crescer. Íris e lírios brancos se erguiam da grama em feixes, e as alcovas verdes se encheram de espantosos exércitos de lanças de flores azuis e brancas, de enormes delfinos, columbinas e campânulas.

— Bão... Ela gostava *um tantão* destas plantas, ô se gostava. — contou Ben Weatherstaff. — Ela costumava dizer que gostava dessas coisas porque ficavam apontando pro céu azul. *Num* é que ela *num* gostasse das coisas da terra... não, senhor. Ela amava tudo, mas dizia que os encantos do céu azul pareciam *mais mió*.

As sementes que Dickon e Mary plantaram cresceram como se fossem cuidadas por fadas. Braçadas de papoulas de todas as cores dançavam na brisa leve, desafiando alegremente as flores que viveram no jardim por anos e pareciam um tanto surpresas com a chegada de novas colegas. E as roseiras, as rosas! Erguendo-se da grama, emaranhadas em torno do relógio de sol, enroladas nos troncos das árvores e penduradas em seus galhos, subindo pelos muros, espalhavam-se como longas guirlandas em cascatas. Ganhavam ainda mais vida dia após dia, hora após hora. Lindas folhas frescas e botões e mais botões, minúsculos no começo, iam inchando e realizavam sua mágica até explodirem e se desenrolarem em copos, derramando um perfume delicado de suas bordas que tomavam o ar do jardim.

Colin olhava para tudo, observava cada nova mudança. Todas as manhãs, se não estivesse chovendo, ele era levado para fora e passava todas as horas do dia no jardim. Mesmo os dias nublados o agradavam. Ele ficava deitado na grama "vendo as coisas crescerem", como dizia. Se alguém observasse por tempo suficiente, declarava ele, era possível ver os botões se abrindo. Além disso, era possível descobrir coisas estranhas, insetos ocupados em suas várias incumbências misteriosas, mas evidentemente sérias, às vezes carregando pequenos fiapos de palha, penas ou migalhas, ou escalando folhas de grama como se fossem árvores de cujos topos pudessem observar e mapear o território. Uma toupeira que escavava o montículo final de sua toca, finalmente abrindo caminho para fora com suas patas de unhas compridas que mais pareciam mãos de elfos, o absorvera por uma manhã inteira. As trilhas das formigas, dos besouros, das abelhas, dos sapos, dos pássaros, das plantas, deram-lhe um novo mundo para explorar e então Dickon revelava outros mais, acrescentando as trilhas das raposas, das lontras, dos furões, dos esquilos, e os percursos das trutas, dos ratões-do-banhado e dos texugos. Não havia fim para assuntos e pensamentos.

E isto não era sequer a metade do feitiço. O fato de realmente ter se colocado em pé fez Colin pensar profundamente, e quando Mary lhe contou sobre o feitiço que ela havia entoado, ele ficou animado e o aprovou fervorosamente. Ele falava disso com frequência.

— É claro que deve haver muita magia no mundo — disse, sabiamente, certo dia —, mas as pessoas não sabem como ela é ou como fazê-la. Talvez o começo seja apenas dizer que coisas boas vão acontecer até que você as faça acontecer. Vou experimentar fazer isso.

Na manhã seguinte, quando foram para o jardim secreto, ele mandou chamar Ben Weatherstaff imediatamente. Ben veio o mais rápido que pôde e encontrou o rajá em pé sob uma árvore, muito imponente, mas também com um lindo sorriso.

— Bom dia, Ben Weatherstaff — cumprimentou. — Quero que você, Dickon e a Mary cheguem perto e me escutem, porque vou lhes contar algo muito importante.

— Sim, sim, senhor! — respondeu Ben Weatherstaff, tocando sua testa. (Uma curiosidade oculta de Ben Weatherstaff era que, quando garoto, uma vez fugira para fazer viagens ao mar. Portanto, às vezes ele respondia como um marujo.)

— Vou tentar um experimento científico — anunciou o rajá. — Quando eu crescer, farei grandes descobertas e vou começar agora com essa experiência.

— Sim, sim, senhor! — disse Ben Weatherstaff, de prontidão, embora aquela fosse a primeira vez em que ouvia falar de grandes experimentos científicos.

Também foi a primeira vez que Mary ouviu esse termo. Percebeu que, apesar de ser tão esquisito, Colin havia lido muito sobre coisas diferentes e, de alguma forma, era um garoto muito convincente. Quando ele erguia a cabeça e fixava aqueles olhos estranhos nas pessoas, era impossível não acreditar nele, quase a despeito de si mesmo — embora ele tivesse apenas dez anos, quase onze. Naquele momento ele foi especialmente convincente, pois sentia o fascínio de discursar como uma pessoa adulta.

— As grandes descobertas científicas que farei — continuou ele — serão sobre a magia. A magia é algo muito interessante, mas poucos sabem algo concreto sobre ela, exceto alguns autores de livros antigos... e Mary, um pouco, porque ela nasceu na Índia, onde moram os faquires. Acho que Dickon sabe um pouco sobre feitiços, mas talvez não saiba que sabe. Ele encanta animais e pessoas. Eu nunca o teria deixado vir me ver se não fosse um encantador de animais... embora também seja um menino encantador, porque um menino é um animal. Tenho certeza de que existe magia em tudo, só que não temos conhecimento suficiente para controlá-la e fazer com que ela faça coisas por nós, como a eletricidade e os cavalos a vapor.

Aquilo soou tão imponente que Ben Weatherstaff ficou muito animado e realmente não conseguia ficar parado.

— Sim, sim, senhor — ele dizia e se aprumava.

— Quando Mary encontrou este jardim, ele parecia sem vida — prosseguiu o orador. — Então algo começou a empurrar plantas para fora do solo e criar coisas do nada. Um dia as coisas não estavam lá e em seguida estavam. Eu nunca tinha visto nada assim antes e fiquei muito curioso. Pessoas científicas são sempre muito curiosas e eu serei científico. Fico dizendo a mim mesmo: "Será mesmo? Será mesmo?". Tem de significar alguma coisa. Não pode ser nada! Não sei qual é o nome, por isso chamarei de magia. Nunca vi o sol nascer, mas Mary e Dickon viram e, pelo que me disseram, tenho a certeza de que também é mágico. Algo o empurra e ele aparece. Às vezes, desde que vim para o jardim, olho para o céu por entre as árvores e tenho a estranha sensação de estar feliz, como se algo empurrasse e puxasse meu peito, fazendo minha respiração acelerar. A magia está sempre empurrando, puxando e fazendo coisas do nada. Tudo é feito de magia, folhas e árvores, flores e pássaros, texugos e raposas, esquilos e pessoas. Portanto, ela deve estar ao nosso redor, neste jardim e em todos os lugares. A magia deste jardim me fez levantar e saber que vou viver e me tornar um homem. Vou fazer a experiência científica de tentar obter um pouco de magia e colocá-la dentro de mim mesmo e fazê-la me empurrar, me puxar e me fortalecer. Não sei como fazer, mas acho que quando nos concentramos e a invocamos, ela aparece. Talvez seja o melhor atalho até ela. Quando tentei ficar em pé pela primeira vez, Mary repetia para si mesma o mais rápido que podia: "Você consegue! Você pode!", e eu consegui. Tive de me esforçar, é claro, mas a magia dela me ajudou, e a de Dickon também. Todas as manhãs e noites e sempre que me lembrar ao longo do dia, direi: "A magia vive em mim! A magia me faz bem! Serei forte como Dickon, forte como Dickon!". E todos vocês devem fazer isso também. Esta será a minha experiência. Você me ajuda, Ben Weatherstaff?

— Sim, sim, senhor! — aceitou Ben Weatherstaff. — Sim, sim!

Mary interveio:

— Se fizer isso diariamente, como se fosse um soldado em treinamento, logo saberemos se o experimento teve sucesso. Nós aprendemos as coisas quando as repetimos e pensamos sobre elas até que fiquem gravadas em nossa mente para sempre. Acho que com a magia deve ser igual. Se ficarmos chamando e pedindo por sua ajuda, ela será parte de nós e fará as coisas acontecerem. Certa vez, ouvi um oficial na Índia dizer à minha mãe que havia faquires que repetiam a mesma coisa milhares de vezes — lembrou ela.

— Já ouvi a mulher de Jem Fettleworth repetir mil *vez* que seu marido era um bêbado e um bruto — disse Ben Weatherstaff secamente. — E aconteceu mesmo uma coisa. Ele deu uma boa surra nela e foi para a taberna beber como um gambá.

Colin franziu as sobrancelhas e pensou por alguns minutos. Então se animou e falou:

— Aconteceu algo mesmo. Ela usou o feitiço errado e acabou se dando mal. Se ela tivesse usado o feitiço certo e dito algo bom, talvez ele não ficasse tão bêbado como um gambá e talvez... talvez ele comprasse um chapéu novo para ela.

Ben Weatherstaff deu uma risadinha, e havia uma admiração perspicaz em seus velhos olhos.

— Você é um rapaz inteligente e ligeiro igual às suas pernas, patrão Colin — disse ele. — Da próxima vez que eu encontrar a Bess Fettleworth, vou dar essa dica de como usar a magia. Ela vai ficar feliz se o experimento científico funcionar, e o Jem também.

Dickon ouviu o discurso todo, seus olhos brilhavam de curiosidade. Noz e Avelã estavam em seus ombros e ele acariciava suavemente um coelho branco de orelhas compridas em seu colo. O animal encostava as orelhas nas costas, muito satisfeito.

— Você acha que a experiência vai funcionar? — Colin perguntou a ele, curioso para saber o que o amigo pensava. Muitas vezes ele se perguntava o que se passava pela cabeça de Dickon, quando o via olhando para ele ou para um de seus bichinhos com seu sorriso largo e feliz.

Dickon sorriu um sorriso mais aberto que o normal.

— Acho — respondeu. — Acho mesmo. Vai funcionar igual às sementes quando o sol bate nelas. Vai funcionar, sim. Vamos começar agora?

Colin ficou encantado e Mary também. Incentivado pela lembrança dos faquires e devotos religiosos das ilustrações, Colin sugeriu que todos se sentassem de pernas cruzadas sob a árvore que os protegia.

— Será como se sentar em uma espécie de templo — disse Colin. — Estou bastante cansado e quero me sentar.

— Eita! — repreendeu Dickon — *Num* pode começar dizendo que tá cansado. Assim pode estragar a magia.

Colin se virou e encarou seus inocentes olhos redondos.

— Tem razão — disse ele lentamente. — Eu só devo pensar na magia.

Tudo pareceu ainda mais sublime e misterioso quando eles se sentaram em círculo. Ben Weatherstaff sentiu-se como se de alguma forma tivesse sido levado a comparecer a um encontro da igreja. Normalmente, ele era bastante contrário ao que chamava de "reuniões de oração", mas neste caso, com o rajá, ele não se incomodou e parecia realmente satisfeito em participar. Mary sentia-se em um êxtase solene. Dickon segurou seu coelho no braço, e talvez tenha feito algum sinal de encantador de animais que ninguém ouviu, pois quando se sentou, de pernas cruzadas como o resto, o corvo, a raposa, os esquilos e o cordeiro lentamente se aproximaram para participar do círculo, cada em seu lugar sem a necessidade de comandos.

— Os bichos vieram — disse Colin muito sério. — Eles querem ajudar a gente.

Mary achou Colin muito bonito. Ele mantinha a cabeça erguida como uma espécie de sacerdote e seus olhos estranhos tinham uma aparência maravilhosa. A luz brilhou sobre ele através da copa das árvores.

— Agora vamos começar — anunciou. — Que tal balançarmos para a frente e para trás, Mary, como se fôssemos dervixes, aqueles sacerdotes?

— Não posso balançar assim — disse Ben Weatherstaff. — Meu reumatismo...

— A magia levará isso embora — respondeu Colin em um tom de sumo sacerdote —, e não vamos balançar o tempo todo. Vamos apenas cantar.

— Não sei cantar — disse Ben Weatherstaff um tanto irritado. — Fui expulso do coro da igreja na única vez que tentei.

O JARDIM SECRETO

Ninguém riu. Estavam todos muito sérios. O rosto de Colin continuou impassível. Pensava apenas na magia.

— Então eu cantarei — disse ele. E começou, como o fantasma de um menino estranho. — O sol está brilhando, o sol está brilhando. Essa é a magia. As flores estão crescendo, as raízes se mexendo. Essa é a magia. Estar vivo é a magia, ser forte é a magia. A magia está em mim, a magia está em mim. Está em mim, está em mim. Está em cada um de nós. Está nas costas de Ben Weatherstaff. Magia! Magia! Venha nos ajudar!

Repetiu aquilo, se não mil vezes, perto disso. Mary ouvia em transe. Ela se sentia como se fosse, ao mesmo tempo, esquisita e bela e queria que o canto continuasse infinitamente. Ben Weatherstaff começou a se sentir acalmado por uma espécie de sonho agradável. O zumbido das abelhas nas flores se misturou ao mantra de Colin e, sonolentamente, se transformou em um transe coletivo. Dickon estava sentado de pernas cruzadas com o coelho dormindo em seu braço e uma mão apoiada nas costas do cordeiro. Fuligem afastou um dos esquilos e se aninhou em seu ombro, a pálpebra cinza caiu sobre seus olhos. Por fim, Colin parou e anunciou:

— Agora vou dar uma volta pelo jardim!

A cabeça de Ben Weatherstaff acabara de cair para a frente e ele a ergueu com um solavanco.

— Você dormiu — disse Colin.

— Nada disso — murmurou Ben. — O sermão foi muito bom, mas quero me mandar antes da coleta.

Ele ainda não estava totalmente acordado.

— Você não está na igreja — disse Colin.

— Sei que não — Ben recompôs-se. — Quem disse que eu *tô?* Eu ouvi tudo direitinho. Você disse que a magia *tá* nas minhas costas. O médico fala que é reumatismo.

O rajá acenou com a mão.

— Esse foi o feitiço errado — declarou ele. — Você vai melhorar. Você tem minha permissão para voltar ao seu trabalho. Mas venha de novo amanhã.

— Eu queria ver você andar pelo jardim — grunhiu Ben.

Não foi um grunhido hostil, mas ainda assim um grunhido. Na verdade, sendo um velho teimoso e completamente descrente na magia, decidiu que, se tivesse de ir embora, subiria na escada para espiar, para o caso de o menino cair e precisar de sua ajuda.

O rajá não se opôs à sua permanência e assim a procissão foi formada. Realmente parecia uma procissão. Colin ia à frente com Dickon de um lado e Mary do outro. Ben Weatherstaff caminhava atrás deles, e os bichos os seguiam. O cordeiro e o filhote de raposa continuavam perto de Dickon, o coelho branco pulava ou parava para mordiscar algo e Fuligem os seguia com a solenidade de um líder.

A procissão se moveu lenta, mas dignamente. A cada poucos metros, paravam para descansar. Colin apoiou-se no braço de Dickon e Ben Weatherstaff manteve sua vigilância, mas de vez em quando Colin soltava a mão e dava alguns passos so-zinho. Sua cabeça se manteve erguida o tempo todo e ele parecia muito imponente.

— A magia está em mim! — proferia ele. — A magia está me deixando forte! Eu posso sentir! Eu posso sentir!

Parecia muito certo que algo o sustentava e fortalecia. Sentou-se nos bancos dos caramanchões, e uma ou duas vezes se sentou na grama e várias vezes parou no caminho e se apoiou em Dickon, mas não desistiu até dar uma volta completa no jardim. Quando voltou para a árvore costumeira, suas bochechas estavam ro-sadas e ele parecia triunfante.

— Eu consegui! A magia funcionou! — exclamou. — Esta é minha primeira descoberta científica.

— O que o Dr. Craven vai dizer? — interrompeu Mary.

— Ele não vai dizer nada — Colin respondeu —, porque ele não vai saber. Este deve ser o maior segredo de todos. Ninguém deve saber nada sobre isso até que eu fique forte e possa andar e correr como um menino normal. Virei aqui todos os dias na minha cadeira e serei levado de volta nela. Não permitirei que as pessoas comentem e façam perguntas, e não deixarei meu pai saber sobre isso até que o experimento seja um sucesso completo. Então, algum dia, quando ele voltar para Misselthwaite, simplesmente entrarei em seu escritório e direi: "Aqui estou. Sou um menino como qualquer outro. Estou muito bem e viverei para ser um homem. Tudo isso por causa de uma experiência científica".

— Ele vai pensar que está sonhando — gritou Mary. — Ele não vai acreditar.

Colin corou, triunfante. Ele havia se convencido de que ficaria bom, o que era realmente mais da metade da batalha, se ele soubesse disso. E o pensamento que o estimulou mais do que qualquer outro foi imaginar como seria quando seu pai visse que tinha um filho tão forte e robusto como os filhos de outros pais. Um de seus sofrimentos mais sombrios, nos últimos dias de doença e morbidez, era seu ódio em ser um menino de dorso fraco cujo pai tinha medo até de olhar.

— Ele será obrigado a acreditar — disse ele. — Uma das coisas que vou fazer, depois que a magia funcionar e antes de começar a fazer descobertas científicas, é ser atleta.

— *Vamo* levar você no boxe daqui uma semana — brincou Ben Weatherstaff. — Você vai ganhar o cinturão de campeão da Inglaterra inteira.

Colin fixou os olhos nele severamente.

— Weatherstaff — disse ele —, isto é desrespeitoso. Você não deve tomar liber-dade, porque estamos em segredo. Por mais que a magia funcione, não serei um boxeador premiado. Serei um explorador científico.

— Perdão, perdão, senhor — desculpou-se Ben, tocando a testa em continência. — Eu devia saber que não era motivo *pra* brincadeira. — Mas seus olhos brilharam demonstrando estar imensamente satisfeito. Ben realmente não se importava de ser repreendido, pois significava que o rapaz estava ganhando força e espírito.

CAPÍTULO 24

"Deixe que riam"

O jardim secreto não era o único lugar em que Dickon trabalhava. Atrás da casa dele, na charneca, havia um pedaço de terra cercado por um muro baixo de pedras rústicas. No início da manhã e no final do crepúsculo, e em todos os dias em que Colin e Mary não o viam, Dickon trabalhava lá plantando ou cuidando de batatas, repolhos, nabos, cenouras e hortaliças para sua mãe. Ele fazia maravilhas na companhia de seus bichos e, aparentemente, nunca se cansava delas. Enquanto cavava ou capinava, assobiava e cantava trechos de canções de Yorkshire, conversava com Fuligem ou Capitão, ou com os irmãos e irmãs que ensinara a ajudá-lo.

— A gente nunca teve uma fartura assim — observou a Sra. Sowerby —, e tudo por causa do Dickon. Ele faz crescer qualquer coisa. Suas batata e repolho têm o dobro do tamanho normal e um sabor sem igual.

Quando ela tinha algum momento livre, gostava de sair e conversar com ele. Depois do jantar, ainda havia um longo e claro crepúsculo para se trabalhar e aquele era seu momento de silêncio. Ela se sentava na mureta rústica para observar e ouvir as histórias do dia e adorava cada momento. Não havia apenas hortaliças naquele jardim. Às vezes Dickon comprava pacotes de sementes baratas e cultivava flores coloridas e perfumadas entre os arbustos de groselha e repolhos e, nas beiradas, rosedás, rosas, amores-perfeitos e outras sementes que ele poderia guardar por anos, cujas raízes floresceriam a cada primavera e se espalhavam com o tempo em delicados tufos. A mureta era uma das coisas mais belas de Yorkshire, porque ele enfiara dedaleiras, samambaias e outras flores em todas as fendas até que as pedras ficavam todas cobertas.

— Só o que tem de fazer *pra* eles florirem, mãe — dizia ele —, é ser amigo deles, só isso. Eles são exatamente como as outras criaturas. Se tiverem sede, a gente dá de beber e se tiverem fome, a gente dá um pouco de comida. Eles querem viver igual nós. Se eles morrem, eu me sinto como um menino mau que não tratou deles com amor.

Foi em uma dessas horas de crepúsculo que a Sra.Sowerby se informou sobre tudo o que acontecia na mansão Misselthwaite. A princípio, ela apenas soube que o patrão Colin havia gostado de sair com a Srta. Mary e que aquilo lhe fizera bem. Mas não demorou muito para que as duas crianças concordassem que podiam dividir o segredo com a mãe de Dickon. Não havia dúvidas de que ela era muito de confiança.

Então, numa bela e tranquila noite, Dickon contou a história com todos os detalhes emocionantes, sobre a chave enterrada, o pisco e o véu cinzento que cobria o jardim e fazia tudo parecer morto, e o segredo que Mary planejara nunca revelar, sobre como ela compartilhou seu segredo com Dickon, os receios do patrão Colin e o drama final de sua introdução ao território oculto, combinados com o incidente do rosto furioso de Ben Weatherstaff por cima do muro e a repentina força revoltada do patrão Colin... tudo isso fez o belo rosto da Sra. Sowerby mudar de cor várias vezes.

— Minha nossa! — ela disse. — Aquela mocinha ter chegado na mansão foi uma coisa muito boa. Foi o que deixou ela melhor e o que salvou ele. Ficando em pé! E a gente aqui pensando que ele era um pobre coitado abobado, todo tortinho.

Ela fez muitas perguntas e seus olhos azuis se enchiam de pensamentos profundos.

— O que eles acham disso na mansão, de ele ter ficado tão *bão* e feliz que não reclama mais? — ela perguntou.

— Eles *num* sabem o que fazer — respondeu Dickon. — O rosto dele fica melhor a cada dia. *Tá* engordando e *num* parece mais tão ossudo. A cor de cera tá sumindo. Mas ele precisa continuar reclamando um pouco — completou com um sorriso bastante distraído.

— *Pra* que isso, misericórdia? — espantou-se a Sra. Sowerby.

Dickon deu uma risadinha.

— *Pra* ninguém adivinhar o que *tá* acontecendo. Se o médico descobre que agora ele fica de pé, vai escrever e contar *pro* patrão Craven. O patrão Colin *tá* guardando o segredo *pra* ele mesmo contar. Ele vai praticar magia nas pernas todos os dias até o pai voltar e então ele vai marchar até o quarto dele e mostrar que ele é reto igual aos outros garotos. Ele e a Mary acham que é melhor *pro* plano fingir um pouco de gemido e irritação por enquanto, *pra* despistar as pessoas.

A Sra. Sowerby disfarçava uma risada baixa e divertida muito antes de ele terminar a última frase e disse:

— Eita! Aqueles dois *tão* se divertindo, isso eu garanto. Eles vão se divertir muito ainda e *num* tem nada que criança goste mais do que faz de conta. Conta *pra* gente o que eles fazem, Dickon, meu menino.

Dickon parou de arrancar ervas daninhas e sentou-se sobre os calcanhares para contar a ela. Seus olhos brilhavam de alegria.

— Nós levamos o patrão Colin na sua cadeira toda vez que saímos— explicou ele. — E ele fica bravo com o John, o empregado, por não carregar ele com cuidado. Ele finge que *tá* muito fraquinho ainda e nunca levanta a cabeça até a gente ficar fora da vista dos criados. E ele grunhe e se irrita um pouco quando *tá* sentado na cadeira. Ele e a Mary se divertem quando ele geme e reclama. Ela fala: "Pobre Colin! Dói muito? Você é muito frágil, não é, Colin?". Mas o problema é que, às vezes eles mal conseguem segurar as gargalhadas. Quando *tamos* seguros dentro do jardim, eles riem até ficar sem fôlego. E eles têm de enfiar os rostos nas *almofada* do patrão Colin senão os *jardineiro* ouvem, caso algum deles esteja por lá.

— Quanto mais risada, melhor para eles! — comentou a Sra. Sowerby, ainda rindo. — Criança boa e saudável rindo todo dia é melhor do que remédio uma vez por ano. Esses dois vão engordar, ô se vão.

— Eles já *tão* gordinhos — disse Dickon. — Eles têm tanta fome que não sabe como conseguir mais comida sem ninguém descobrir. O patrão Colin fala que se ele ficar pedindo mais comida, ninguém mais vai acreditar que é doentinho. A Mary fala que ela vai deixar ele comer a parte dela, mas ele fala que se ela passar fome vai emagrecer e que os dois precisam engordar juntos.

A Sra. Sowerby riu tanto com a revelação dessa dificuldade que se balançou para frente e para trás em seu manto azul, e Dickon riu com ela.

— Vou falar uma coisa, rapaz — disse a Sra. Sowerby, quando conseguiu falar. — Pensei *num* jeito de ajudar. Quando for lá de manhã, você pega um bom balde de leite fresco, e eu vou assar umas broas e uns bolinhos com passas, do jeito que vocês gostam. Nada é melhor que leite fresco e broa. Então, eles podem matar a fome no jardim e a comida boa que eles comem lá só vai *acabá* de encher mais as barrigas deles.

— Eita! Mãe! — Dickon ficou exultante — Que maravilha que você é! Sempre tem uma saída pras coisas. Eles *tavam* bastante incomodados ontem. Eles *num* sabiam como iam se virar *pra* pedir mais comida, porque eles *tavam* com aquele vazio por dentro.

— Eles tão crescendo rápido, e a saúde *tá* voltando *pros* dois. Criança assim parece lobo filhote, e comida é carne e sangue *pra* eles — observou a Sra. Sowerby. Então ela sorriu o mesmo sorriso de Dickon. — Eita! Mas eles *tão* se divertindo, com certeza — disse ela.

Ela estava muito certa — aquela maravilhosa e amável criatura-mãe — ao dizer que a brincadeira de faz de conta só aumentaria a felicidade. Para Colin e Mary, aquela era uma de suas fontes de diversão mais importantes. A ideia de se proteger de desconfianças foi sugerida sem querer pela intrigada enfermeira e depois pelo próprio Dr. Craven.

— Seu apetite está muito melhor, patrão Colin — comentou a enfermeira um dia. — Você não comia nada e só reclamava de tudo.

— Agora não reclamo mais de nada — respondeu Colin. Ao notar a enfermeira encarando-o com curiosidade, lembrou-se de que talvez ele não devesse demonstrar estar tão bem ainda. — Pelo menos as coisas não me irritam mais tanto. É o ar fresco.

— Talvez seja — disse a enfermeira, ainda com uma expressão confusa. — Mas preciso falar com o Dr. Craven sobre isso.

— Ela ficou encarando você! — disse Mary quando ela saiu. — Como se achasse que há algo para descobrir.

— Não vou deixar que ela descubra nada — afirmou Colin. — Ninguém vai descobrir nada ainda.

Quando o Dr. Craven chegou naquela manhã, também parecia confuso. Fez uma série de perguntas, para grande aborrecimento de Colin.

— Você fica muito tempo no jardim — comentou ele.

— Onde você fica?

Colin assumiu seu ar favorito de completa indiferença à opinião alheia.

— Não quero que ninguém saiba aonde eu vou — respondeu ele. — Fico em um lugar que gosto muito. Todo mundo tem ordens para ficar longe. Não quero ser vigiado e encarado. Você sabe disso!

— Você fica fora o dia todo, mas não acho que isso fez mal a você, não mesmo. A enfermeira diz que você tem comido muito melhor do que antes.

— Talvez — disse Colin, movido por uma inspiração repentina —, mas talvez seja um apetite antinatural.

— Eu não acho. A comida parece agradar você — observou o Dr. Craven. — Você está ganhando peso rapidamente e sua cor está melhor.

— Talvez... quem sabe não estou inchado de febre — sugeriu Colin, assumindo um ar desanimador e melancólico. — Pessoas que não vão viver muitas vezes ficam... diferentes.

O Dr. Craven balançou a cabeça. Ele segurava o pulso de Colin, então arregaçou a manga e apertou seu braço.

— Você não está febril — disse ele, pensativo —, e o peso que você ganhou é saudável. Se continuar assim, meu menino, não precisaremos mais falar em morte. Seu pai ficará feliz em saber dessa notável melhora.

— Não permito que ele saiba! — Colin irrompeu ferozmente. — Só vai desapontá-lo se eu piorar de novo... e posso piorar esta noite. Posso ficar com uma febre alta. Sinto como se ela já estivesse começando agora. Não quero nenhuma carta enviada ao meu pai! Não quero, não quero! Você está me deixando com raiva e sabe como isso é ruim para mim. Já estou até com calor. Odeio que escrevam e que falem sobre mim tanto quanto odeio ser observado!

— Shhh! Meu garoto — o Dr. Craven o acalmou. — Nada será enviado sem a sua permissão. Você é muito sensível a respeito das coisas. Não desperdice o bem que já foi feito.

O médico não disse mais nada sobre escrever para o Sr. Craven, e quando viu a enfermeira, advertiu-a em particular de que tal possibilidade não deveria ser mencionada ao paciente.

— O menino está incrivelmente melhor — observou ele. — Seu avanço parece quase anormal. Está claro que agora faz por livre e espontânea vontade o que não podíamos obrigá-lo a fazer antes. Mesmo assim, ele ainda se irrita com muita facilidade e devemos evitar isso a qualquer custo.

Mary e Colin ficaram muito alarmados e conversaram ansiosamente. Foi a partir desse acontecimento que iniciaram seu plano de faz de conta.

— Talvez fosse bom eu ter um chilique — disse Colin, com pesar. — Não quero e nem estou infeliz o suficiente para simular um. Acho que nem conseguiria. Aquele nó não aparece mais na minha garganta e só penso em coisas boas, em vez de ruins. Mas se falarem em escrever ao meu pai, terei de fazer alguma coisa.

Combinaram de comer menos, mas infelizmente não foi possível concretizar essa ideia brilhante, pois a mesa posta perto do sofá, todas as manhãs, os deixava com um apetite insaciável: pão fresco e manteiga, ovos, geleia de framboesa e creme de leite. Mary sempre tomava seu café da manhã com Colin e, quando se encontravam à mesa — principalmente se tivesse fatias de presunto fumegante exalando seu aroma debaixo da tampa de prata —, entreolhavam-se desesperados.

— Acho que teremos de comer tudo esta manhã, Mary — Colin sempre terminava dizendo. — Podemos deixar sobrar um pouco do almoço e uma parte maior do jantar.

Mas eles nunca conseguiam mandar nada de volta e os pratos eram devolvidos à copa tão vazios e limpos que despertavam muitos comentários.

— Eu gostaria — Colin dizia também — que as fatias de presunto fossem mais grossas, sem contar que apenas um bolinho para cada um é muito pouco.

— É suficiente para uma pessoa que vai morrer — respondeu Mary, quando ouviu isso pela primeira vez —, mas é pouco para uma pessoa que vai viver. Às vezes, sinto como se pudesse comer três deles, quando o aroma das urzes frescas e do tojo da charneca entram pela janela aberta.

Na manhã em que Dickon — depois de terem se divertido no jardim por cerca de duas horas — tirou de trás de uma grande roseira dois baldes de metal e revelou que um estava cheio de leite fresco coberto de nata, e o outro guardava broas feitas em casa, envolvidos cuidadosamente em um guardanapo azul e branco, e ainda quentes, houve um tumulto de alegria e surpresa. Que ideia maravilhosa a da Sra. Sowerby! Que mulher gentil e inteligente ela é! Como os pães eram gostosos! E que leite fresco delicioso!

— A magia vive nela assim como em Dickon — disse Colin. — Isso a faz pensar em maneiras de fazer coisas boas. Ela é uma pessoa mágica. Diga a ela que somos gratos, Dickon, extremamente gratos. — Ele costumava usar frases um tanto adultas, às vezes. E gostava delas.

Gostava tanto que as praticava.

— Diga a ela que tem sido muito generosa e que nossa gratidão é imensa.

E então, esquecendo-se de sua altivez, se empanturrou de broas e bebeu leite do balde aos goles, como qualquer menino faminto que se exercita e respira o ar da charneca e cujo café da manhã já havia sido consumido mais de duas horas atrás.

Aquele seria o primeiro de muitos outros agradáveis acontecimentos similares. Mas eles despertaram para o fato de que, como a Sra. Sowerby tinha quatorze pessoas para alimentar, ela poderia não ter o suficiente para satisfazer outros dois apetites extras. Então, pediram a ela que os deixasse enviar dinheiro para comprar mais ingredientes.

Dickon fez a estimulante descoberta de que no bosque do parque fora do jardim, onde Mary o encontrara pela primeira vez cantando para os bichos selvagens, havia um pequeno buraco profundo onde se poderia construir uma espécie de forno com pedras, e assar batatas e ovos. Ovos assados eram um luxo até então desconhecido e batatas quentes com sal e manteiga fresca eram adequadas para um rei da floresta — além de serem deliciosas. Assim, poderiam comprar batatas e ovos e comer o quanto quisessem, sem a sensação de estar tirando comida da boca de quatorze pessoas.

Em todas as belas manhãs, a magia era praticada pelo círculo místico sob a ameixeira, que fornecia uma copa de folhas verdes cada vez mais espessa após seu breve período de floração. Depois da cerimônia, Colin sempre fazia seus exercícios de caminhada e, ao longo do dia, exercia de quando em quando seu poder recém-descoberto. Ele ficava mais forte, andava com mais firmeza e chegava mais longe. E a cada dia sua crença na magia se fortalecia, como era de se esperar. Ele fazia experiência após experiência e sentia que ganhava forças, mas foi Dickon quem lhe ensinou a melhor de todas elas.

— Ontem — disse ele certa manhã após uma ausência — fui até Thwaite *pra* mãe e perto da estalagem Blue Cow eu vi o Bob Haworth. Ele é o sujeito mais forte da charneca. Ele é campeão de luta livre, pula mais alto que qualquer um e joga o martelo mais longe. Ele até foi *pra* Escócia competir algumas vezes. Ele me conhece desde pequeno e é um homem gentil. E eu enchi ele de pergunta. Os *estudados* chamam ele de atleta e eu pensei em você, patrão Colin. Eu falei: "Como você fez pros seus *músculo* ficar assim, Bob? Fez alguma coisa a mais pra eles ficar assim tão forte?" E ele falou: "Olha, sim, rapaz, eu fiz. Um homem forte em um circo que veio pra Thwaite uma vez me mostrou como exercitar os braços, as *perna* e todos os *músculo* do corpo". E eu falei: "Um sujeito delicado fica mais forte fazendo isso, Bob?". E ele riu e falou: "Você é o sujeito delicado?". E eu falei: "Não, mas conheço um jovem cavalheiro que tá sarando *duma* longa doença e queria aprender algum truque desses pra contar *pra ele*". Eu não disse nenhum nome e ele *num* perguntou nada. Foi muito simpático, se levantou e me mostrou de um jeito bem-humorado, e imitei o que ele fez até decorar.

Colin ouvia com entusiasmo.

— Você pode me mostrar? — pediu.

— Mostro sim — respondeu Dickon, levantando-se. — Mas ele falou *pra* começar devagar e ter cuidado *pra num* cansar. Descansar entre os exercícios, respirar fundo e não exagerar.

— Vou tomar cuidado — prometeu Colin. — Mostre! Mostre! Dickon, você é o menino mais mágico do mundo!

Dickon levantou-se no gramado e lentamente fez uma série de exercícios musculares cuidadosamente, todos muito simples. Colin observou com olhos arregalados. Alguns ele até poderia fazer sentado. Então, já sobre pés mais firmes, começou a treinar ao lado de Mary. Fuligem, que assistia à apresentação, ficou inquieto e voou de seu galho porque não conseguia imitá-los.

Desde então, os exercícios faziam parte das tarefas do dia assim como a magia. Colin e Mary ficavam melhores a cada sessão, e os resultados foram apetites tais que, sem a cesta que Dickon escondia atrás das moitas todas as manhãs, teriam sido descobertos. Mas o pequeno forno e os agrados da Sra. Sowerby eram tão engenhosos que a Sra. Medlock, a enfermeira e o Dr. Craven novamente ficaram perplexos. É possível ficar sem tomar café da manhã e desdenhar do jantar quando se está cheio até as bordas com ovos e batatas assadas, leite fresco, bolos de aveia, pãezinhos, mel de urze e creme de leite.

— Eles não estão comendo quase nada — disse a enfermeira. — Vão morrer de fome se não forem convencidos a ingerir um pouco de comida. Mas mesmo assim, veja como estão.

— Veja! — exclamou a Sra. Medlock, indignada. — Eita! Esses dois ainda vão acabar comigo. É um casal de jovens demônios. Nem cabem mais em seus casacos e ainda torcem o nariz para as melhores refeições que a cozinheira prepara. Sequer encostaram o garfo naquele delicioso frango com molho de ontem, e a pobre mulher inventou um pudim só para eles. Devolveram inteiro. Ela quase chorou. Ela tem medo de ser culpada se acabarem morrendo de fome.

O Dr. Craven chegou e examinou Colin longa e cuidadosamente. Ele tinha uma expressão extremamente preocupada quando conversou com a enfermeira e ela lhe mostrou a bandeja do café da manhã quase intocada. Mas ficou ainda mais preocupado quando se sentou ao lado do sofá de Colin e o examinou. Ele havia viajado a negócios para Londres e não via o menino há quase duas semanas. Quando os jovens começam a ficar saudáveis, os resultados são muito rápidos. O tom de cera havia desaparecido e a pele de Colin deixava transparecer um leve tom rosado; seus belos olhos estavam claros e as cavidades sob eles e em suas bochechas e têmporas haviam sido preenchidas.

Seus cabelos, antes escuros e pesados, pareciam brotar macios e cheios de vida de sua testa. Os lábios engrossaram e agora tinham uma cor mais normal. Na verdade, sua imitação de menino inválido era vergonhosa. O Dr. Craven apoiou a mão em seu queixo e refletiu sobre ele.

— Lamento saber que você não come nada — disse ele. — Não pode continuar assim. Você vai perder tudo o que ganhou, e você melhorou muito. Você comia tão bem até pouco tempo atrás.

— Eu avisei que era um apetite anormal — respondeu Colin.

De seu banquinho ali perto, Mary deixou escapar um som muito estranho que tentou reprimir e quase acabou engasgando.

— O que foi? — perguntou o Dr. Craven, virando-se para ela.

Mary tornou-se bastante rígida em seus modos.

— Foi algo entre um espirro e uma tosse — respondeu ela com uma dignidade reprovadora — que acabei engolindo.

— Quase não consegui me conter — disse ela depois para Colin. — Só explodi, porque, de repente, me lembrei daquela última batata enorme que você comeu e de como sua cara ficou para mastigar a deliciosa crosta com geleia e creme.

— Existe alguma maneira deles conseguirem comida secretamente? — o Dr. Craven perguntou à Sra. Medlock.

— Não tem jeito, a menos que escavem a terra ou comam árvores — respondeu ela. — Eles ficam no jardim o dia todo sozinhos. Se quisessem comer algo diferente do que é enviado, bastaria que pedissem.

— Bem — disse o Dr. Craven —, contanto que ficar sem comida seja o desejo deles, não precisamos nos preocupar. O menino é uma nova pessoa.

— A menina também — disse a Sra. Medlock. — Ela está cada vez mais bonita desde que engordou e se livrou daquela aparência feia e azeda. O cabelo está grosso e saudável e sua pele agora é sedosa. Era a coisinha mais fechada e mal-humorada que já vi e agora ela e o patrão Colin riem juntos como dois doidinhos. Talvez estejam engordando de rir.

— Talvez — disse o Dr. Craven. — Deixe que riam.

CAPÍTULO 25

A cortina

E o jardim secreto floria sem parar, revelando novos milagres a cada manhã. No ninho do pisco, havia ovos e sua companheira se instalou ali com sua barriguinha cheia de penas e asas aconchegantes para mantê-los aquecidos. No início ela estava muito nervosa e o passarinho vigiava desconfiado. Nem mesmo Dickon se aproximou daquele canto durante dias, esperando que algum feitiço misterioso e silencioso avisasse ao pequeno casal que não havia nada com que se preocupar naquele jardim, nada que não entendesse a maravilha do que estava acontecendo com eles — a imensa, terna, avassaladora, incrível beleza e o que os ovos significavam. Não havia ninguém naquele jardim que não soubesse, em seu íntimo, que se um ovo fosse levado ou quebrado, o mundo inteiro se reviraria e acabaria em desgraça. Se houvesse alguém que não sentisse e agisse de acordo, não poderia haver felicidade naquela brisa dourada da primavera. No entanto, todos sabiam e sentiam o mesmo, e o casal de passarinhos também.

A princípio, o pisco desconfiava bastante de Mary e Colin. Por alguma razão misteriosa, ele sabia que não precisava se preocupar com Dickon. No primeiro momento em que pôs seu olho negro e brilhante como orvalho em Dickon, entendeu que não era um estranho, mas uma espécie de pássaro sem bico nem penas. Ele sabia falar *passarinhês* (que é uma língua bastante distinta e não deve ser confundida com nenhuma outra). Falar *passarinhês* com passarinho é como falar francês com um francês. Dickon sempre falava com o pássaro, então o estranho jargão que usava quando conversava com humanos não importava nada. O pisco-de-peito-ruivo achava que ele falava aquela língua com os outros porque não eram inteligentes o suficiente para entender o idioma emplumado. Seus movimentos também eram de ave. Eles nunca se assustaram mutuamente, sendo estabanados a ponto de parecerem perigosos ou ameaçadores. Qualquer pisco poderia entender Dickon, então sua presença nem incomodava. Mas no começo ficaram desconfiados dos outros dois. Era esquisito que o menino-bicho não entrava no jardim com suas pernas. Ele foi empurrado até lá sobre rodas e estava coberto por peles de animais selvagens. Isso por si só seria digno de preocupação. Então, quando ele começou a se levantar e a se mover de um modo estranho, os outros pareciam ter de ajudá-lo. O pisco costumava se esconder em um arbusto e observar aquilo tudo cuidadosamente, inclinando sua cabeça primeiro para um lado e depois para o outro. Imaginou que os movimentos lentos significavam que ele se preparava para dar um bote como fazem os gatos. Quando os gatos vão atacar, eles rastejam pelo chão muito lentamente. O pisco conversou sobre isso com sua companheira por vários dias, mas depois decidiu não comentar mais nada, pois o medo dela era tão grande que podia prejudicar os ovos.

Quando o menino começou a andar sozinho e cada vez mais rápido, foi um alívio imenso. Mas por muito tempo — ou pareceu muito tempo para o passarinho— ele continuou sendo fonte de certa atenção. Não agia como os outros humanos. Parecia gostar muito de andar, mas tinha um jeito desengonçado de se sentar ou se deitar e depois se levantava para começar de novo.

Um dia, o pisco se lembrou que, quando ele mesmo aprendera a voar, fazia quase a mesma coisa. Começou arriscando voos curtos de poucos metros e então era obrigado a descansar. Concluiu que o menino estava aprendendo a voar — ou melhor, a andar. Mencionou isso para sua companheira e quando disse a ela que os ovos provavelmente se comportariam da mesma maneira quando tivessem penas, ela ficou mais tranquila e até mesmo interessada, e teve grande prazer em observar o menino da borda de seu ninho — embora pensasse que seus ovos seriam muito mais espertos e aprenderiam mais rápido. Mas então ela disse, compreensiva, que os humanos sempre foram mais desajeitados e lentos que ovos e a maioria deles evidentemente nunca aprenderá a voar. Nunca se viu um deles no ar ou no topo das árvores.

Depois de um tempo, o menino já se movia como os outros, mas as três crianças às vezes faziam coisas incomuns. Ficavam sob as árvores e moviam seus braços, pernas e cabeças de um modo que não era caminhar, nem correr, nem sentar. Faziam esses movimentos em intervalos, todos os dias, e o passarinho nunca conseguia explicar aquilo à sua companheira. A única coisa de que tinha certeza era que seus ovos nunca se movimentariam daquela maneira; mas como o menino que falava *passarinhês* com tanta fluência os imitava, os pássaros deduziram que as ações não eram perigosas. É claro que nem o pisco, nem sua companheira jamais ouviram falar do campeão Bob Haworth e de seus exercícios para fortalecer músculos. Aves não são como seres humanos; seus músculos são exercitados desde o nascimento e se desenvolvem de maneira natural. Se alguém precisa voar para encontrar cada refeição, seus músculos nunca ficarão fracos por falta de uso. Quando o menino passou a andar, correr, cavar e remover ervas daninhas como os outros, o ninho no canto do jardim foi tomado por grande paz e alegria. O medo dos passarinhos por causa dos ovos virou coisa do passado. Saber que seus ovos estavam tão seguros como se estivessem em um cofre de banco e o fato de poder assistir às coisas curiosas que aconteciam tornou o ambiente muito divertido. Nos dias de chuva, a passarinha até se sentia um pouco entediada, sem as crianças no jardim.

Mas, mesmo em dias chuvosos, não se podia dizer que Mary e Colin ficavam parados. Certa manhã, uma chuva caía sem parar e Colin estava um pouco inquieto, obrigado a permanecer no sofá sem se levantar ou caminhar. Então Mary teve uma ideia.

— Agora que sou um menino de verdade — dissera Colin —, minhas pernas e meus braços e todo o meu corpo estão tão cheios de magia que não consigo mantê-los parados. Eles querem fazer coisas o tempo todo. Sabia que quando acordo de manhã, Mary, quando é bem cedo e os pássaros estão cantando lá fora e tudo parece gritar de alegria, até as árvores e coisas que não podemos realmente ouvir, sinto como se tivesse de pular da cama e gritar junto. Imagine o que aconteceria aqui se eu fizesse isso!

Mary deu uma gargalhada exagerada.

— A enfermeira viria correndo e a Sra. Medlock também, e teriam certeza de que você enlouqueceu e chamariam o médico — divertiu-se ela.

Colin riu. Ele podia ver todos horrorizados com sua aparente loucura e surpresos por vê-lo em pé.

— Gostaria que meu pai voltasse para casa — disse. — Quero muito contar a ele. Não paro de pensar nisso, mas então muita coisa mudaria. Não consigo ficar parado, deitado e fingindo e, além disso, estou muito diferente.

Gostaria que não estivesse chovendo hoje.

Foi, então, que Mary teve sua inspiração.

— Colin — ela começou, misteriosamente —, você sabe quantos quartos têm nesta casa?

— Uns mil, eu acho — respondeu ele.

— Há cerca de cem onde ninguém entra — disse Mary. — E num dia chuvoso como este eu entrei em vários deles. Ninguém nunca soube, embora a Sra. Medlock quase tenha me flagrado. Naquele dia eu me perdi na volta e fui parar no final do seu corredor. Foi a segunda vez em que ouvi você chorar.

Colin se endireitou no sofá.

— Cem quartos onde ninguém entra — repetiu ele. — Quase parece tão misterioso quanto o jardim secreto. Que tal irmos dar uma olhada neles? Você me empurra na cadeira e ninguém saberá que fomos.

— Foi isso o que eu pensei — Mary animou-se. — Ninguém se atreveria a nos seguir. Você pode correr nas galerias. Podemos fazer nossos exercícios. Há uma pequena sala indiana com um armário cheio de elefantes de marfim. Há quartos de todo tipo.

— Toque a campainha — pediu Colin.

Quando a enfermeira entrou, ele deu suas ordens.

— Quero minha cadeira — ordenou ele. — A Srta. Mary e eu vamos averiguar a parte da casa que não é usada. John pode me empurrar até a galeria de retratos porque há algumas escadas no caminho. Então ele deve ir embora e nos deixar em paz até que eu mande chamá-lo novamente.

Os dias chuvosos deixaram de ser odiados naquela manhã. Quando o criado empurrou a cadeira até a galeria e lá deixou os dois, seguindo as ordens, Colin e Mary se entreolharam maravilhados. Assim que Mary se certificou de que John havia realmente descido, Colin se levantou da cadeira.

— Vou correr de uma ponta a outra da galeria — disse ele — e depois vou pular e então faremos os exercícios de Bob Haworth.

E fizeram essas coisas e muitas outras. Olharam para os retratos e encontraram uma garotinha comum vestida de brocado verde com um papagaio em seu dedo.

— Todos eles — deduziu Colin — devem ser meus parentes. Eles viveram há muito tempo. Aquela do papagaio, eu acho, é uma das minhas tias-bisavós. Ela se parece muito com você, Mary. Não como você é agora, mas como parecia quando chegou aqui. Agora você está muito mais gorda e bonita.

— Você também — disse Mary, e ambos riram.

Eles foram para a sala indiana e se divertiram com os elefantes de marfim. Notaram um buraco roído no sofá de brocado rosa, mas os ratinhos já haviam deixando o ninho vazio. Eles viram mais quartos e fizeram mais descobertas do que Mary havia feito em sua primeira excursão pela mansão. Encontraram novos corredores, cantos, lances de escada, novos retratos antigos de que gostaram e coisas velhas e estranhas que não sabiam para que serviam. Foi uma manhã divertida e a sensação de perambular na mesma casa com outras pessoas — mas ao mesmo tempo sentir como se estivessem a quilômetros de distância — era algo fascinante.

— Estou feliz por termos vindo — comentou Colin. — Eu nunca soube que morava em um lugar tão antigo, grande e estranho. Eu gosto. Vamos passear pela casa em todos os dias de chuva. Sempre encontraremos novos cantos e coisas esquisitas.

Naquela manhã, entre tantas coisas, também ficaram com um apetite tão grande que, ao voltarem para o quarto de Colin, foi impossível mandar o almoço de volta intocado.

A enfermeira levou a bandeja escada abaixo e bateu com ela no balcão da copa para que a Sra. Loomis, a cozinheira, visse os pratos e bandejas completamente vazios.

— Olhe só! — exclamou ela. — Esta casa é um mistério, e essas duas crianças são os dois maiores mistérios dela.

— Se fosse assim todos os dias — disse o jovem e forte John —, não seria de se admirar se pesassem hoje o dobro do que pesavam há um mês. Eu teria de pedir demissão, com medo de danar minha coluna.

Naquela tarde, Mary percebeu que algo havia mudado no quarto de Colin. Já havia reparado no dia anterior, mas não disse nada, pois pensou que poderia ter sido sem querer. Ainda sem dizer nada, sentou-se e olhou fixamente para a foto sobre a lareira — pois sua cortina estava aberta.

Essa era a mudança.

— Eu sei que você quer que eu fale — disse Colin ao percebê-la olhando fixamente. — Eu sempre sei quando você quer que eu fale alguma coisa. Quer saber por que a cortina está aberta. Vou mantê-la assim.

— Por quê? — perguntou Mary.

— Porque o sorriso da minha mãe na foto não me irrita mais. Há duas noites, acordei com o luar claro e senti como se a magia enchesse o quarto e tornasse tudo tão esplêndido que não consegui ficar parado. Eu me levantei e olhei pela janela. O quarto estava iluminado e o brilho da lua na cortina me levou a puxar a corda. Ela olhou para mim como se estivesse rindo, feliz em me ver. Fiquei com vontade de olhar mais para ela. Quero vê-la sorrindo assim o tempo todo. Quem sabe, ela não era uma espécie de maga?

— Você está muito parecido com ela agora — disse Mary — que até desconfio se você não é reencarnação dela, transformado em menino.

Essa ideia pareceu impressionar Colin. Ele refletiu e respondeu lentamente:

— Se eu fosse ela reencarnada, meu pai gostaria de mim.

— Você quer que ele goste de você? — perguntou Mary.

— Eu o odiava por não gostar de mim. Se ele começar a gostar agora, acho que devo contar a ele sobre a magia. Isso talvez o deixe mais feliz.

CAPÍTULO 26

"É a mãe!"

As crianças continuavam acreditando em magia. Colin às vezes gostava de palestrar sobre o assunto. Ele explicava assim:

— Gosto de fazer isso porque quando eu crescer e fizer minhas grandes descobertas científicas, serei obrigado a dar palestras e, assim, já vou praticando. Só consigo dar palestras curtas agora porque ainda sou muito jovem, e além disso Ben Weatherstaff ia achar que é um sermão de igreja e acabaria dormindo se eu falar demais.

— *Bão*... A melhor coisa das palestras— disse Ben —, é que só você fala o que quer e ninguém pode *reclamá*. Assim até eu ia gostar de *dá* umas palestras.

Mas quando Colin se instalava sob sua árvore, o velho Ben fixava seus olhos atentos nele. Ele o examinava com um afeto crítico. Não era tanto as palestras que o interessavam, mas as pernas do menino, que pareciam mais retas e fortes a cada dia. A cabeça de Colin se equilibrava muito bem, o queixo antes pontudo e as bochechas encovadas agora estavam cheios e arredondados, e seu olhar começava a ter a mesma luz que se lembrava de ter visto em um outro par de olhos. Às vezes, quando Colin sentia o olhar sério de Ben — o que significava que ele estava muito compenetrado —, se perguntava sobre o que o velhinho estaria pensando. Uma vez, quando parecia muito extasiado, ele disparou:

— No que está pensando, Ben Weatherstaff?

— *Tava* pensando — respondeu Ben — que *ocê* ganhou uns dois quilos só esta semana, aposto. *Tava* olhando suas panturrilhas e os ombros. Eu queria é pesar você.

— É o encantamento e... os pãezinhos, o leite e as guloseimas da Sra. Sowerby — afirmou Colin. — Está claro que a experiência científica foi um sucesso.

Naquela manhã, Dickon chegou muito tarde para ouvir a palestra. Estava corado de tanto correr e seu rosto engraçado parecia mais brilhante que o normal. Começaram a cuidar do jardim, pois sempre havia muito o que fazer depois de uma chuvarada quente e abundante. A umidade era boa para as flores, mas também era boa para as ervas daninhas, que lançavam suas pequeninas folhas e raízes e precisavam ser arrancadas antes que aumentassem. Agora, Colin era tão bom em arrancar o mato quanto qualquer um e podia dar sua aula enquanto o fazia.

— A magia funciona melhor quando trabalhamos — disse ele naquela manhã. — Você pode sentir em seus ossos e músculos. Vou ler livros sobre ossos e músculos, mas vou escrever um livro sobre magia. Estou elaborando o livro neste momento. Não paro de descobrir coisas.

Pouco depois de dizer isso, largou a pazinha e ficou em pé. Ficou em silêncio por vários minutos e todos perceberam que ele pensava em mais palestras, como já era costume. Mary e Dickon acharam que seu movimento brusco fora resultado de um pensamento forte e repentino. Ele se esticou todo e lançou os braços para cima. Seu rosto brilhava e seus olhos estranhos se arregalaram de alegria.

De repente, ele teve uma ideia e gritou:

— Mary! Dickon! Olhem só para mim!

Eles pararam de carpir e olharam.

— Vocês se lembram da primeira manhã em que me trouxeram aqui? — perguntou.

Dickon olhava para ele com muita atenção. Sendo um encantador de animais, ele podia ver mais do que a maioria das pessoas, mas quase nunca falava dessas coisas. Ele via algo naquele menino.

— Sim, me lembro — respondeu.

Mary também olhou com atenção, mas não disse nada.

— Neste minuto — disse Colin — de repente me lembrei, quando olhei para minha mão cavando com a pazinha. Tive de me levantar para ver se era real. E é real! Estou bem... estou muito bem!

— *Tá* mesmo! — concordou Dickon.

— Estou bem! Estou bem! — repetiu Colin, e seu rosto ficou todo vermelho.

De certa forma, ele já desconfiava, esperava, sentia e pensava sobre aquilo, mas naquele minuto algo mais se incorporou, uma espécie de crença e compreensão arrebatadoras, tão fortes que ele não conseguiu se conter.

— Eu viverei para todo e sempre... e sempre! — gritou, empolgado. — Vou descobrir milhares e milhares de coisas. Vou aprender sobre pessoas e animais e tudo o que cresce, como Dickon. E nunca vou parar de fazer magia. Estou bem! Estou bem! Eu sinto... sinto como se quisesse gritar algo, um agradecimento, alegria!

Ben Weatherstaff, que trabalhava perto de uma roseira, falou:

— Pode *cantá* um cântico — ele sugeriu em seu grunhido mais seco.

Colin tinha uma mente exploradora, mas não sabia nada sobre cânticos.

— O que é isso? — ele perguntou.

— Garanto que o Dickon pode mostra como é— respondeu Ben Weatherstaff.

Dickon respondeu com seu sábio sorriso de encantador de animais.

— É o que o povo canta em igreja — explicou Dickon. — A mãe acha que é isso que as cotovias *canta* quando acordam de manhã.

— Se ela diz isso, deve ser uma bela música — observou Colin. — Nunca fui a uma igreja. Sempre estive muito doente. Cante, Dickon. Quero ouvir.

Dickon era bastante humilde e atento. Sabia o que o Colin sentia melhor do que o próprio. Era uma espécie de instinto natural que nem percebia possuir. Então tirou seu boné e olhou em volta, ainda sorrindo.

— *Pra começá*, a gente tem que tirar o boné — disse ele a Colin — e também tem de ficar de pé, sabe?

Colin tirou o boné e o sol aqueceu seu cabelo grosso enquanto observava Dickon atentamente. Ben Weatherstaff se levantou, tirando o chapéu com uma expressão confusa e desconfiada em seu rosto idoso, como se não soubesse exatamente por que estava fazendo aquela coisa fora do comum.

Dickon se colocou entre as árvores e roseiras e começou a cantar de uma maneira bastante calma e direta, e com uma voz forte e bela de menino:

> *Louvado seja Deus, de quem vêm as bênçãos!*
> *Que seja louvado por todas as criaturas aqui embaixo,*
> *Que seja louvado o nosso Anfitrião Celestial*
> *Que sejam louvados o Pai, o Filho e o Espírito Santo.*
> *Amém.*

Quando terminou, Ben Weatherstaff se manteve completamente estático, com a mandíbula obstinadamente cerrada, e o olhar perturbado fixo em Colin. O rosto de Colin estava contemplativo.

— É uma música muito boa — disse ele. — Gostei.

Talvez signifique exatamente a mesma coisa quando grito que sou grato à magia. — Ele parou e pensou, intrigado. — Talvez sejam a mesma coisa. Como podemos saber os nomes exatos de tudo? Cante de novo, Dickon. Vamos tentar, Mary. Eu quero cantar também. É a minha música. Como começa? "Louvado seja Deus..."

E cantaram novamente. Mary e Colin ergueram suas vozes o mais alto que podiam e a cantoria de Dickon era muito afinada e bela. No segundo verso, Ben Weatherstaff limpou a garganta profundamente e no terceiro se juntou ao coro com tanto vigor que parecia quase um selvagem. E quando chegaram no "Amém" final, Mary observou que acontecia a mesma coisa de quando ele descobriu que

Colin não era deficiente: seu queixo tremia, seus olhos piscavam e suas velhas bochechas enrugadas estavam molhadas.

— Eu *num* via sentido no cântico de louvor antes — disse ele com a voz rouca —, mas acho que mudei de ideia. *Bão...* acho que engordou uns três quilos esta semana, patrão Colin. Uns três quilos!

Colin desviou o olhar para algo que atraiu sua atenção e uma expressão de surpresa tomou seu rosto.

— Quem está entrando? — perguntou em seguida. — Quem é?

A porta do muro coberta de hera foi empurrada suavemente e uma mulher entrou. Havia entrado ainda no último verso da música e se manteve parada, ouvindo e apreciando a cena. Com a hera atrás dela, a luz do sol filtrada por entre as árvores salpicava seu longo manto azul-céu, e seu rosto belo e vivaz sorria por entre a vegetação. Ela parecia uma ilustração lindamente colorida de um dos livros de Colin. Tinha olhos lindos e afetuosos que pareciam absorver tudo, todos, até mesmo Ben Weatherstaff e os animais, e todas as flores que desabrochavam. Mesmo com sua aparição tão inesperada, ninguém ali sentiu que era uma intrusa entre eles. Os olhos de Dickon brilharam como lâmpadas.

— É a mãe! É ela mesmo! — gritou e saiu correndo pela grama.

Colin começou a se mover em sua direção também, e Mary o acompanhou. Ambos sentiram seus corações acelerando.

— É a mãe! — Dickon disse novamente quando se encontraram no meio do caminho. — Ela queria conhecer vocês e contei *pra* ela onde ficava a porta.

Colin acenou, ruborizado de timidez, mas com os olhos fixos no rosto da mulher.

— Desde quando eu era doente, já queria conhecer você — disse ele. — Você, Dickon e o jardim secreto. Eu nunca quis conhecer mais ninguém antes.

A visão de seu rosto provocou uma mudança repentina no dela. Ela corou, os cantos de sua boca tremeram e uma névoa pareceu cobrir seus olhos.

— Eita, rapaz! — ela não se conteve, trêmula. — Eita, meu amado rapaz! — Como se não conseguisse se conter. Ela não disse "patrão Colin", mas sim "amado rapaz". As mesmas palavras caberiam a Dickon se ela visse algo em seu rosto que a tocasse. Colin gostou.

— Está surpresa por me ver tão bem? — ele perguntou. Ela colocou a mão em seu ombro e sorriu para dissipar a névoa de seus olhos.

— Isso eu *tô* sim! — exclamou ela — Mas você *tá* tão parecido com a sua mãe que meu coração até deu um pulo.

— Você acha — disse Colin, um pouco sem jeito — que agora meu pai vai gostar de mim?

— Vai, sim, meu amado rapaz — ela respondeu com um tapinha em seu ombro. — Ele vai voltar *pra* casa, vai sim.

— Susan Sowerby — disse Ben Weatherstaff, aproximando-se dela. — Dá só uma olhada nas pernas desse rapaz! Elas pareciam uns pés de mesa até dois meses atrás, e o povo falava que elas eram arqueadas. E os *joelho* só ficavam dobrados. Olha *pra* ele agora!

Susan Sowerby deu uma risada satisfeita:

— Logo *vai sê* umas pernas *fortonas* dum baita moço. Deixa ele *continuá* brincando e trabalhando no jardim, comendo e bebendo bastante leite fresco, e *num* vai *tê* melhor par de pernas em Yorkshire, graças a Deus.

Ela pousou ambas as mãos nos ombros da Mary e fitou seu rostinho de um modo maternal.

— E você também! — continuou a mulher. — Já tá quase tão viçosa como a nossa Lizabeth Ellen. Garanto que também é parecida com a sua mãe. Martha me contou que a Sra. Medlock soube que ela era uma mulher muito bonita. Vai *sê* igual a uma rosa vermelha quando crescer, minha mocinha, Deus te abençoe.

Ela não mencionou que quando Martha chegou em casa naquele seu "dia de folga" e a descrevera como uma criança pálida e frágil, disse também que talvez a Sra. Medlock tivesse entendido errado.

— Não tem lógica uma mulher bonita ser mãe de uma menina tão desgraçada — acrescentou ela rispidamente.

Mary não teve tempo de prestar muita atenção à mudança em seu rosto. Ela só sabia que parecia "diferente" e que agora seus cabelos estavam mais vistosos e cresciam mais rápido. Mas, lembrando-se de seu prazer em admirar Mem Sahib no passado, ela ficou feliz em saber que um dia ela talvez se parecesse com ela.

Apresentaram a Susan Sowerby cada arbusto e árvore que haviam trazido de volta à vida e a puseram a par de toda a história. Colin caminhava de um lado dela e Mary do outro. Não conseguiam deixar de olhar para o seu amigável rosto corado, secretamente curiosos sobre a sensação deliciosa que ela lhes causava — uma espécie de sentimento morno e perene. Parecia que ela lhes passava, do mesmo jeito que Dickon. Ela curvou-se sobre as flores e falou com elas como se fossem crianças. Fuligem a seguiu e uma ou duas vezes crocitou para ela sobre seu ombro, como se fosse o de Dickon. Quando lhe contaram sobre o pisco e o primeiro voo dos filhotes, ela deu uma risadinha maternal e doce.

— Acho que aprender a voar é igual a aprender a andar, mas acho que ficaria preocupada se os meus filhos tivessem asas em vez de perna — brincou ela.

E porque ela era aquela mulher tão maravilhosa, moradora da charneca, eles finalmente lhe contaram sobre a magia.

— Você acredita em magia? — perguntou Colin, depois de explicar sobre os faquires indianos. — Aposto que sim.

— Acredito, rapaz — respondeu ela. — *Num* era esse nome que eu usava, mas o que é um nome, não é mesmo? Aposto que chamam ela de um nome diferente na França e de outro na Alemanha. É o que plantar as sementes e o brilho do sol fizeram com você, que agora virou um rapaz saudável. Essa é a coisa boa. É diferente de nós, pobres diabos, que acredita que faz diferença sermos chamados pelos nossos nomes. O Criador de Coisas Boas nunca descansa, graças a Deus. Ele *num* para de fazer mundos novos, milhões deles, mundos como o nosso. Nunca deixe de acreditar no Criador e de lembrar que o mundo está cheio do trabalho dele... pode chamar do que quiser. Louvado seja Deus, você *tava* cantando pra ele quando eu entrei no jardim.

— Eu me senti tão feliz — disse Colin, abrindo seus lindos e estranhos olhos para ela. — De repente, senti como se eu fosse diferente... como se meus braços e pernas estivessem mais fortes, sabe? E eu podia cavar e ficar de pé, então pulei e quis gritar alto para que todos me ouvissem.

— A magia ouviu você cantando um cântico de louvor... Mas ela ia ouvir qualquer outra coisa que *ocê* cantasse. O que importava era a sua alegria. *Eita!* Rapaz, meu rapaz... o criador da felicidade pode ter muitos nomes *diferente*! — E novamente deu um tapinha suave em seus ombros.

Ela havia trazido uma cesta com o costumeiro lanche naquela manhã. Quando a hora da fome chegou e Dickon a tirou de seu esconderijo, a Sra. Sowerby sentou-se com eles sob a árvore e os observou devorar sua comida, rindo orgulhosa de seus apetites. Ela era muito divertida e os fazia rir, contando todo tipo de coisas extravagantes. Contou a eles histórias em um Yorkshire carregado e eles aprenderam novas palavras. Ela riu como se não pudesse evitar quando lhe contaram sobre a crescente dificuldade em fingir que Colin ainda era um doentinho cheio de chiliques.

— Agora entende por que não conseguimos parar de rir quando estamos juntos? — explicou Colin. — E não é maldade. Nós tentamos segurar as risadas, mas elas escapam ainda mais altas.

— Há uma coisa que sempre me vem à mente — disse Mary —, e não consigo evitar de pensar nisso de repente.

— Fico pensando sobre quando o rosto de Colin ficar parecido com uma lua cheia. Ainda não se parece, mas ele engorda um pouquinho a cada dia. E vai chegar o dia em que ele se parecerá com uma lua cheia... o que faremos?!

— Barbaridade, *sô!* Imagino o trabalho que vocês tão tendo *pra* esconder isso do povo! — disse Susan Sowerby. — Mas *num* vão ter que *esperá* muito mais tempo. O patrão Craven vai voltar pra casa.

— Você acha que ele vai voltar? — perguntou Colin. — Por quê?

Susan Sowerby riu baixinho.

— Acho que você *ia ficá cabrero* se ele ficasse sabendo dessa história toda por outra pessoa que *num* seja você — disse ela. — Você passou noites em claro planejando.

— Não suportaria se outra pessoa contasse a ele — concordou Colin. — Todos os dias eu penso em maneiras diferentes de contar. Agora, por exemplo, eu adoraria entrar correndo no quarto dele.

— *Ia sê* um bom começo — disse Susan Sowerby. — Eu adoraria ver o rosto dele, menino. Ô se gostaria! Ele vai voltar logo, vai sim.

Um dos principais assuntos foi a visita que fariam à casa dela. Eles planejaram tudo. Deveriam atravessar a charneca e almoçar ao ar livre entre as urzes. Conheceriam todas as doze crianças e o jardim de Dickon e não voltariam antes de estarem muito cansados.

Susan Sowerby finalmente se levantou para voltar à mansão onde a Sra. Medlock a esperava. Era hora de Colin ir embora também. Mas antes de se sentar em sua cadeira, ele ficou bem perto de Susan e fixou os olhos nela com uma idolatria perplexa, até que, repente, ele agarrou a borda de seu manto azul e o segurou com firmeza.

— Você é exatamente o que eu... o que eu queria — disse ele. — Queria que você fosse minha mãe, assim como de Dickon!

De repente, Susan Sowerby se abaixou e o puxou contra o peito, sob o manto, como se ele fosse mesmo irmão de Dickon. A névoa rápida varreu seus olhos e falou ternamente:

— *Eita*! Meu rapaz amado! Eu acredito que a sua mãe mora neste jardim. Ela não conseguiria ficar longe. Seu pai vai voltar para você, vai sim!

CAPÍTULO 27
No jardim

A cada novo século, desde o início do mundo, coisas maravilhosas são descobertas. No último, as descobertas foram ainda mais surpreendentes do que nos anteriores. Neste novo século, outras centenas de coisas, ainda mais inacreditáveis, serão trazidas à luz. Antigamente, as pessoas se recusam a acreditar que uma coisa diferente possa ser realizada, depois começam a ter esperanças, e então veem que é possível. Quando algo assim é realizado, todos se perguntam por que não o fizeram muito tempo antes. Uma das novidades que as pessoas começaram a descobrir no século passado foi que os pensamentos — meros pensamentos — são tão poderosos quanto baterias elétricas e tão bons às pessoas como a luz do sol — ou tão ruins como veneno. Deixar um pensamento triste ou ruim se fixar em sua mente é tão perigoso quanto deixar o germe da escarlatina morar no seu corpo. Se deixamos um pensamento entrar em nossa mente e permanecer nele, talvez nunca mais consigamos derrotá-lo, até o final da vida.

Enquanto a mente da Mary estava cheia de pensamentos desagradáveis, de aversões e opiniões amargas sobre as pessoas — junto com sua determinação de não sentir prazer ou interesse em nada —, ela era uma criança de rosto amarelado, doente, entediada e miserável.

Porém, as circunstâncias foram muito gentis com ela, embora sequer tivesse consciência disso. Elas começaram a empurrá-la rumo ao seu próprio bem. Quando sua mente gradualmente se encheu de passarinhos e casinhas lotadas de crianças, com velhos jardineiros ranzinzas e mulheres comuns de Yorkshire, com a primavera e jardins secretos ganhando vida dia após dia, e também com um rapaz e seus bichos, não havia mais lugar para pensamentos ruins que afetavam seu fígado e sua digestão e a deixavam pálida e cansada.

Enquanto Colin ficava trancado em seu quarto, sozinho com seus medos, fraquezas e sua repulsa pelas pessoas que olhavam para ele, pensava a todo momento em doenças e morte prematura. Ele era um pequeno hipocondríaco histérico, meio louco, que nada sabia sobre o sol ou a primavera e que também não sabia que poderia sarar e ficar em pé, se tentasse. Quando novos e belos pensamentos começaram a expulsar os antigos, a vida começou a voltar para ele, seu sangue se acelerou em suas veias e a força se espalhou como uma inundação. Sua experiência científica era bastante prática e simples e não havia nada de errado com ela. Coisas muito mais surpreendentes podem acontecer a qualquer pessoa que, ao ser tomada por um pensamento desagradável ou desanimador, simplesmente tem o bom senso de perceber a tempo e empurrá-lo para fora, substituindo-o por outro, agradável e corajoso. Duas coisas não podem ocupar o mesmo lugar.

"Se você cultivar uma roseira, meu menino, nunca crescerá um cardo."

Enquanto o jardim secreto e duas crianças ganhavam vida, um homem vagava por lugares lindos e distantes, nos fiordes noruegueses e nos vales e montanhas da Suíça. Era um homem que por dez anos guardara em sua mente pensamentos sombrios de partir o coração. Não tinha sido corajoso, pois nunca tentara colocar algum outro tipo de pensamento no lugar daqueles. Pensava neles mesmo quando via lagos azuis; e também quando se deitava nas encostas das montanhas com lençóis de gencianas de um azul profundo florescendo ao seu redor e as emanações das flores que dominavam o ar. Ele havia sofrido uma perda terrível quando estava feliz e permitira que sua alma se enchesse de escuridão, recusando-se teimosamente a deixar entrar qualquer raio de luz, por menor que fosse.

Ele havia se esquecido e abandonado sua casa e seus deveres. Quando viajava, sua escuridão o acompanhava e sua mera aparência fazia mal a outras pessoas, porque era como se o ar ao seu redor estivesse envenenado por sombras. A maioria dos estranhos julgava que devia ser meio louco ou alguém que esconde um grave crime no fundo da alma. Ele era um homem alto, de rosto tenso e ombros tortos, e o nome que sempre anotava nos registros dos hotéis era: "Archibald Craven, mansão Misselthwaite, Yorkshire, Inglaterra".

Sua peregrinação já durava muito tempo, desde o dia em que vira Mary em seu escritório e dissera que ela poderia ter seu "pedaço de terra". Estivera nos lugares mais belos da Europa, embora não tenha permanecido em nenhum deles por mais de poucos dias. Escolhia os locais mais silenciosos e remotos. Estivera em montanhas cujos cumes tocavam as nuvens, de onde olhava para outras montanhas sob o sol nascente que as iluminava, fazendo parecer que era o mundo todo que nascia.

Mas a luz nunca conseguia tocá-lo, até o dia em que percebeu que, pela primeira vez em dez anos, algo estranho ocorrera. Ele estava em um magnífico vale no Tirol austríaco, caminhando sozinho por uma beleza que poderia resgatar das sombras a alma de qualquer homem. Já caminhava há muito tempo, mas ainda não havia encontrado seu caminho. Então finalmente sentiu-se cansado e deitou--se sobre um tapete de musgo perto de um riacho. Era um riacho estreito e límpido que corria alegremente ao longo da estreita trilha por entre a luxuriante vegetação úmida. Às vezes, as águas soavam como uma risada muito baixa, ao borbulharem pelas pedras arredondadas. Ele viu pássaros pousarem e mergulharem suas cabeças para beber água, e depois batiam suas asas e voavam para longe. Tudo parecia estar vivo, e aquele cochicho fazia a quietude parecer ainda mais profunda. O vale estava muito, muito silencioso.

Sentado ali, olhando para a corredeira de água transparente, Archibald Craven gradualmente sentiu sua mente e seu corpo se acalmarem, tão silenciosos quanto o próprio vale. Achou que cairia no sono, mas não dormiu. Ele se endireitou e olhou para os raios do sol reluzindo na água e seus olhos começaram a ver as coisas crescendo em suas margens. Havia um adorável grupo de miosótis azuis, tão próximos ao riacho que suas folhas ficavam submersas e ele se viu olhando para aquilo como costumava olhar para outras maravilhas, anos antes. Na verdade, via tudo com ternura e admirava o encantador azul daquelas centenas de pequenas flores. Não percebia que aquele simples pensamento lentamente tomava sua mente — preenchendo-a cada vez mais até que o resto fosse lentamente colocado de lado. Era como se uma fonte clara e doce começasse a brotar em um tanque estagnado, e vertia e se derramava até finalmente varrer a água escura. Mas é claro que ele mesmo não pensou em nada disso. Ele só sentia que o vale ficava cada vez mais silencioso enquanto se mantinha sentado, olhando para o azul delicado e cintilante. Não sabia há quanto tempo já estava ali ou o que se passava dentro dele, mas finalmente se moveu como se despertasse e se levantou devagar. Ficou de pé no tapete de musgo, respirando longa, profunda e suavemente e refletindo sobre si mesmo. Alguma coisa parecia ter se desamarrado e se soltado dentro dele, muito suavemente.

— O que é isso? — disse ele, quase em um sussurro, e passou a mão pela testa. — Quase sinto como se eu... estivesse vivo!

Não conheço o suficiente sobre as maravilhas ainda ocultas para ser capaz de descrever como aquilo aconteceu. Mas ninguém mais seria capaz. Ele não entendeu nada, mas se lembraria desse estranho momento meses depois, quando, de volta a Misselthwaite, descobriria por acaso que naquele mesmo dia Colin gritara ao entrar no jardim secreto: "Eu vou viver para todo e sempre e sempre!"

Aquela calmaria permaneceu com ele pelo resto da noite e ele dormiu um sono revigorante; mas não permaneceu por muito tempo além disso. Ele não sabia que a calma poderia ser preservada. Na noite seguinte, escancarou as portas para seus pensamentos sombrios e todos eles voltaram correndo. Ele deixou o vale e voltou ao seu caminho sem rumo. Mas, por mais estranho, houve minutos — às vezes horas — em que, sem saber por que, o fardo negro parecia aliviar suas costas e algo o fazia saber que era um homem vivo e não morto. Lentamente — muito lentamente —, sem nenhuma razão conhecida, ele estava "voltando à vida" junto com o jardim.

À medida em que o dourado-claro do verão se transformava no dourado-escuro do outono, ele chegou ao lago de Como. Lá encontrou a beleza de um sonho. Passou dias no azul cristalino do lago ou no verde macio e espesso das colinas e vagava até se cansar e dormir. Mas a essa altura já percebia que começara a dormir melhor e que seus sonhos haviam deixado de ser pesadelos.

— Talvez — pensou ele — meu corpo esteja ficando mais forte.

Estava ficando, mas — por causa das raras horas de paz em que seus pensamentos mudavam — sua alma também se fortalecia lentamente. Ele começou a pensar em Misselthwaite e a ponderar se não era hora de voltar para casa. De vez em quando, se perguntava vagamente sobre seu filho e o que deveria sentir quando estivesse ao lado da cama com dossel, olhando para seu rosto branco-marfim enquanto ele dormia, seus impressionantes cílios negros costurando seus olhos fechados. Encolheu-se só de pensar.

Em outro dia maravilhoso, caminhou tanto que, quando voltou, a lua brilhava alta e cheia e tudo eram sombras roxas e raios prateados. A quietude do lago, da praia e da floresta eram tão maravilhosas que ele não entrou na vila em que se hospedava. Desceu até um pequeno terraço coberto à beira da água, sentou-se em um banco e respirou todos os aromas celestiais da noite. Sentiu uma estranha calma tomar conta de seu corpo, que foi ficando cada vez mais profunda até que ele adormeceu.

Sem perceber que dormia, começou a sonhar. Era um sonho muito real. Depois, ele se lembraria de como se sentia acordado e alerta enquanto sonhava. Sentado, respirando o perfume das rosas tardias e ouvindo o bater da água a seus pés, imaginou ouvir uma voz chamando. Era doce, clara, feliz e distante. Parecia vir de muito longe, mas era possível entendê-la perfeitamente, como se estivesse ao seu lado.

— Archie! Archie! Archie! — dizia a voz, e então novamente, mais doce e clara do que antes: — Archie!Archie!

Levantou-se assustado. Era uma voz tão real e parecia natural que ele a ouvisse.

— Lilias! Lilias! — ele respondeu. — Lilias! Onde você está?

— No jardim. — A voz soou como o som de uma flauta dourada. — No jardim!

E, então, o sonho terminou, mas ele não acordou. Dormiu profundo e tranquilamente durante toda aquela noite adorável. Quando finalmente despertou na manhã ensolarada, um criado estava ao seu lado. Era um criado italiano já acostumado, como todos os criados da propriedade, a aceitar sem questionar qualquer coisa que seu patrão estrangeiro pudesse fazer. Ninguém jamais sabia quando ele sairia ou entraria, onde escolheria dormir, se vagaria pelo jardim ou se ficaria no barco a noite toda. O homem segurava uma bandeja com algumas cartas e esperou em silêncio até que o Sr. Craven as pegasse. Depois que o homem se foi, o Sr.

Craven sentou-se por alguns instantes com as cartas na mão e os olhos fixos no lago. A calma ainda pairava sobre ele, mas havia algo diferente, se sentia mais leve, como se o acontecimento cruel pelo qual sofria não tivesse ocorrido da forma como ele sempre pensara. Algo havia mudado. Ele se lembrava do sonho — muito, muito real.

— No jardim! — ele repetiu, confuso. — No jardim!

Contudo, a porta está trancada e a chave enterrada. Quando voltou a olhar para as cartas, notou que em cima da pilha havia uma em inglês vinda de Yorkshire. Tinha uma caligrafia comum de mulher, mas não era nenhuma que ele conhecesse. Abriu a carta, mal pensando em sua autora, mas as primeiras palavras chamaram sua atenção imediatamente:

"Prezado Senhor,
Sou Susan Sowerby, que certa vez se atreveu a lhe dirigir a palavra na charneca.
Falei sobre a Srta. Mary. Agora, novamente me atrevo a falar. Por favor, senhor, se
eu fosse o senhor, voltaria para casa. Acho que ficaria feliz se viesse e, se me permi-
te, senhor, acho que sua esposa pediria o mesmo se estivesse aqui.
Sua eterna criada,
Susan Sowerby."

O Sr. Craven leu a carta duas vezes antes de colocá-la de volta no envelope. O sonho não saía de sua cabeça.

— Vou voltar a Misselthwaite — disse ele. — Sim, partirei imediatamente.

Seguiu pelo jardim até a sede da propriedade e ordenou que Pitcher preparasse seu retorno à Inglaterra.

Em poucos dias ele chegava a Yorkshire e, em sua longa viagem de trem, percebera que pensava em seu filho como nunca nos últimos dez anos. Durante aqueles anos, desejava apenas esquecê-lo. Agora, embora não tivesse a intenção de pensar nele, memórias do menino habitavam sua mente sem trégua. Ele relembrava dos dias negros em que delirava como um louco porque a criança estava viva e a mãe morta. Recusava-se a vê-lo, e quando o via, era uma coisa tão fraca e miserável que todos tinham certeza de que morreria em breve. Mas para a surpresa de quem cuidava dele, os dias se passaram e ele sobreviveu, e então todos acreditaram que seria uma criança deficiente.

Ele não pretendia ser um mau pai, mas não se sentia como um. Havia providenciado médicos, enfermeiras e luxos, mas se encolhia só de pensar no menino e se enterrava em sua própria miséria. Da primeira vez em que se ausentou por quase um ano, ao retornar a Misselthwaite viu a pequena coisa de aparência miserável e lânguida indiferentemente erguer seus grandes olhos cinzentos com cílios negros para olhá-lo. Eram tão parecidos e, no entanto, tão horrivelmente diferentes dos olhos felizes que ele adorava, que não suportou e desviou-se, pálido como um cadáver. Depois disso, quase não viu mais o menino, exceto quando dormia, e tudo o que sabia era que ele era doente e com gênio difícil, histérico e meio insano. Só era possível mantê-lo sem ataques de fúria atendendo a cada um de seus mínimos desejos.

Nada disso era edificante de se lembrar, mas enquanto o trem o levava por cordilheiras e planícies, o homem que "ganhava vida" começou a pensar de uma nova maneira e ponderou longa, constante e profundamente.

— Talvez eu esteja errado há dez anos — disse para si mesmo. — Dez anos é muito tempo. Talvez já seja tarde demais para fazer alguma coisa, tarde demais. No que eu estive pensando?

Claro que esse era o feitiço errado — começar dizendo "tarde demais". Até Colin poderia ter dito isso a ele. Mas ele não sabia nada sobre magia — nem boa nem ruim. Era algo que ainda precisava aprender. Perguntou-se se Susan Sowerby havia escrito para ele apenas porque era uma criatura maternal e havia percebido que o menino piorara muito, talvez mortalmente doente. Se não estivesse sob o feitiço da curiosa calma que se apossara dele, estaria mais deprimido do que nunca. Mas a calma trouxe consigo uma espécie de coragem e esperança. Em vez de ceder aos piores pensamentos, percebeu que tentava acreditar em possibilidades melhores.

"Será que ela acredita que posso cuidar melhor dele e controlá-lo?", ele pensou. "Vou parar para vê-la antes de chegar em casa."

No entanto, quando, em seu caminho pela charneca, ele parou a carruagem na casinha, sete ou oito crianças que brincavam ali se reuniram e fizeram reverências cordiais e educadas. Disseram a ele que sua mãe havia ido para o outro lado da charneca no início da manhã, para ajudar uma mulher e seu novo bebê. Eles explicaram também que Dickon estava na mansão trabalhando em um dos jardins, aonde ia vários dias por semana.

O Sr. Craven olhou para aquelas crianças fortes, de rostos redondos, de bochechas vermelhas, cada um sorrindo de seu jeito peculiar, e constatou que eram saudáveis e felizes. Ele sorriu de volta, tirou uma libra de ouro do bolso e deu para "nossa Lizabeth Ellen", a mais velha da turma.

— Divida isso com seus irmãos! — disse ele.

Então, em meio a sorrisos, risadas e reverências, ele deixou para trás a alegria plena, cotovelos se cutucando e pequenos pulos empolgados.

O percurso pela charneca foi reconfortante. Dava a ele uma sensação de volta ao lar que tinha certeza de que nunca sentiria novamente — o consolo da beleza da terra, do céu e da florada roxa à distância, e um calor no coração ao se aproximar do grande e velho casarão que abrigou os de seu sangue por seiscentos anos. Da última vez em que havia se afastado dali, tremia ao pensar em seus quartos fechados e no menino deitado na cama com dossel sob quatro colunas com cortinas de brocado. Seria possível que talvez tivesse melhorado um pouco e que pudesse superar sua aversão a ele? Aquele sonho fora extremamente real, com a voz que o chamava de volta: "No jardim, no jardim!"

— Vou tentar encontrar a chave — disse ele. — Vou tentar abrir a porta. Preciso, mas não sei o porquê.

Quando ele chegou à mansão, os criados que o receberam com a cerimônia habitual notaram que parecia melhor e que não se dirigiu para os quartos distantes onde costumava ser servido por Pitcher. Ele foi à biblioteca e mandou chamar a Sra. Medlock. Ela chegou um tanto aflita, curiosa e nervosa.

— Como está o patrão Colin, Medlock? — ele perguntou.

— Bem, senhor — respondeu ela. — Ele... ele está diferente, por assim dizer.

— Piorou? — ele arriscou.

A Sra. Medlock realmente estava corada.

— Bem, veja bem, senhor — ela tentou explicar —, nem o Dr. Craven, nem a enfermeira e nem eu conseguimos entender exatamente.

— Como assim?

— Para dizer a verdade, senhor, o patrão Colin pode estar melhor, mas também pode ter piorado. Seu apetite, senhor, está além da compreensão... e seus modos...

— Ele se tornou mais... ainda mais esquisito? — o patrão perguntou, franzindo as sobrancelhas ansiosamente.

— É isso, senhor. Ficou ainda mais esquisito quando o comparamos com o que costumava ser. Ele não comia nada e de repente começou a comer como um lobo... e então parou de repente, e as refeições eram trazidas de volta intocadas, como antes. Talvez o senhor não soubesse, mas ele nunca queria sair de casa. As coisas que passamos para fazê-lo sair em sua cadeira fariam qualquer um tremer como folha em tempestade. Seus ataques eram tão violentos que o Dr. Craven dizia que não se responsabilizaria por forçá-lo. Bem, senhor, sem aviso algum, não muito depois de um de seus piores acessos de raiva, de repente ele passou a insistir em ser levado todos os dias pela Srta. Mary e pelo filho de Susan Sowerby, o Dickon, que consegue empurrar a cadeira dele. Passou a gostar da Srta. Mary e de Dickon, que trazia seus animais domesticados e, por incrível que pareça, senhor, agora ele fica ao ar livre de manhã até a noite.

— E a sua aparência? — Foi a próxima pergunta.

— Se ele estivesse comendo normalmente, senhor, acharia que ele está engordando, mas tememos que possa ser uma espécie de inchaço. Ele às vezes ri de um jeito estranho, quando está sozinho com a Srta. Mary. Ele nunca ria de nada. O Dr. Craven virá imediatamente, se o senhor permitir. Ele nunca ficou tão confuso em sua vida.

— Onde está o patrão Colin agora? — perguntou o Sr. Craven.

— No jardim, senhor. Ele está sempre no jardim, embora nenhuma criatura humana tenha permissão para se aproximar, por medo de que olhem para ele.

O Sr. Craven mal ouviu suas últimas palavras.

— No jardim — disse ele, e, depois de dispensar a Sra.Medlock, levantou-se e repetiu várias vezes. — No jardim!

O Sr. Craven teve de se esforçar para voltar à realidade e, quando sentiu seus pés novamente na terra, virou-se e saiu da sala. Seguiu pela calçada, assim como Mary havia feito, através da porta entre os arbustos e entre os pés de louro e os canteiros da fonte. A fonte agora funcionava e estava rodeada por lindas flores de outono. Ele cruzou o gramado e entrou na longa calçada que acompanhava os muros de hera. Andava devagar e seus olhos se mantinham no chão. Sentia-se como que atraído de volta ao lugar que abandonara há tanto tempo, mas não sabia por quê. À medida em que se aproximava, seu passo tornou-se ainda mais lento. Sabia onde ficava a porta, embora a hera pendesse grossa sobre ela, mas não sabia exatamente onde havia enterrado a chave.

Então, ele parou e ali ficou, olhando em volta, e quase em seguida começou a ouvir algo. Pensou se não vivia um sonho.

A hera pendia grossa sobre a porta, a chave estava enterrada sob os arbustos, nenhum ser humano havia passado por aquele portal em dez solitários anos — e ainda assim, dentro do jardim havia sons. Eram sons de passos correndo por entre as árvores, sons de vozes abafadas, exclamações e gritos contidos. Na verdade, parecia o riso de coisas jovens, o riso incontrolável de crianças que tentam não ser ouvidas, mas que em um momento ou outro — conforme sua empolgação foge do controle — escapam. O que, em nome dos céus, ele sonhava? O que, em nome dos céus, ele ouvia? Estaria ele perdendo a razão e ouvindo coisas que não eram adequadas a ouvidos humanos? Era isso o que a voz tentara lhe dizer?

E, então, chegou o momento em que os sons se esqueceram de se controlar. Os pés corriam cada vez mais rápido — para perto da porta do jardim. Ouviu-se uma respiração ofegante de jovens e uma explosão selvagem de risos. A porta no muro se escancarou, os ramos de hera se sacudiram para trás, e um menino passou por ela a toda velocidade, sem nem perceber o forasteiro e quase caindo em seus braços.

O Sr. Craven o segurou bem a tempo de salvá-lo da queda que resultaria de sua investida cega contra ele e, ao segurá-lo, surpreso, quase engasgou.

Era um menino alto e bonito. Brilhava de vida e sua corrida colorira seu rosto de maneira esplêndida. Ele jogou o cabelo espesso para trás e ergueu um par de distintos olhos cinzentos — olhos cheios de alegria de menino, enfeitados com uma franja de cílios negros. Foram aqueles olhos que tiraram o fôlego do Sr. Craven.

— Quem... o quê? Você! — ele gaguejou.

Não era isso o que Colin esperava, não era o que ele havia planejado. Nunca imaginou o encontro assim. E, no entanto, sair correndo e vencer uma corrida talvez fosse ainda melhor. Ele se ergueu em sua altura máxima. Mary, que o havia seguido porta afora, achou que até parecia alguns centímetros mais alto.

— Pai — disse ele —, sou eu, Colin. Você não vai acreditar. Eu mesmo mal posso acreditar. Sou Colin.

Assim como a Sra. Medlock, Colin não entendeu o que seu pai queria dizer, repetindo sem parar:

— No jardim! No jardim!

— Sim — apressou-se Colin. — Foi o jardim que fez isso! E Mary, Dickon e os bichinhos... e a magia. Ninguém sabe. Mantivemos o segredo até que você voltasse. Estou bem, posso vencer Mary em uma corrida. Serei um atleta.

Ele disse tudo aquilo como um menino plenamente saudável, com o rosto vermelho e as palavras tropeçando umas nas outras em sua ansiedade. A alma do Sr. Craven estremeceu com uma alegria incrédula.

Colin estendeu a mão e pousou-a no braço do pai.

— Não ficou feliz, pai? — ele concluiu. — Não está feliz? Eu vou viver para todo e sempre!

O Sr. Craven colocou as mãos nos ombros do menino e se manteve imóvel. Ele sabia que não deveria ousar falar por um momento.

— Leve-me para o jardim, meu menino — disse, finalmente. — E me conte tudo.

E, então, eles o conduziram.

O lugar fervilhava com o ouro outonal em tons de roxo, azul, violeta e escarlate flamejante, e por todos os lados havia feixes de lírios tardios brancos ou mesclados de rubi. Ele se lembrava bem de quando o primeiro deles fora plantado, para que justamente nesta estação do ano suas últimas glórias se revelassem. Roseiras temporãs subiam, pendiam e se enroscavam, e o sol aprofundava o matiz das folhas amareladas, transformando tudo em um templo dourado e ornamentado. O recém-chegado ficou em silêncio, assim como as crianças ficaram quando entraram ali pela primeira vez. Ele não parava de olhar à sua volta.

— Achei que este jardim estaria morto — murmurou.

— Mary também pensou assim no começo — disse Colin. — Mas o jardim ressuscitou!

Em seguida, sentaram-se sob a árvore — todos menos Colin, que preferiu ficar em pé para contar a história.

Aquela era a história mais inacreditável que já ouvira, pensou Archibald Craven, enquanto o empolgado jovem transbordava em palavras. Mistério, magia e animais selvagens, o fantasmagórico encontro dos primos à meia-noite, a chegada da primavera, a força do orgulho ferido que levou o jovem rajá a se levantar e desafiar o velho Ben Weatherstaff. A inesperada amizade, toda a atuação dramática, o grande segredo guardado com tanto cuidado. O ouvinte riu até que lágrimas brotassem de seus olhos e outras vezes lágrimas brotaram, mas sem que ele risse. O atleta, conferencista e explorador científico era um jovem divertido, amado e saudável.

— Agora — disse ele ao encerrar a história —, o segredo pode ser revelado. Ouso dizer que talvez até se assustem quando me virem, mas nunca mais me sentarei naquela cadeira. Vamos voltar para casa caminhando juntos, pai.

As obrigações de Ben Weatherstaff raramente o tiravam dos jardins, mas nesta ocasião ele deu uma desculpa para levar algumas hortaliças para a cozinha e ser convidado pela Sra. Medlock para um copo de cerveja no salão dos criados. Ele estava ali, conforme planejara, quando o evento mais dramático que a mansão Misselthwaite já presenciara aconteceu diante de seus olhos. Uma das janelas dava para o pátio gramado. A Sra. Medlock, sabendo que Ben viera dos jardins, esperava que ele tivesse visto seu patrão e, até mesmo, por acaso, o patrão Colin.

— Viu algum deles, Weatherstaff? — ela perguntou.

Ben tirou a caneca de cerveja da boca e enxugou os lábios com as costas da mão.

— Vi sim — ele respondeu com um ar bastante provocador.

— Os dois? — arriscou a Sra. Medlock.

— Os dois — respondeu Ben Weatherstaff. — Muito obrigado, senhora. Eu até tomaria outra.

— Juntos? — insistiu ansiosa a Sra. Medlock, enchendo apressadamente sua caneca de cerveja.

— Juntinhos, senhora. — E tomou metade de sua nova caneca de um só gole.

— Onde estava o patrão Colin? Ele estava bem? O que disseram um ao outro?

— Isso eu *num* ouvi, não — disse Ben. — Eu *tava* na escada olhando por cima do muro. Contudo, uma coisa eu vou falar. Tem umas coisas acontecendo lá fora que ninguém daqui desconfia. E você vai descobrir *tudinho*, logo, logo.

E em dois minutos, ele virou o último gole de sua cerveja e apontou solenemente com sua caneca em direção à janela que dava para o gramado.

— Olha lá — disse ele —, se tiver curiosa. Olha lá o que *tá* acontecendo na grama.

Quando a Sra. Medlock olhou, ergueu suas mãos e deu um grito agudo. Todos os criados que a ouviram, homens e mulheres, dispararam pelo salão para olhar pela janela.

Seus olhos quase saltaram das órbitas. Do outro lado do gramado vinha o senhor de Misselthwaite, com um semblante que poucos deles já haviam visto. Ao seu lado, de cabeça erguida e olhos cheios de luz, caminhava o jovem Sr. Colin, tão forte e firme quanto qualquer outro menino de Yorkshire.